Oscar classici moderni

Giorgio Bassani

# Il giardino dei Finzi-Contini

OSCAR MONDADORI

© 1976 Arnoldo Mondadori Editore S.p.A., Milano

I edizione Oscar Mondadori maggio 1976
I edizione  Medusa '80 settembre 1983
9 edizioni Oscar narrativa
I edizione Oscar classici moderni febbraio 1991


ISBN 88-04-49599-5


Questo volume è stato stampato
presso Mondadori Printing S.p.A.
Stabilimento NSM - Cles (TN)
Stampato in Italia - Printed in Italy


Ristampe:

16    17    18    19    20    21    22

2002      2003      2004      2005    2006

# Giorgio Bassani

## La vita

Giorgio Bassani nasce a Bologna il 4 marzo 1916 da un'agiata famiglia ferrarese di origine ebraica, ma il suo nucleo esistenziale e letterario sarà sempre Ferrara, dove trascorse l'infanzia e la giovinezza. Con questa città, che fa da sfondo a tutta la sua opera, l'Autore ha stretto un vero e proprio rapporto osmotico, che permane nonostante egli risieda ormai a Roma da più di quarant'anni. Bassani continua ad andare nella sua casa di Via Cisterna del Follo, dove trascorre, protetto dalle antiche mura, almeno un mese l'anno.

A Ferrara Bassani studiò fino alla maturità classica, coltivando feconde amicizie, fra cui L. Caretti, suo compagno di liceo, C. Varese e i fratelli Dessì. Poi, per assecondare la sua propensione per le lettere e le arti, si iscrisse alla facoltà di Lettere di Bologna, laureandosi nel 1939 con una tesi sul Tommaseo, discussa con Carlo Calcaterra.

A questi anni giovanili si può far risalire il suo esordio poetico. Egli stesso, nel *Poscritto* in appendice al volume *L'alba ai vetri*, ricorda che una delle sue prime poesie si ispirava proprio al treno che lo riportava ogni sera da Bologna a Ferrara. La campagna emiliana si fondeva nella sua mente e nella scrittura con i colori di antichi dipinti, quelli degli artisti ferraresi e bolognesi del Cinque e Seicento, o di quei pittori studiati dai suoi amici storici dell'arte. Bassani, infatti, frequentava a Bologna F. Arcangeli, R. Longhi, G. Raimondi, C. L. Ragghianti, C. Gnudi e G. Cavalli, ma anche Giorgio Morandi e Attilio Bertolucci. Su quello stesso treno il protagonista de *Gli occhiali d'oro*, un giovane israelita, incontrerà il dottor Fadigati, quasi l'Autore volesse ribadire l'unità della vita interiore con l'opera letteraria: un'autobiografia ideale che è anche il viaggio verso se stesso e verso la poesia. Proprio sulla dimensione lirica delle esperienze biografiche, l'Autore si costruisce programmaticamente come poeta, seguendo la sentenza di quel "maestro" della sua formazione artistica che fu Roberto Longhi: « Critici si nasce: poeti si diventa ».

Sullo sfondo della natura emiliana si accampa il senso di solitudine e di emarginazione che compare nella sua opera fin dalle prime prove, e che trova una motivazione nel dato anagrafico di Bassani: ebreo della buona borghesia padana, in un periodo storico che annullava i valori interiori in nome di un pregiudizio razziale fra i più infami. Nel 1938, le leggi razziali bloccano i possibili sviluppi dell'attività di Bassani e finiscono per incidere sul suo mondo affettivo. Lo testimonia il primo libro, *Una città di pianura*, stampato privatamente nel 1940, che egli dovette firmare con il nome di Giacomo Marchi. A quel tempo Bassani aveva già operato le sue scelte ideologiche e militava nelle file dell'antifascismo clandestino. Fu al seguito di Carlo Ludovico Ragghianti, che gli fece conoscere Ugo La Malfa e Ferruccio Parri, ma, proprio a causa di questa sua netta opposizione alla dittatura, fu incarcerato nel 1943, poco prima della caduta di Mussolini. A questo impegno politico si può far risalire anche la svolta della sua esperienza artistica. Ragghianti, storicista seguace di Croce, fu certamente colui che distolse Bassani dalla letteratura di tarda derivazione crepuscolare, quella che si riuniva intorno a « La Ronda ». Questo semplice dato biografico mette in risalto una sua particolare caratteristica: quella di trarre dalle esperienze "storiche" un nutrimento artistico e culturale.

Dopo la scarcerazione, Bassani partecipò alla Resistenza e, nell'autunno di quello stesso anno, si trasferì definitivamente a Roma, dove tentò la via del cinema: come sceneggiatore, e persino come attore. Lo si ricorda in un piccolo ruolo nel film *Le ragazze di Piazza di Spagna* di Emmer; ma il suo destino si legherà ben presto alle imprese culturali. Dopo la Liberazione e la crisi del Partito d'Azione, Bassani militò nel Partito Socialista, rivolgendo però il suo impegno maggiore alla produzione e all'attività artistica.

Dal 1948 fu redattore di « Botteghe oscure » e, dal 1953, di « Paragone ». Nel 1956 fu tra i fondatori di « Italia nostra », di cui ricoprì la carica di Presidente effettivo per quindici anni e, dal 1980, quella di Presidente onorario. Le sue scelte e le sue preferenze hanno lasciato il segno anche nello sviluppo del suo compito di direttore editoriale. A Bassani va ad esempio il merito di aver fatto pubblicare nel 1959 *Il Gattopardo*, il romanzo del nobile siciliano Giuseppe Tomasi di Lampedusa.

A Roma ha insegnato storia all'Accademia nazionale d'arte drammatica; ha collaborato ai più importanti quotidiani e ha ricoperto anche la carica di vicepresidente della RAI.

## Le opere

L'opera di Giorgio Bassani, sia in versi sia in prosa, è rigorosamente unitaria e caratterizzata da costanti tematiche e strutturali inserite in una realtà storica ben precisa. Il tempo nei romanzi e nelle liriche è scandito da un testimone del presente, ma rivolto sempre a *quel* passato che, in qualche modo, ne ha decretato l'esclusione; il riconoscimento di una solitudine e di un'emarginazione senza rimedio trova infatti nell'opera di Bassani una motivazione storica che si erge a simbolo universale, negli arroventati periodi in cui essere ebreo era motivo di clamore e sofferte discriminazioni.

Il primo libro, *Una città di pianura*, esce nel 1940 con lo pseudonimo di Giacomo Marchi, nel clima umiliante del fascismo, quando le leggi razziali del '38 avevano già segnato duramente lo spartiacque fra gli abitanti di Ferrara. La violenta lacerazione, seppure presagita e attesa, provoca in Bassani l'esigenza di riconquistare atmosfere e momenti tutti interiori sospesi tra il presente e il passato. Ed è per questo motivo che già in quella sua prima opera l'intento politico-ideologico di testimoniare lascia il posto all'esigenza esistenziale di assumere la letteratura come alternativa alla tristezza dei tempi e del reale. La scelta interiore di Bassani è quindi orientata sulla verticale della poesia. La spirale della sua narrazione, tutta incentrata su Ferrara come luogo d'elezione, nasce infatti con la pubblicazione di due raccolte di liriche (*Storie dei poveri amanti e altri versi* del 1945 e *Te lucis ante* del 1946; poi raccolte con altre poesie nel volume *In rima e senza* del 1983, dove già dal titolo traspare l'intento di unire idealmente prosa e poesia). I temi della sua narrazione trovano nell'essenza della poesia la loro forma ideale e denunciano la ferrea convinzione di Bassani nell'unità dei generi letterari, la sua fede nell'opera singola, unitaria, di quell'opera, cioè, che diventerà un autentico "poema" di Ferrara. In altri termini – come sostiene Carlo Bo – in Bassani vige « il principio dei vasi comunicanti o, meglio ancora, delle soluzioni contemporanee ». All'unità di prosa e poesia si aggiunge un altro elemento altrettanto importante: l'aspetto pittorico. L'oggettività narrativa sembra rispondere in prima istanza a un'esigenza visiva, filtrata dalla memoria, che nasce dall'essenza lirica di avvenimenti, ambienti e figure di un passato ancora vicino e sempre doloroso.

Questi elementi, per quanto sommariamente accennati, sono comunque sufficienti ad allontanare Bassani dal neo-realismo, nonostante certe loro affinità tematiche: il fascismo, la guerra, la Resistenza. Nelle sue opere l'accentuata dimensione lirica fa emergere la sofferenza di un uomo coinvolto in un destino fatale che lo rende "diverso": il destino dell'ebreo emarginato da una società crudele e ingiusta. È la cronaca degli eventi, nei suoi aspetti esistenziali e non ideologici, che diventa allora protagonista, mentre Ferrara assurge a luogo emblematico di una vita e di una storia. Da questi presupposti si può capire come ogni opera di Bassani sia quasi un tassello dell'unico grande poema sulla sua "Itaca" ideale e sulla ricerca di oggettivazione dell'io.

Bassani s'immedesima nella realtà storica che lo ha circondato e la riconduce al presente. È così che ogni nuovo racconto, romanzo o poesia diventano cronaca minuta di queste due realtà e riflettono lo scrittore che vive, si guarda vivere e si confronta nel fluire del tempo. Questa chiave di lettura è indispensabile per un libro come *Il romanzo di Ferrara* (volume unico che comprende gran parte della sua opera narrativa: *Dentro le mura*; *Gli occhiali d'oro*; *Il giardino dei Finzi-Contini*; *Dietro la porta*; *L'airone*; *L'odore del fieno*), un'opera *in progress* scritta dal 1938 al 1978, come se fosse un'unica riserva diversificata in più libri. E ogni stadio di questo continuo scavo è stato sottoposto, nel trascorrere degli anni, a una revisione continua, quasi fosse un organismo che continua a vivere anche dopo essere stato fissato sulla carta. Un'esigenza di scrivere e riscrivere che sottolinea anche l'idea di un continuo viaggio tra presente e passato, un itinerario interiore, dove vita e scrittura si uniscono in un nodo inestricabile.

Nella stesura di questa *opera omnia* narrativa, Bassani non esita talvolta a riscrivere persino le sue poesie, poiché appartengono anch'esse a un'unica storia e all'unico viaggio nel tempo e nello spazio: un autentico recupero e riconoscimento di se stesso, quasi un nuovo ritorno di Ulisse alla sua Itaca. Questo itinerario rappresenta il nucleo essenziale della narrativa di Bassani e conferisce un che di epico ai suoi personaggi di provincia. Si pensi al ritorno "omerico" alla propria terra di Edgardo Limentani ne *L'airone*, alla sua ultima battuta di caccia nelle Valli di Comacchio. *L'airone* costituisce, inoltre, un valido esempio di sovrapposizione tra la vita e l'arte, tra la scrittura e la lettura. L'impianto narrativo, diversamente dai successivi, si articola in un solo giorno, nel tentativo di far coincidere "realmente" il tempo dell'io narrante con quello del lettore. Il racconto diventa, così, credibile, reale, in questa sua duplice prospettiva.

Il tema del ritorno è presente anche ne *La passeggiata prima di cena* (1953), dove il suo viaggio può sembrare trascurabile per la Storia, ma ha in realtà un suo profondo significato, trattandosi del rientro dalla periferia di Ferrara al centro della città.

Ne *Il giardino dei Finzi-Contini*, la dimensione temporale e spaziale è ancor più accentuata. La narrazione, infatti, inizia alle porte di Roma, presso le tombe degli antichi Etruschi, per spostarsi ai margini di Ferrara e quindi entro gli angusti confini di un giardino. La vera storia comincia proprio da quest'orto, ed è un lento procedere verso il centro, il cuore stesso della casa, fino a sfiorare il corpo di Micòl, intorno alla quale ruota tutto l'intreccio narrativo e l'esistenza stessa del protagonista. Il romanzo infatti, pur essendo scritto in prima persona dal protagonista-narrante in continua tensione verso se stesso, verso il nucleo centrale dei personaggi e delle cose, è in realtà come un monumento in memoria di Micòl, questa fanciulla destinata a essere inghiottita nella morte anonima di un campo di concentramento tedesco nel 1943. Ma la ricerca dell'io narrante resta il motivo centrale della scrittura, tenta di sfiorare l'essenza della morte per esorcizzarla dal suo significato di fine ineluttabile e restituirle il suo contrario.

L'opposizione tra la vita e la morte, tra falso e vero e, nello stesso tempo, la loro inestricabilità, stanno anche alla base de *Gli occhiali d'oro*: qui alla condizione di solitudine del protagonista si affianca quella del "diverso", scelto come capro espiatorio del male e della violenza. Il romanzo (uscito nel 1958) narra la storia di Athos Fadigati, un medico appartenente all'agiata borghesia ferrarese. Indiziato di omosessualità finisce lentamente per identificarsi nel ruolo che gli è stato assegnato, fino all'estrema esclusione dalla società con il suicidio. I temi decadenti dell'omosessualità e dell'ebraismo sono utilizzati da Bassani per qualificare due diverse emarginazioni viste però senza i loro connotati politico-ideologici. Ciò che conta è l'*exemplum* di vita e di morte, che nel suo ripetersi si fa ogni volta allegoria e metafora.

La parabola esistenziale dell'emarginazione, vissuta in prima persona dallo scrittore in quanto ebreo, è descritta anche in *Dietro la porta* (1964), dove l'esclusione subìta da un ragazzo lo mette di fronte agli aspetti negativi della vita, al male del mondo, fino a bloccarne ogni reazione per la sua stessa paura della verità. Per comprendere questo racconto, come per quello dei giovani riuniti nel *Giardino dei Finzi-Contini*, bisogna dunque oltrepassare il livello storico e psicologico delle leggi razziali e rifarsi piuttosto agli archetipi mitici del cammino verso la maturità. Gli adolescenti di Bassani, al di là del romanzo storico, del diario, della cronaca, diventano allora un simbolo lirico, di **rovente** autobiografia. Così come lo stato di impotenza di un perseguitato, **di un escluso, di un** "diverso" perde i suoi caratteri particolari per assurgere all'epica della vita e della realtà.

Bassani ha svolto anche una cospicua **attività** saggistica raccolta nei volumi *Le parole preparate* (1966) e *Di là dal cuore* (1984). Come pure intensa è stata la sua produzione poetica, da *Epitaffio* (1974) a *In gran segreto* (1978), a *In rima e senza* (1982).

## La fortuna

La critica sull'opera di Giorgio Bassani è in gran parte affidata alle recensioni e agli articoli, che via via sono usciti su quotidiani e riviste in occasione della pubblicazione dei testi. Questo forse crea ancora oggi qualche difficoltà nel delineare storicamente e in modo definitivo la visione d'insieme della sua produzione *in progress*, ma non limita certo il valore dei recensori e la qualità delle recensioni. Gli interventi, infatti, portano le più illustri firme del giornalismo e della letteratura e si può affermare con tutta tranquillità che l'immagine di impeccabile rigore professionale intorno a Giorgio Bassani, ancora nella pienezza della sua attività creativa, permane inalterata lungo quasi mezzo secolo di riscontri critici.

Già nel 1945, Eugenio Montale aveva colto le caratteristiche salienti della sua spinta lirica nei confronti del reale. Il tessuto di versi e prosa, l'uso di un linguaggio « ch'è realistico, ma non contraddice mai alle possibilità tonali della lirica », furono subito considerate delle costanti nella produzione artistica di Bassani. De Robertis, invece, evocava già agli esordi di Bassani la lezione di Manzoni o di Tommaseo, caduta « in un terreno diverso, e mescolato di umori strani ». Gli interventi della critica crebbero negli anni successivi, sottolineando sempre più gli aspetti salienti della narrativa lirica di Bassani. Ai saggi di carattere generale si aggiunsero quelli linguistici fino all'analisi delle varianti e delle continue riscritture. Oltre alla breve ma essenziale monografia di G. Varanini, significativi sono i volumi di A. Dolfi e di G. Oddo De Stefanis. Ancora insufficienti, invece, sono le valutazioni d'insieme organiche e coerenti.

Nella carriera di Bassani non sono mancati certo i riconoscimenti ufficiali. Nel 1955 egli vinse il Premio Veillon, assegnato a *Gli ultimi anni di Clelia Trotti*; nel 1956 il Premio Strega per le *Cinque storie ferraresi*; nel 1962 il Premio Viareggio per *Il giardino dei Finzi-Contini*; nel 1969 il Premio Campiello per *L'airone*, e il premio internazionale Nelly Sachs per l'opera complessiva. Nel 1964, Bassani ha varcato i confini italiani con la prima traduzione in francese de *Gli occhiali d'oro e altre storie di Ferrara*, seguita da altre opere tradotte in tutte le lingue, dal giapponese al serbo-croato, dal catalano al polacco. Nel 1971, Vittorio De Sica portò sugli schermi cinematografici *Il giardino dei Finzi-Contini*, con una libertà mai condivisa dallo scrittore. Maggior fortuna aveva avuto *La lunga notte del '43*, una delle *Storie ferraresi* (*Una notte del '43*), uscito nel 1960 con la regia di Florestano Vancini. Del 1987 infine è il film di Giuliano Montaldo tratto da *Gli occhiali d'oro*, che ha riscosso un significativo successo di pubblico e di critica.

## Bibliografia

*Prima edizione*

*Il giardino dei Finzi-Contini*, Einaudi, Torino 1962 (qualche lieve variante nelle edizioni successive).

*Monografie*

G. Varanini, *Giorgio Bassani*, La Nuova Italia, Firenze 1970.

M. Grillandi, *Invito alla lettura di Bassani*, Mursia, Milano 1972.

A. Dolfi, *Le forme del sentimento. Prosa e poesia in Giorgio Bassani*, Liviana Editrice, Padova 1981.

G. Oddo De Stefanis, *Bassani entro il cerchio delle sue mura*, Longo, Ravenna 1981.

AA.VV.,« *Il romanzo di Ferrara* ». *Contributi su Giorgio Bassani*, a cura di A Sempoux, Un. de Louvain 1983. (Atti di un convegno tenutosi nel 1981.)

*Su « Il giardino dei Finzi-Contini »*

C. Bo, *Il romanzo di Bassani*, « La Stampa », 15 febbraio 1962.

P. Citati, *Bassani cerca il cuore nascosto dei Finzi-Contini* « Il giorno » 21 marzo 1962.

W. Pedullà, *Il mistero di Micòl*, « Avanti », 23 febbraio 1962.

F. Virdia, *Il giardino dei Finzi-Contini*, « La Voce repubblicana », 23 febbraio 1962.

A. Bocelli, *Il romanzo di Bassani*, « Il Mondo », 20 marzo 1962.

C. Varese, *Il giardino di Bassani*, « Il Punto », 24 febbraio 1962.

O. Del Buono, *La più bella Ferrara di Bassani*, « La Settimana Incom », 25 febbraio 1962.

E. Montale, *Vita e morte di Micòl*, « Corriere della Sera », 28 febbraio 1962.

G. Pampaloni, *La Ferrara bene di tanti, tanti anni fa*, « Epoca », 4 marzo 1962.

W. Mauro, *Una nuova storia ferrarese*, « L'Unione Sarda », 8 marzo 1962.

P. Cimatti, *I « Finzi-Contini », una storia d'amore*, « La Fiera letteraria », 11 marzo 1962.

P. Milano, *La necropoli dei sentimenti*, « L'Espresso », 11 marzo 1962.

G. Petrocchi, *Parere sui « Finzi-Contini »*, « Rassegna di Cultura e Vita scolastica », 31 marzo 1962.

G. Caproni, *Il giardino dei Finzi-Contini*, « La Nazione », 1 aprile 1962.

L. Baldacci, *Rassegna di narrativa*, « L'Approdo letterario », 4 aprile 1962.

L. Baldacci, *Il giardino dei Finzi-Contini*, « Il Giornale del Mattino », 12 aprile 1962.

M. Guerrini, recensione a *Il giardino dei Finzi-Contini*, « Tempo » (settimanale), aprile 1962.

M. Bollato, *La ricerca storica di Giorgio Bassani*, « Il Volto », gennaio-aprile 1962.

G. C. Ferretti, *Il giardino dei Finzi-Contini*, « Il Contemporaneo », marzo-aprile 1962.

F. Fortini, *Dal nulla tutti i fiori: il romanzo di Bassani*, « Comunità », marzo-aprile 1962.

S Antonielli, recensione a *Il giardino dei Finzi-Contini*, « Belfagor », maggio 1962.

A. Bassan, *Il giardino dei Finzi-Contini*, « Letture », maggio 1962.

R. Scrivano, recensione a *Il giardino dei Finzi-Contini*, « Il Ponte », maggio 1962.

N. Fabretti, recensione a *Il giardino dei Finzi-Contini*, « Il ragguaglio librario », giugno 1962.

G. Guglielmi, *Il giardino dei Finzi-Contini*, « Mondo operaio » giugno 1962.

V. Volpini, *Rassegna di narrativa*, « Humanitas », giugno 1962.

D. Fernandez, *Cassola e Bassani (entretien)*, « L'Express », 23 agosto 1962.

L. M. Personé, *Fortunata città*, « Il Piccolo », 16 settembre 1962.

A. Palermo, *Il sortilegio del « Giardino »*, « Nord e Sud », 1962.

M. Baviera, *Un giardino noioso*, « Il Borghese », 13 settembre 1963.

M. Fusco, *Le monde figé de Giorgio Bassani*, « Critique », ottobre 1963.

D. Fernandez, *L'adolescent*, « L'Express », 19 marzo 1964.

G. Luti, *Cinquant'anni di narrativa*, in *Narrativa italiana dell'Otto e Novecento*, Sansoni, Firenze 1964.

G. Bàrberi Squarotti, *La narrativa italiana del dopoguerra*, Cappelli, Bologna 1965.

G. Pullini, *Il romanzo italiano del dopoguerra*, Marsilio, Padova 1965.

B. Maloney, *Tematica e tecnica nei romanzi di G. Bassani*, « Convivium », n. 5, 1966.

R. Bertacchini, *Appunti sul semitismo di Bassani*, in *Figure e problemi di narrativa contemporanea*, Cappelli, Bologna 1966.

A. Andersch, *Passeggiata a Ferrara (sulle tracce dei Finzi-Contini)*, trad. dal tedesco di A. Sani Baraldi, in *Ferrara*, vol. II, Bologna 1969.

E. Siciliano, *L'anima contro la storia*, in *Autobiografia letteraria*, Garzanti, Milano 1970.

I. Baldelli, *La riscrittura "totale" di un'opera: da « Le storie ferraresi » a « Dentro le mura » di Bassani*, « Lettere italiane », XXVI, n. 2, aprile-giugno 1974.

D. Porzio, *« Il romanzo di Ferrara » di Giorgio Bassani*, « Panorama », 26 dicembre 1974.

W. Mauro, *Il cammino ispirativo di Bassani*, « Messaggero veneto », 9 gennaio 1975.

A. Petrucci, *La critica è buona quando è buona*, « Il Popolo », 10 gennaio 1975.

F. Fano, *Campo lungo sulla Ferrara di Bassani*, « Concretezza », 16 febbraio 1975.

F. Bruno, *Strade antiche dell'adolescenza*, « Roma Sera », 19 febbraio 1975.

L. Bàccolo, *Bassani dentro la sua Ferrara città dei morti*, « La Gazzetta del Popolo », 21 gennaio 1975.

A. Romagnino, *Giorgio Bassani*, « L'Unione Sarda », 26 febbraio 1975.

# Il giardino dei Finzi-Contini

# Prologo

Da molti anni desideravo scrivere dei Finzi-Contini – di Micòl e di Alberto, del professor Ermanno e della signora Olga – e di quanti altri abitavano o come me frequentavano la casa di corso Ercole I d'Este, a Ferrara, poco prima che scoppiasse l'ultima guerra. Ma l'impulso, la spinta a farlo veramente, li ebbi soltanto un anno fa, una domenica d'aprile del 1957.

Fu durante una delle solite gi e di fine settimana. Distribuiti in una decina d'amici su due automobili, ci eravamo avviati lungo l'Aurelia subito dopo pranzo, senza una meta precisa. A qualche chilometro da Santa Marinella, attirati dalle torri di un castello medioevale che erano spuntate all'improvviso sulla sinistra, avevamo voltato per una viottola in terra battuta, finendo quindi a passeggiare in ordine sparso lungo il desolato arenile stendentesi ai piedi della rocca: molto meno medievale, quest'ultima, esaminata da vicino, di quel che non avesse promesso di lontano, quando, dalla nazionale, l'avevamo scorta profilarsi controluce sul deserto azzurro e abbagliante del Tirreno. Investiti in pieno dal vento, con la sabbia negli occhi, assordati dal fragore della risacca, e senza neanche poter visitare l'interno del castello perché sprovvisti del permesso scritto di non so quale istituto romano di credito, ci sentivamo profondamente scontenti e irritati di aver voluto uscire da Roma in una giornata come quella, che adesso, in riva al mare, si rivelava di un'inclemenza poco meno che invernale.

Camminammo su e giù per circa venti minuti, seguendo l'arco della spiaggia. L'unica persona allegra della comitiva appariva una bimbetta di nove anni, figlia della giovane coppia nella cui automobile ero ospitato. Elettrizzata proprio dal vento, dal mare, dai pazzi mulinelli della sabbia, Giannina dava libero sfogo alla sua natura allegra ed espansiva. Benché la madre avesse tentato di proibirglielo, si era levata scarpe e calze. Si spingeva incontro alle ondate che venivano all'assalto della riva, si lasciava bagnare le gambe fin sopra le ginocchia. Aveva l'aria di divertirsi un mondo, insomma: tanto che di lì a poco, quando rimontammo in macchina, vidi trascorrere nei suoi occhi neri e vividi, scintillanti sopra due tenere guancine accaldate, un'ombra di schietto rimpianto.

Riguadagnata l'Aurelia, dopo qualche istante giungemmo in vista del bivio di Cerveteri. Poiché era stato deciso di rientrare immediatamente a Roma, non dubitavo che si tirasse dritto. Ma ecco, invece, a questo punto, la nostra macchina rallentare più del necessario, e il padre di Giannina mettere fuori il braccio dal finestrino. Segnalava alla seconda macchina, distanziata di una trentina di metri la propria intenzione di svoltare a sinistra. Aveva cambiato idea.

Ci trovammo così a percorrere la liscia stradetta asfaltata che porta in un momento a un piccolo borgo di case in gran parte recenti, e di lì, inoltrandosi a serpentina verso i colli del retroterra, alla famosa necropoli etrusca. Nessuno chiedeva spiegazioni, e anch'io stavo zitto.

Di là dal paese la strada, in lieve salita, costrinse la macchina a rallentare. Passavamo ora vicini ai cosiddetti *montarozzi* di cui è sparso fino a Tarquinia ed oltre, ma più dalla parte delle colline che verso il mare, tutto quel tratto del territorio del Lazio a nord di Roma, il quale non è altro, dunque, che un immenso, quasi ininterrotto cimitero. Qui l'erba è più verde, più fitta, più scura di quella del pianoro sottostante, fra l'Aurelia e il Tirreno: prova questa che l'eterno scirocco, che soffia di traverso dal mare, arriva quassù avendo perduto per via gran parte del salmastro, e che l'umidità delle montagne non lontane comincia a esercitare sulla vegetazione il suo influsso benefico.

« Dove stiamo andando? » chiese Giannina.

Marito e moglie sedevano entrambi nel sedile anteriore, con la bambina in mezzo. Il padre staccò la mano dal volante e la posò sui riccioli bruni della figlia.

« Andiamo a dare un'occhiata a delle tombe di più di quattro o cinquemila anni fa » rispose, col tono di chi comincia a raccontare una favola, e perciò non ha ritegno a esagerare nei numeri. « Tombe etrusche. »

« Che malinconia! » sospirò Giannina, appoggiando la nuca allo schienale.

« Perché malinconia? Te lo hanno detto, a scuola, chi erano gli etruschi? »

« Nel libro di storia gli etruschi stanno in principio, vicino agli egizi e agli ebrei. Ma senti, papà: secondo te, erano più antichi gli etruschi o gli ebrei? »

Il papà scoppiò a ridere.

« Prova a chiederlo a quel signore » disse, accennando a me col pollice.

Giannina si voltò. Con la bocca nascosta dall'orlo dello schienale, mi dette una rapida occhiata, severa, piena di diffidenza. Aspettai che ripetesse la domanda. Ma niente: subito tornò a guardare dinanzi a sé.

Giù per la strada, sempre in lieve pendio e fiancheggiata da una doppia fila di cipressi, ci scendevano incontro gruppi di paesani, ragazze e giovanotti. Era la passeggiata della domenica. Tenendosi a braccetto, alcune ragazze formavano a volte delle catene tutte femminili di cinque o sei. Strane, mi dicevo, guardandole. Nell'attimo che le incrociavamo, scrutavano attraverso i cristalli coi loro occhi ridenti, nei quali la curiosità si mescolava a una specie di bizzarro orgoglio, di disprezzo appena dissimulato. Davvero strane. Belle e libere.

« Papà » domandò ancora Giannina, « perché le tombe antiche fanno meno malinconia di quelle più nuove? »

Una brigata più numerosa delle altre, che occupava buona parte della carrozzabile, e cantava in coro senza darsi pensiero di cedere il passo, aveva costretto l'automobile quasi a fermarsi. L'interpellato ingranò la seconda.

« Si capisce » rispose. « I morti da poco sono più vicini a noi, e appunto per questo gli vogliamo più bene. Gli etruschi, vedi, è tanto tempo che sono morti » e di nuovo stava raccontando una favola « che è come se non siano mai vissuti, come se siano *sempre* stati morti. »

Altra pausa, più lunga. Al termine della quale (eravamo già molto prossimi allo spiazzo antistante all'ingresso della necropoli, pieno di automobili e di torpedoni), toccò a Giannina impartire la sua lezione.

« Però, adesso che dici così » proferì dolcemente, « mi fai pensare che anche gli etruschi sono vissuti, invece, e voglio bene anche a loro come a tutti gli altri. »

La successiva visita alla necropoli si svolse proprio nel segno della straordinaria tenerezza di questa frase. Era stata Giannina a disporci a capire. Era lei, la più piccola, che in qualche modo ci teneva per mano.

Scendemmo giù nella tomba più importante, quella riservata alla nobile famiglia Matuta: una bassa sala sotterranea che accoglie una ventina di letti funebri disposti dentro altrettante nicchie delle pareti di tufo, e adorna fittamente di stucchi policromi raffiguranti i cari, fidati oggetti della vita di tutti i giorni, zappe, funi, accette, forbici, vanghe, coltelli, archi, frecce, perfino cani da caccia e volatili di palude. E intanto, deposta volentieri ogni residua velleità di filologico scrupolo, io venivo tentando di figurarmi concretamente ciò che potesse significare per i tardi etruschi di Cerveteri, gli etruschi dei tempi posteriori alla conquista romana, la frequentazione assidua del loro cimitero suburbano.

Esattamente come ancor oggi, nei paesi della provincia italiana, il cancello del camposanto è il termine obbligato di ogni passeggiata serale, venivano dal vicino abitato quasi sempre a piedi – fantasticavo – raccolti in gruppi di parenti e consanguinei, di semplici amici, magari in brigate di giovani simili a quelle da noi incontrate testé per istrada, oppure in coppia con la persona amata, e anche da soli, per poi

6

inoltrarsi fra le tombe a cono, solide e massicce come i *bunkers* di cui i soldati tedeschi hanno sparso invano l'Europa durante quest'ultima guerra, tombe che certo assomigliavano, all'esterno non meno che all'interno, alle abitazioni-fortilizi dei viventi. Tutto, sì, stava cambiando – dovevano dirsi mentre camminavano lungo la via lastricata che attraversava da un capo all'altro il cimitero, al centro della quale le ruote ferrate dei trasporti avevano inciso a poco a poco, durante i secoli, due profondi solchi paralleli –. Il mondo non era più quello d'una volta, quando l'Etruria, con la sua confederazione di libere città-stato aristocratiche, dominava quasi per intero la penisola italica. Nuove civiltà, più rozze e popolari, ma anche più forti e agguerrite, tenevano ormai il campo. Ma che cosa importava, in fondo?

Varcata la soglia del cimitero dove ciascuno di loro possedeva una seconda casa, e dentro questa il giaciglio già pronto su cui, tra breve, sarebbe stato coricato accanto ai padri, l'eternità non doveva più sembrare un'illusione, una favola, una promessa da sacerdoti. Il futuro avrebbe stravolto il mondo a suo piacere. Lì, tuttavia, nel breve recinto sacro ai morti famigliari; nel cuore di quelle tombe dove, insieme coi morti, ci si era presi cura di far scendere molte delle cose che rendevano bella e desiderabile la vita; in quell'angolo di mondo difeso, riparato, privilegiato: almeno lì (e il loro pensiero, la loro pazzia, aleggiavano ancora, dopo venticinque secoli, attorno ai tumuli conici, ricoperti d'erbe selvagge), almeno lì nulla sarebbe mai potuto cambiare.

Quando ripartimmo era buio.

Da Cerveteri a Roma non c'è molto, per coprire la distanza basta di solito un'ora d'auto. Quella sera, però, il viaggio non fu così breve. A metà strada, l'Aurelia cominciò a ingolfarsi di macchine provenienti da Ladispoli e da Fregene. Fummo costretti a procedere quasi a passo d'uomo.

Ma già, ancora una volta, nella quiete e nel torpore (anche Giannina si era addormentata), io riandavo con la memoria agli anni della mia prima giovinezza, e a Ferrara, e al cimitero ebraico posto in fondo a via Montebello. Rivedevo i grandi prati sparsi di alberi, le lapidi e i cippi raccolti più fittamente lungo i muri di cinta e di divisione, e, come se l'avessi addirittura davanti agli occhi, la tomba monumentale dei Finzi-Contini: una tomba brutta, d'accordo – avevo sempre sentito dire in casa, fin da bambino – ma pur sempre imponente, e significativa non fosse altro che per questo dell'importanza della famiglia.

E mi si stringeva come non mai il cuore al pensiero che in quella tomba, istituita, sembrava, per garantire il riposo perpetuo del suo primo committente – di lui, e della sua discendenza – uno solo, fra tutti i Finzi-Contini che avevo conosciuto ed amato io, l'avesse poi ottenuto, questo riposo. Infatti non vi è stato sepolto che Alberto, il figlio maggiore, morto nel '42 di un linfogranuloma; mentre Micòl, la figlia secondogenita, e il padre professor Ermanno, e la madre signora Olga, e la signora Regina, la vecchissima madre paralitica della signora Olga, deportati tutti in Germania nell'autunno del '43, chissà se hanno trovato una sepoltura qualsiasi.

# I

## 1

La tomba era grande, massiccia, davvero imponente: una specie di tempio tra l'antico e l'orientale, come se ne vedeva nelle scenografie dell'*Aida* e del *Nabucco* in voga nei nostri teatri d'opera fino a pochi anni fa. In qualsiasi altro cimitero, l'attiguo Camposanto Comunale compreso, un sepolcro di tali pretese non avrebbe affatto stupito, ed anzi, confuso nella massa, sarebbe forse passato inosservato. Ma nel nostro era l'unico. E così, sebbene sorgesse assai lontano dal cancello d'ingresso, in fondo a un campo abbandonato dove da oltre mezzo secolo non veniva sepolto più nessuno, faceva spicco, saltava subito agli occhi.

Ad affidarne la costruzione a un distinto professore d'architettura, responsabile in città di molti altri scempi contemporanei, risultava essere stato Moisè Finzi-Contini, bisnonno paterno di Alberto e Micòl, morto nel 1863 poco dopo l'annessione dei territori delle Legazioni pontificie al Regno d'Italia, e la conseguente, definitiva abolizione anche a Ferrara del ghetto per gli ebrei. Grande proprietario terriero, « riformatore dell'agricoltura ferrarese » – come si leggeva nella lapide che la Comunità, a eternarne i meriti di « italiano e di ebreo », aveva fatto affiggere lungo le scale del Tempio di via Mazzini, in cima al terzo pianerottolo – ma dal gusto artistico, ovviamente, non troppo coltivato, una volta presa la decisione di istituire una tomba *sibi et suis* doveva poi aver lasciato fare. Gli anni parevano belli, floridi: tutto invitava a sperare, a osare liberamente. Travolto dall'euforia per la raggiunta eguaglianza civile, quella stessa che da giovane, all'epoca della Repubblica Cisalpina, gli aveva consentito di far suoi i primi mille ettari di terreno di bonifica, era comprensibile come il rigido patriarca forse indotto, in quella circostanza solenne, a non lesinare nelle spese. Molto probabile che al distinto professore d'architettura fosse stata data carta bianca. E con tanto e simile marmo a disposizione, candido di Carrara, rosa-carne di Verona, grigio maculato di nero, marmo giallo, marmo blu, marmo verdino, costui aveva, a sua volta, decisamente perduto la testa.

Ne era venuto fuori un incredibile pasticcio in cui confluivano gli echi architettonici del mausoleo di Teodorico di Ravenna, dei templi egizi di Luxor, del barocco romano, e persino, come palesavano le tozze colonne del peristilio, della Grecia arcaica di Cnosso. Ma tant'è. A poco a poco, anno dopo anno, il tempo che, a suo modo, aggiusta sempre tutto, aveva provveduto lui a mettere accordo in quell'inverosimile mescolanza di stili eterogenei. Moisè Finzi-Contini, detto qui « tempra austera di lavoratore indefesso », era scomparso nel '63. Sua moglie Allegrina Camaioli, « angelo della casa », nel '75. Nel '77, ancora giovane, seguito a vent'anni di distanza, nel '98, dalla consorte Josette, dei baroni Artom del ramo di Treviso, l'unico loro figliolo, dott. ing. Menotti. Dopodiché la manutenzione della cappella, che aveva accolto nel 1914 un solo altro membro della famiglia, Guido, un fanciullo di sei anni, era venuta chiaramente a mani via via meno attive a ripulire, a rassettare, a riparare ai danni ogni volta che ce ne fosse bisogno, e soprattutto a contrastare il passo al tenace assedio della vegetazione circostante. I ciuffi d'erba, un'erba scura, quasi nera, di tempra poco meno che metallica, e le felci, le ortiche, i cardi, i papaveri, erano stati lasciati avanzare e invadere con licenza sempre maggiore. Di modo che nel '24, nel '25, a una sessantina d'anni dalla sua inaugurazione, quando a me, bambino, fu dato di vederla per le prime volte, la cappella funebre dei Finzi-Contini (« Un vero orrore », non mancava mai di definirla mia madre, alla cui mano mi tenevo) già si mostrava pressappoco come è adesso, che da tempo non è rimasto più nessuno direttamente interessato a occuparsene. Mezzo affondata nel verde selvatico, con le superfici dei suoi marmi policromi, in origine lisce e brillanti, rese opache da bigi accumuli di polvere, menomata nel tetto e nei gradini esterni da solleoni e gelate, già allora essa appariva trasformata in quell'alcunché di ricco e di meraviglioso in cui si tramuta qualunque oggetto rimasto a lungo sommerso.

Chissà come nasce e perché una vocazione alla solitudine. Sta il fatto che lo stesso isolamento, la medesima separazione di cui i Finzi-Contini avevano circondato i loro defunti, circondava anche l'*altra* casa che essi possedevano, quella in fondo a corso Ercole I d'Este. Immortalata da Giosue Carducci e da Gabriele d'Annunzio, questa strada di Ferrara è così nota agli innamorati dell'arte e della poesia del mondo intero che ogni descrizione che se ne facesse non potrebbe risultare superflua. Siamo, come si sa, proprio nel cuore di quella parte nord della città che fu aggiunta durante il Rinascimento all'angusto borgo medioevale, e che appunto per ciò si chiama Addizione Erculea. Ampio; diritto come una spada dal Castello alla Mura degli Angeli; fiancheggiato per quanto è lungo da brune moli di dimore gentilizie; con quel suo lontano, sublime sfondo di rosso mattone, verde vegetale, e cielo, che sembra condurti davvero all'infinito: corso Ercole I d'Este è così bello, tale è il suo richiamo turistico, che l'amministrazione social-comunista, responsabile del Comune di Ferrara da più di quindici anni, si è resa conto della necessità di non toccarlo, di difenderlo con ogni rigore da qualsiasi speculazione edilizia o bottegaia, insomma di conservarne integro l'originario carattere aristocratico.

La strada è celebre: inoltre, sostanzialmente intatta.

E tuttavia, per quel che si riferisce in particolare a casa Finzi-Contini, sebbene vi si acceda anche oggi da corso Ercole I, salvo però, per raggiungerla, dover poi percorrere più di mezzo chilometro supplementare attraverso un immenso spiazzo poco o nulla coltivato; sebbene essa incorpori

11

tuttora quelle storiche rovine di un edificio cinquecentesco, un tempo residenza o « delizia » estense, che furono acquistate dal solito Moisè nel 1850, e che più tardi, dagli eredi, a forza di adattamenti e restauri successivi, vennero trasformate in una specie di maniero neogotico, all'inglese: ad onta di tanti superstiti motivi d'interesse, chi ne sa niente, mi domando, chi se ne ricorda più? La Guida del Touring non ne parla, e ciò giustifica i turisti di passaggio. Ma a Ferrara stessa, nemmeno i pochi ebrei rimasti a far parte della languente Comunità israelitica hanno l'aria di rammentarsene.

La Guida del Touring non ne parla, e questo è male, senza dubbio. Però siamo giusti: il giardino, o per essere più precisi il parco sterminato che circondava casa Finzi-Contini prima della guerra, e spaziava per quasi dieci ettari fin sotto la Mura degli Angeli, da una parte, e fino alla barriera di Porta San Benedetto, dall'altra, rappresentando di per sé qualcosa di raro, di eccezionale (le Guide del Touring del primo Novecento non mancano mai di darne conto, con un tono curioso, tra lirico e mondano), oggi non esiste più, alla lettera. Tutti gli alberi di grosso fusto, tigli, olmi, faggi, pioppi, platani, ippocastani, pini, abeti, larici, cedri del Libano, cipressi, querce, lecci e perfino palme ed eucalipti, fatti piantare a centinaia da Josette Artom, durante gli ultimi due anni di guerra sono stati abbattuti per ricavarne legna da ardere, e il terreno è già tornato da un pezzo come era una volta, quando Moisè Finzi-Contini lo acquistò dai marchesi Avogli: uno dei tanti grandi orti compresi dentro le mura urbane.

Resterebbe la casa vera e propria. Senonché il grande, singolare edificio, assai danneggiato da un bombardamento del '44, è occupato ancora adesso da una cinquantina di famiglie di sfollati, appartenenti a quello stesso misero sottoproletariato cittadino, non dissimile dalla plebe delle borgate romane, che continua ad ammassarsi soprattutto negli anditi del Palazzone di via Mortara: gente inasprita, selvaggia, insofferente (qualche mese fa, ho saputo, hanno accolto a sassate l'ispettore comunale all'Igiene, che c'era andato in bicicletta per un sopralluogo), i quali, allo scopo di scoraggiare ogni eventuale progetto di sfratto da parte della Soprintendenza ai Monumenti dell'Emilia e Romagna, sembra che abbiano avuto la bella idea di raschiare dalle pareti anche gli ultimi residui di pitture antiche.

Ora, perché mandare dei poveri turisti allo sbaraglio? – immagino che si siano chiesti i compilatori dell'ultima edizione della Guida del Touring – e infine, per vedere che cosa?

## 2

Se della tomba di famiglia dei Finzi-Contini poteva dirsi che era un « orrore », e sorriderne, sulla loro casa, isolata laggiù fra le zanzare e le rane del canale Panfilio e dei fossi di scarico, e soprannominata invidiosamente la « *magna domus* », su quella no, nemmeno dopo cinquant'anni ci si riusciva, a sorridere. Oh, ci voleva ben poco per sentirsene ancora offesi! Bastava, che so?, trovarsi a passare lungo l'interminabile muro di cinta che delimitava il giardino dal lato di corso Ercole I d'Este, muro interrotto, circa a metà, da un solenne portone di quercia scura, privo affatto di maniglie; oppure, dall'altra parte, dalla cima della Mura degli Angeli imminente al parco, penetrare con lo sguardo attraverso l'intrico selvoso dei tronchi, dei rami, e del fogliame sottostante, fino a intravedere lo strano, aguzzo profilo della dimora patronale, con dietro, molto più in là, al margine di una radura, la macchia bigia del campo di tennis: ed ecco che l'antico sgarbo del disconoscimento e della separazione tornava ancora a far male, a bruciare quasi come da principio.

Che idea da nuovi ricchi, che idea bislacca! soleva ripetere mio padre stesso, con una specie di appassionato rancore, ogni volta che gli capitava di affrontare l'argomento.

Certo, certo, ammetteva: gli ex proprietari del luogo, i marchesi Avogli, avevano nelle vene sangue « bluissimo »; orto e rovine inalberavano *ab antiquo* il molto decorativo nome di Barchetto del Duca: tutte cose eccellenti, come no!, tanto più che Moisè Finzi-Contini, al quale andava riconosciuto l'indubbio merito di aver « visto » l'affare, nella conclusione del medesimo non doveva averci rimesso che i proverbiali quattro baiocchi. Ma con questo?, aggiungeva immediatamente. Era proprio necessario, soltanto per questo, che già il figlio di Moisè, Menotti, detto non senza significato, dal colore di un suo eccentrico cappottino foderato di martora, « *al matt mugnàga* », il matto albicocca, prendesse la decisione di trasferire la moglie Josette e se stesso in una parte della città così fuori mano, insalubre oggi, figuriamoci allora!, e per di più così deserta, malinconica, e soprattutto inadeguata?

E pazienza loro, i genitori, che appartenevano a un'epoca diversa, e in fondo potevano benissimo pagarsi il lusso di investire tutti i quattrini che volevano su delle vecchie pietre. Pazienza specialmente lei, Josette Artom, dei baroni Artom del ramo di Treviso (donna magnifica, ai suoi dì: bionda, gran petto, occhi celesti, e difatti la madre era di Berlino, una Olschky), la quale, oltre che stravedere per la casa Savoia al punto che nel maggio del '98, poco prima di morire, aveva preso l'iniziativa di mandare un telegramma di plauso al generale Bava Beccaris, cannoneggiatore di quei poveri diavoli di socialisti e anarchici milanesi, oltre che ammiratrice fanatica della Germania dall'elmo chiomato di Bismark, non si era mai curata, da quando il marito Menotti, eternamente ai suoi piedi, l'aveva insediata nel suo Walhalla, di dissimulare la propria avversione all'ambiente ebraico ferrarese, per lei troppo ristretto – come diceva –, nonché, in sostanza, quantunque la cosa fosse parecchio grottesca, *il proprio fondamentale antisemitismo*. Il professor Ermanno e la signora Olga, tuttavia (lui un uomo di studi, lei una Herrera di Venezia, e cioè nata da famiglia sefardita ponentina *molto* buona, senza dubbio, però piuttosto dissestata, e d'altronde osservantissima), che razza di persone si erano ficcati in mente di essere diventati, anche essi? Dei veri nobili? Si capisce, eh, si capisce: la perdita del figlio Guido, il primogenito morto nel 1914, a soli sei anni, in seguito a un attacco di paralisi infantile di tipo americano, fulminante, contro il quale nemmeno Corcos aveva potuto nulla, doveva aver rappresentato per loro un colpo durissimo: soprattutto per lei, la signora Olga, che d'allora in poi non aveva più smesso il lutto. Ma a parte questo, non c'era caso che dài e dài, a forza di vivere separati, si fossero montata a loro volta la testa, ricadendo nelle medesime, assurde fisime di Menotti Finzi-Contini e della sua degna consorte? Altro che aristocrazia! Invece di darsi tante arie, avrebbero fatto assai meglio, almeno loro, a non dimenticare chi erano, di dove venivano, se è positivo che gli ebrei – sefarditi e aschenaziti, ponentini e leventini, tunisini, berberi, yemeniti, e perfino etiopici – in qualunque parte della terra, sotto qualsiasi cielo la Storia li abbia dispersi, sono e saranno sempre ebrei, vale a dire parenti stretti. Il vecchio Moisè non si dava mica arie, lui! Non aveva mica fumi nobiliari nel cervello! Quando stava di casa in ghetto, al numero 24 di via Vignatagliata, nella casa dove, resistendo alle pressioni dell'altezzosa nuora trevigiana impaziente di traslocare al più presto al Barchetto del Duca, aveva voluto ad ogni costo morire, andava lui stesso a far la spesa ogni mattina in piazza delle Erbe con la sua brava sporta sotto il braccio: proprio lui che, soprannominato appunto per questo « al gatt », la sua famiglia l'aveva tirata su dal niente. Perché sì: se era indubbio che « la » Josette fosse scesa a Ferrara facendosi accompagnare da una gran dote, consistente di una villa nel trevigiano affrescata dal Tiepolo, di un ricco assegno, e di gioielli, s'intende, di molti gioielli, che alle prime del *Comunale*, contro lo sfondo di velluto rosso del palco di proprietà, attiravano sulla sua fulgida scollatura gli sguardi dell'intero teatro, non meno indubbio era che fosse stato *al gatt*, soltanto lui, a mettere insieme nel basso ferrarese, tra Codigoro, Massa Fiscaglia e Jolanda di Savoia, le migliaia di ettari sui quali si fondava ancor oggi il grosso del patrimonio famigliare. La tomba monumentale al cimitero: ecco l'unico errore, l'unico peccato (di gusto, soprattutto), di cui si potesse accusare Moisè Finzi-Contini. Ma poi stop.

Così diceva mio padre: a Pasqua, particolarmente, durante le lunghe cene che erano continuate a svolgersi a casa nostra anche dopo la morte del nonno Raffaello, e a cui convenivano parenti e amici in una ventina; ma anche a *Kippùr*, quando gli stessi parenti e amici tornavano da noi per sciogliere il digiuno.

Ricordo però una cena di Pasqua nel corso della quale alle solite critiche – amare, generiche, sempre le stesse, e fatte soprattutto per il gusto di rievocare le vecchie storie della Comunità – mio padre ne aggiunse di nuove e sorprendenti.

Fu nel 1933, l'anno della cosiddetta « infornata del Decennale ». Grazie alla « clemenza » del Duce, che d'un tratto, quasi ispirato, aveva deciso di aprire le braccia ad ogni « agnostico o avversario di ieri », anche nell'ambito della nostra Comunità il numero degli iscritti al Fascio era potuto salire di colpo al novanta per cento. E mio padre, che sedeva laggiù, al suo posto abituale di capotavola, al medesimo posto in cui il nonno Raffaello aveva pontificato per lunghi decenni con ben altra autorità e severità, non aveva mancato di compiacersi dell'evento. Il rabbino dottor Levi aveva fatto benissimo – diceva – ad accennarne nel discorso da lui pronunciato di recente a Scuola italiana, quando, alla presenza delle maggiori autorità cittadine – del Prefetto, del Segretario Federale, del Potestà, del generale di brigata comandante del presidio, aveva commemorato la Statuto!

Eppure non era del tutto contento, il papà. Nei suoi occhi azzurri di ragazzo, pieni di ardore patriottico, leggevo un'ombra di disappunto. Doveva avere individuato un inciampo, un piccolo ostacolo imprevisto e sgradevole.

E difatti, avendo cominciato a un certo punto a contare sulle dita quanti di noi, di noi « *judìm* ferraresi », fossero ancora rimasti « fuori », ed essendo infine venuto a Ermanno Finzi-Contini, il quale non aveva mai preso la tessera, è vero, ma in fondo, tenuto anche conto del cospicuo patrimonio agricolo di cui era proprietario, non si era mai capito bene perché, improvvisamente, come seccato di se medesimo e della propria discrezione, si risolse a dare notizia di due avvenimenti curiosi: fra loro magari senza rapporto – premise – ma non per questo meno significativi.

Primo: che l'avvocato Gerèmia Tabet, quando, nella sua

qualità di Sansepolcrista e di amico intimo del Segretario Federale, si era recato apposta al Barchetto del Duca per offrire al professore la tessera già intestata, non soltanto se l'era vista restituire, ma di lì a poco, molto gentilmente, senza dubbio, però altrettanto fermamente, era stato messo alla porta.

« E con che scusa? », domandò qualcuno, flebile. « Non si era mai saputo che Ermanno Finzi-Contini fosse un leone. »

« Con che scusa ha rifiutato? » scoppiò a ridere mio padre. « Eh, con qualcuna delle solite: cioè che lui è uno studioso (vorrei poi sapere di quale materia!), che è troppo vecchio, che in vita sua non si è mai occupato di politica, eccetera eccetera. Del resto è stato furbo, l'amico. Deve aver notato la faccia nera di Tabet, e allora *zac!*, gli ha fatto scivolare in tasca cinque carte da mille. »

« Cinquemila lire! »

« Sicuro. Da devolversi a favore delle Colonie Marine e Montane dell'Opera Nazionale Balilla. L'ha pensata bene, no? Ma state a sentire la seconda novità. »

E passò a informare la tavolata come qualmente il professore, con lettera fatta pervenire alcuni giorni avanti al Consiglio della Comunità per tramite dell'avvocato Renzo Galassi-Tarabini (poteva scegliersi un legale più collotorto, più baciapile, più « *halto* » di così?), avesse chiesto in via ufficiale il permesso di restaurare a proprie spese, « per uso della famiglia e degli eventuali interessati », l'antica, piccola sinagoga spagnola di via Mazzini, da almeno tre secoli sottratta al culto e adibita a magazzino di sgombero

## 3

Nel 1914, quando il piccolo Guido morì, il professor Ermanno aveva quarantanove anni, la signora Olga ventiquattro. Il bambino si sentì male, fu messo a letto con febbre altissima, e subito cadde in un profondo sopore.

Venne chiamato d'urgenza il dottor Corcos. Dopo un muto, interminabile esame eseguito a sopracciglia aggrottate, Corcos rialzò bruscamente il capo e fissò, grave, prima il padre quindi la madre. Le due occhiate del medico di casa furono lunghe, severe, stranamente sprezzanti. Intanto, sotto i grossi baffi umbertini già tutti grigi, le labbra gli si piegavano nella smorfia amara, quasi vituperosa, dei casi disperati.

« Non c'è più niente da fare » intendeva dire il dottor Corcos con quegli sguardi e quella smorfia. Ma forse anche altro. E cioè che lui pure, dieci anni avanti (e chissà se poi ne parlò quel giorno medesimo prima di accomiatarsi, o invece, come accadde, soltanto cinque giorni più tardi, rivolto al nonno Raffaello, mentre seguivano entrambi passo passo l'imponente funerale), lui pure aveva perduto un bambino, il suo Ruben.

« Anch'io ho conosciuto questo strazio, anche io so bene che cosa vuol dire veder morire un figlio di cinque anni » fece a un tratto Elia Corcos.

A testa china e con le mani appoggiate al manubrio della bicicletta, il nonno Raffaello gli camminava a fianco. Pareva stesse contando ad uno ad uno i ciottoli di corso Ercole I d'Este. A quelle parole davvero inconsuete in bocca allo scettico amico, si girò stupito a guardarlo.

E infatti che cosa sapeva lo stesso Elia Corcos? Aveva esaminato a lungo il corpo inerte del bambino, decretato fra sé e sé prognosi infausta, e quindi, rialzati gli occhi, li aveva fissati in quelli impietriti dei due genitori: un vecchio, il padre, la madre ancora una ragazza. Per quali vie sarebbe potuto scendere a leggere in quei cuori? E chi altro mai, in futuro? L'epigrafe dedicata al piccolo morto nella tomba-monumento del cimitero israelitico (sette righe assai blandamente incise e inchiostrate su un umile rettangolo verticale di marmo bianco...) non avrebbe detto che:

Ahi
GUIDO FINZI-CONTINI
(1908-1914)
eletto di forma e di spirito
i tuoi genitori si preparavano
a vieppiù amarti
non già a piangerti

Vieppiù. Un sommesso singhiozzo, e basta. Un peso sul cuore da non dividere con nessun'altra persona al mondo.

Alberto era nato nel '15, Micòl nel '16: all'incirca miei coetanei. Non furono mandati né alle elementari ebraiche di via Vignatagliata, dove Guido aveva frequentato senza finirla la prima preparatoria, né, più tardi, al pubblico Liceo-Ginnasio G. B. Guarini, precoce crogiuolo della migliore società cittadina, ebraica e non ebraica, e quindi almeno altrettanto di prammatica. Studiavano invece privatamente, sia Alberto sia Micòl, il professor Ermanno interrompendo ogni tanto i suoi solitari studi di agraria, fisica, e storia delle comunità israelitiche d'Italia, per sorvegliare da vicino i loro progressi. Erano gli anni folli ma a loro modo generosi del primo fascismo emiliano. Ogni azione, ogni comportamento, venivano giudicati – anche da chi, come mio padre, citava volentieri Orazio e la sua *aurea mediocritas* – attraverso il rozzo vaglio del patriottismo o del disfattismo. Mandare i propri figlioli alle scuole pubbliche era considerato in genere patriottico. Non mandarceli, disfattistico: e quindi, per tutti coloro che ce li mandavano, in qualche modo offensivo.

Senonché, pur così segregati, un esile rapporto con l'ambiente esterno, coi ragazzi che come noi andavano alle scuole pubbliche, Alberto e Micòl Finzi-Contini l'avevano sempre mantenuto.

Erano due professori del *Guarini* a fungere da tramite.

Il professore Meldolesi, per esempio, in quarta ginnasio nostro insegnante di italiano, latino, greco, storia e geografia, un pomeriggio sì e uno no prendeva la bicicletta, e dal quartiere di villini sorto in quegli anni fuori Porta San Benedetto dove viveva, da solo, in una camera ammobiliata di cui era solito vantarci la vista e l'esposizione, si spingeva fino al Barchetto del Duca per restarci talvolta tre ore consecutive. Altrettanto faceva la signora Fabiani, titolare di matematica.

Dalla Fabiani, per la verità, non era mai trapelato niente. Di origine bolognese, vedova senza figli oltre i cinquanta, molto di chiesa, durante le interrogazioni la vedevamo sempre come sul punto d'essere rapita in estasi. Strabuzzava di continuo gli occhi cerulei, fiamminghi, bisbigliava fra sé. Pregava. Pregava per noi poverini, certo, inetti all'algebra quasi tutti; ma anche forse per affrettare la conversione al cattolicesimo dei signori israeliti a casa dei quali si recava due volte alla settimana. La conversione del professor Ermanno e della signora Olga, ma dei due ragazzi soprattutto, Alberto così intelligente e Micòl così viva e carina, doveva sembrarle una faccenda troppo importante, troppo urgente, perché rischiasse di comprometterne le probabilità di riuscita con qualche banale indiscrezione scolastica.

Il professor Meldolesi, al contrario, non taceva affatto Nato a Comacchio da famiglia contadina, educato in seminario fino a tutto il liceo (del prete, del piccolo, arguto, quasi femminile prete di campagna aveva moltissimo); passato poi a studiare lettere a Bologna in tempo per assistere alle ultime lezioni di Giosue Carducci, di cui si vantava « umile scolaro »: i pomeriggi trascorsi al Barchetto del Duca in ambiente saturo di memorie rinascimentali, col tè delle cinque preso in compagnia della famiglia al completo – e la signora Olga rientrava dal parco molto spesso a quell'ora, le braccia piene di fiori – nonché più tardi, magari, su in biblioteca, godendo fino al buio della dotta conversazione del professor Ermanno, quei pomeriggi straordinari rappresentavano evidentemente per lui qualcosa di troppo prezioso perché non ne facesse materia anche con noi di continui discorsi e divagazioni.

Dalla sera poi che il professor Ermanno gli aveva rivelato come il Carducci, nel 1875, fosse stato ospite dei suoi genitori per una decina di giorni, facendogli quindi vedere la stanza che aveva occupato, toccare il letto su cui aveva dormito, e dandogli infine da portare a casa, perché se lo guardasse con ogni comodo, un « mannello » di lettere autografe mandate dal poeta alla madre, la sua agitazione, il suo entusiasmo, non avevano più conosciuto limiti. Al punto di persuadersi, e di tentare di persuadere noi pure, che quel famoso verso della *Canzone di Legnano*:

O bionda, o bella imperatrice, o fida

nel quale sono chiaramente preannunciati gli ancora più famosi:

Onde venisti? Quali a noi secoli
sì mite e bella ti tramandarono...

e, insieme, la clamorosa conversione del grande maremmano all'« eterno femminino regale » e sabaudo, fosse stato per l'appunto ispirato dalla nonna paterna dei suoi allievi privati Alberto e Micòl Finzi-Contini. Oh, quale magnifico soggetto sarebbe stato, questo – aveva sospirato una volta in classe il professor Meldolesi – per un articolo da mandare a quella stessa *Nuova antologia* dove Alfredo Grilli, l'amico e collega Grilli, veniva pubblicando da tempo le sue acute postille serriane! Un giorno o l'altro, usando si capisce di tutta la delicatezza opportuna al caso, lui si sarebbe studiato di accennarne al proprietario delle lettere. E volesse il cielo che quest'ultimo, considerati i tanti anni trascorsi, e data l'importanza e, ovviamente la perfetta correttezza di un carteggio dove il Carducci si rivolgeva alla dama soltanto in termini di « amabile baronessa », di « ospite gentilissima », e simili, volesse il cielo che quest'ultimo non dicesse di no! Nella felice ipotesi di un sì, ci avrebbe senz'altro pensato lui, Giulio Meldolesi – purché anche di questo gli venisse dato esplicito consenso da parte di chi aveva ogni diritto di darlo o di negarlo – a copiare ad una ad una le lettere, accompagnando quindi quelle sante schegge, quelle venerande faville del gran maglio, di un minimo di commento. Di che cosa abbisognava, infatti, il testo del carteggio? Di nient'altro che di una introduzione di carattere generale, integrata se mai da qualche sobria nota storico-filologica a piè di pagina...

Ma a parte gli insegnanti che avevamo in comune, c'erano poi gli esami riservati ai privatisti – esami che si svolgevano, a giugno, contemporaneamente agli altri esami, di Stato e interni – a metterci almeno una volta all'anno in contatto diretto con Alberto e Micòl.

Per noi allievi interni, soprattutto se promossi, non c'erano forse giorni più belli. Come se ad un tratto rimpiangessimo i tempi appena appena finiti delle lezioni e dei compiti, per darci convegno non trovavamo per solito luogo migliore dell'atrio dell'istituto. Si indugiava nell'androne, vasto, fresco e semibuio come una cripta, assiepandoci davanti ai grandi fogli bianchi degli scrutini finali, affascinati dai nostri nomi e da quelli dei nostri compagni, che a leggerli così, trascritti in bella calligrafia ed esposti sottovetro di là da una leggera grata di fil di ferro, non finivano mai di stupirci. Era bello non aver più niente da temere dalla scuola, bello potere uscire di lì a poco nella luce limpida e azzurra delle dieci di mattina, ammiccante, laggiù, attraverso la postierla d'ingresso, bello avere dinanzi a sé lunghe ore di ozio e di libertà da spendere come meglio ci fosse piaciuto. Tutto bello, tutto stupendo, in quei primi giorni di vacanza. E quale felicità al pensiero sempre ritornante della prossima partenza per il mare o per la montagna, dove dello studio, che ancora affaticava e angustiava tanti altri, si sarebbe perduto quasi il ricordo!

Ed ecco, fra questi *altri* (rozzi ragazzotti di campagna, i più, figli di contadini preparati agli esami dal parroco del paese, che prima di varcare la soglia del *Guarini* si guardavano attorno smarriti come vitelli condotti al mattatoio), ecco Alberto e Micòl Finzi-Contini, appunto. niente affatto smarriti, loro, abituati come erano, da anni, a presentarsi e a trionfare. Forse leggermente ironici, specie nei miei riguardi, quando, attraversando l'atrio, mi scorgevano fra i miei compagni e mi salutavano di lontano con un cenno e un sorriso. Ma educati sempre, magari troppo, e gentili: proprio come degli ospiti.

Non venivano mai a piedi e tanto meno in bicicletta. Bensì in carrozza: un *brum* azzurro-scuro dalle grandi ruote gommate, le stanghe rosse, e lustro tutto di vernici, cristalli, nichelature.

La carrozza attendeva davanti al portone del *Guarini* per ore e ore, non spostandosi che per cercare l'ombra. E bisogna dire che esaminare l'equipaggio da vicino, in tutti i particolari, dal cavallone poderoso di tanto in tanto calmamente scalciante, con la coda mozza e con la criniera tagliata corta, a spazzola, sino alla minuscola corona nobiliare che spiccava argentea sul fondo blu degli sportelli, ottenendo talora dall'indulgente cocchiere in tenuta bassa, ma assiso in serpa come su un trono, il permesso di montare su uno dei predellini laterali, e ciò perché potessimo contemplare a nostro agio, il naso schiacciato contro il cristallo, l'interno tutto grigio, felpato, e in penombra (sembrava un salotto: in un angolo c'erano perfino dei fiori infilati dentro un esile vaso oblungo, a foggia di calice...), poteva essere anche questo un piacere, anzi lo era senz'altro: uno dei tanti avventurosi piaceri di cui sapevano esserci prodighe quelle meravigliose, adolescenti di tarda primavera.

## 4

Per quanto concerne me personalmente, nei miei rapporti con Alberto e Micòl c'era stato da sempre qualcosa di più intimo. Le occhiate d'intesa, i cenni confidenziali che fratello e sorella mi indirizzavano ogni qualvolta ci incontravamo nei pressi del *Guarini*, non alludevano che a questo, lo sapevo bene, riguardante noi e soltanto noi.

Qualcosa di più intimo. Che cosa, propriamente?

Si capisce: in primo luogo eravamo ebrei, e ciò in ogni caso sarebbe stato più che sufficiente. Tra noi poteva in pratica non essere successo mai nulla, nemmeno il poco che derivava dall'aver scambiato di tempo in tempo qualche parola. Ma la circostanza che fossimo quelli che eravamo, che almeno due volte all'anno, a Pasqua e a *Kippùr*, ci presentassimo coi nostri rispettivi genitori e parenti stretti davanti a un certo portone di via Mazzini – e spesso accadeva che dopo averne varcato la soglia tutti assieme, l'atrio successivo, angusto e mezzo al buio, obbligasse i grandi alle scappellate, alle strette di mano, agli inchini ossequiosi che per il resto dell'anno non avevano nessun'altra occasione di scambiarsi – a noi ragazzi non sarebbe occorso niente di più perché ritrovandoci altrove, e soprattutto in presenza di estranei, passasse subito nei nostri occhi l'ombra o il riso di una certa speciale complicità e connivenza.

Che fossimo ebrei, tuttavia, e iscritti nei registri della stessa Comunità israelitica, nel caso nostro contava ancora abbastanza poco. Giacché cosa mai significava la parola

« ebreo », in fondo? Che senso potevano avere, *per noi*, espressioni quali « Comunità israelitica » o « Università israelitica », visto che prescindevano completamente dall'esistenza di quell'ulteriore intimità, segreta, apprezzabile nel suo valore soltanto da chi ne era partecipe, derivante dal fatto che le nostre due famiglie, non per scelta, ma in virtù di una tradizione più antica di ogni possibile memoria, appartenevano al medesimo rito religioso, o meglio alla medesima Scuola? Quando ci incontravamo sul portone del Tempio, in genere all'imbrunire, dopo i laboriosi convenevoli scambiati nella penombra del portico finiva quasi sempre che salissimo in gruppo anche le ripide scale che portavano al secondo piano, dove ampia, gremita di popolo misto, echeggiante di suoni d'organo e di canti come una chiesa – e così alta, sui tetti, che in certe sere di maggio, coi finestroni laterali spalancati dalla parte del sole al tramonto, a un dato punto ci si trovava immersi in una specie di nebbia d'oro – c'era la sinagoga italiana. Ebbene soltanto noi, ebrei, d'accordo, ma cresciuti nell'osservanza di un medesimo rito, potevamo renderci davvero conto di quel che volesse dire avere il proprio banco di famiglia nella sinagoga italiana, lassù al secondo piano, invece che al primo, in quella tedesca, così diversa nella sua severa accolta, quasi luterana, di facoltose lobbie borghesi. E c'era dell'altro: perché anche a dare per risaputa al di fuori dell'ambiente strettamente ebraico una sinagoga italiana distinta da una tedesca, con quanto di particolare tale distinzione implicava sul piano sociale e sul piano psicologico, chi, oltre noi, sarebbe stato in grado di fornire precisi ragguagli intorno a « quelli di via Vittoria », tanto per fare un esempio? Con questa frase ci si riferiva di solito ai membri delle quattro o cinque famiglie che avevano il diritto di frequentare la piccola, separata sinagoga levantina, detta anche fanese, situata al terzo piano di una vecchia casa d'abitazione di via Vittoria, ai Da Fano di via Scienze, ai Cohen di via Gioco del Pallone, ai Levi di piazza Ariostea, ai Levi-Minzi di viale Cavour, e non so a quale altro isolato nucleo famigliare: tutta gente in ogni caso un po' strana, tipi sempre un tantino ambigui e sfuggenti, per i quali la religione, che a Scuola italiana aveva assunto forme di popolarità e teatralità pressoché cattoliche, con riflessi evidenti anche nei caratteri delle persone, per lo più estroversi e ottimisti, molto *padani*, era rimasta essenzialmente culto da praticare in pochi, in oratorî semiclandestini a cui era opportuno dirigersi di notte, e radendo alla spicciolata i vicoli più oscuri e peggio noti del ghetto. No, no, soltanto noi, nati e cresciuti *intra muros*, potevano sapere, comprendere davvero queste cose: sottilissime, irrilevanti, ma non per ciò meno reali. Gli altri, tutti gli altri, e in primo luogo i miei molto amati compagni quotidiani di studio e di giochi, inutile pensare di erudirli in una materia talmente privata. Povere anime. A questo proposito, non erano da considerarsi che degli esseri semplici e rozzi condannati a vita in fondo a irremeabili abissi di ignoranza, ovvero – come diceva perfino mio padre, sogghignando benigno – dei « *negri goìm* ».

Dunque, quando capitava, salivamo insieme le scale, insieme facevamo il nostro ingresso in sinagoga.

E poiché i nostri banchi erano vicini, prossimi laggiù in fondo al recinto semicircolare delimitato torno torno da una ringhiera marmorea al centro del quale sorgeva la *tevà*, o leggìo, dell'officiante, e tutti e due in ottima vista del monumentale armadio di nero legno scolpito che custodiva i rotoli della Legge, i cosiddetti *sefarìm*, valicavamo insieme anche il sonoro pavimento a losanghe bianche e rosa della grande sala. Madri, mogli, nonne, zie, sorelle, eccetera, si erano separate da noi uomini nel vestibolo. Sparite in fila indiana dentro un piccolo uscio a muro che metteva in uno stambugio, di qui, approfittando di una scaletta a chiocciola, erano salite ancora più su, nel matroneo, e fra poco le avremmo riviste occhieggiare dall'alto della loro stìa, posta appena sotto il soffitto, attraverso i fori delle grate. Ma anche così, ridotti ai soli maschi – vale a dire io, mio fratello Ernesto, mio padre, il professor Ermanno, Alberto, nonché, a volte, i due fratelli celibi della signora Olga, l'ingegnere e il dottor Herrera, calati da Venezia per l'occasione – anche così facevamo gruppo abbastanza numeroso. Significativo e importante, comunque: tanto è vero che mai, in qualsiasi momento della funzione fossimo apparsi sulla soglia, ci era dato raggiungere la meta senza suscitare in giro la curiosità più viva.

Come ho già detto, i nostri banchi erano vicini, uno dietro l'altro. Noi occupavamo il banco più avanti, in prima fila, e i Finzi-Contini quello immediatamente dietro. Anche volendo, sarebbe stato molto difficile ignorarsi.

Per parte mia, attratto dalla diversità nella stessa misura in cui mio padre ne era respinto, stavo sempre attentissimo a qualunque gesto o bisbiglio venisse dal banco posteriore. Non ero mai quieto un momento. Sia che chiacchierassi sottovoce con Alberto, il quale aveva due anni più di me, è vero, però doveva ancora « entrare di mignàn », e nondimeno si affrettava subito, appena arrivato, ad avvolgersi nel grande talèd di lana bianca a strisce nere che era appartenuto un tempo al « nonno Moisè »; sia che il professor Ermanno, sorridendomi gentilmente attraverso le grosse lenti, mi invitasse con un cenno del dito a osservare le incisioni in rame che illustravano un'antica Bibbia da lui estratta apposta per me dal cassetto; sia che, affascinato, ascoltassi a bocca aperta i fratelli della signora Olga, l'ingegnere delle ferrovie e il tisiologo, parlottare fra loro mezzo in veneto e mezzo in spagnolo (« Cossa xé che stas meldando? Su, Giulio, alevantate, ajde! E procura de far star in pie anca il chico... »), e poi smettere, d'un tratto, e unirsi a voce altissima, in ebraico, alle litanie del rabbino: per un verso o per l'altro stavo quasi sempre con la testa voltata. In fila nel loro stallo, i due Finzi-Contini e i due Herrera erano lì, a poco più di un metro di distanza, eppure lontanissimi, inattingibili: come se li proteggesse tutt'attorno una parete di cristallo. Fra loro non si assomigliavano. Alti, magri, calvi, con le lunghe facce pallide ombrate di barba, vestiti sempre o di blu o di nero, e abituati inoltre a mettere nella loro devozione una intensità, un ardore fanatico di cui il cognato e il nipote, bastava guardarli, non sarebbero mai stati capaci, i parenti veneziani sembravano appartenere a una civiltà completamente estranea ai golf e ai calzettoni color tabacco di Alberto, alle lane

28

inglesi e alle tele gialline, da studioso e da nobile di campagna, del professor Ermanno. E tuttavia, pur così diversi come erano, io li sentivo fra loro profondamente solidali. Che cosa c'era di comune – parevano dirsi tutti e quattro – fra loro e la platea distratta, bisbigliante, *italiana*, che anche al Tempio, dinanzi all'Arca spalancata del Signore, continuava a occuparsi di tutte le meschinità della vita associata, di affari, di politica, perfino di sport, ma non mai dell'anima e di Dio? Io ero un ragazzetto, allora: fra i dieci e i dodici anni. Un'intuizione confusa, certo, ma sostanzialmente esatta, si accompagnava in me al dispetto e all'umiliazione altrettanto confusi però cocenti, di far parte della platea, della gente volgare da tenere alla larga. E mio padre? Di fronte alla parete di vetro di là dalla quale i Finzi-Contini e gli Herrera, gentili sempre ma distanti, continuavano in fondo a ignorarlo, si comportava in maniera opposta alla mia. Invece di tentare degli approcci, lo vedevo esagerare per reazione – lui laureato in medicina e libero pensatore, lui volontario di guerra, lui fascista con tessera del '19, lui appassionato di sport, lui ebreo moderno, insomma – la propria sana insofferenza davanti a qualsiasi troppo pedissequa o smaccata esibizione di fede.

Quando lungo i banchi passava la lieta processione dei *sefarìm* (avvolti nelle ricche mantelline di seta ricamata, le corone d'argento di sghimbescio e le campanelline tintinnanti, i sacri rotoli della *Torà* sembravano una teoria di lattanti regali esibiti al popolo a rinforzo di qualche monarchia pericolante...), il dottore e l'ingegner Herrera erano pronti a sporgersi impetuosamente fuori dal banco, baciando quante più cocche di mantelline potevano con una avidità, una golosità quasi indecenti. Cosa contava che il professor Ermanno, imitato dal figlio, si limitasse a coprirsi gli occhi con un lembo del *talèd*, e a bisbigliare a fior di labbra una preghiera?

« Quante smancerie, quanto *haltùd* », avrebbe commentato più tardi a tavola mio padre con disgusto, senza che ciò gli impedisse, magari, subito dopo, di tornare una volta di più sull'ereditaria superbia dei Finzi-Contini, sull'assurdo isolamento nel quale vivevano, o addirittura sul loro sotterraneo, persistente antisemitismo da aristocratici. Ma per ora, non avendo sotto mano nessun altro su cui sfogarsi, era con me che se la prendeva.

Al solito mi ero voltato a guardare.

« Vuoi farmi il santo piacere di star composto? » sibilava lui a denti stretti, fissandomi esasperato coi suoi occhi azzurri e collerici. « Nemmeno al Tempio sai comportarti come si deve. Guarda qui tuo fratello: ha quattro anni meno di te, e potrebbe insegnarti l'educazione! »

Ma non sentivo. Poco dopo ero di nuovo là che davo le spalle al salmodiante dottor Levi, dimentico di ogni divieto.

Oramai, se voleva riavermi per qualche minuto in suo dominio – fisico, intendiamoci, soltanto fisico! – a mio padre non restava che attendere la benedizione solenne, quando tutti i figli sarebbero stati raccolti sotto i *taletòd* paterni come sotto altrettante tende. Ed ecco, infine (lo scaccino Carpanetti era già andato in giro con la sua pertica, accendendo ad uno ad uno i trenta candelabri d'argento e di bronzo dorato della sinagoga: la sala sfolgorava di luci), ecco, trepidamente attesa, la voce del dottor Levi, per solito così incolore, assumere di colpo il tono profetico adatto al momento supremo e finale della *berahà*.

« Jevarehehà Adonài veishmerèha... » attaccava solennemente il rabbino, curvo, quasi prostrato, sulla *tevà*, dopo essersi ricoperto la torreggiante berretta bianca col *talèd*.

« Su, ragazzi » faceva allora mio padre allegro e sbrigativo, schioccando le dita. « Venite qua sotto! »

Vero è che anche in quella circostanza l'evasione era sempre possibile. Il papà aveva un bel pigiare le dure mani sportive sulle nostre collottole, sulla mia in particolare. Sebbene vasto come una tovaglia, il *talèd* del nonno Raffaello, del quale si serviva, era troppo liso e bucherellato per garantirgli la clausura ermetica dei suoi sogni. E infatti, attraverso i buchi e gli strappi prodotti dagli anni nella tela fragile, che odorava di vecchio e di rinchiuso, non era difficile, almeno a me, osservare il professor Ermanno mentre lì accanto, le mani imposte sui bruni capelli di Alberto e su quelli fini, biondi, leggeri di Micòl, scesa a precipizio dal matroneo, pronunciava anche lui una dopo l'altra, tenendo dietro al dottor Levi, le parole della *berahà*. Sopra le nostre teste mio padre, che dell'ebraico non conosceva più d'una ventina di vocaboli, i soliti della conversazione famigliare – e d'altronde non si sarebbe mai piegato – taceva. Immaginavo l'espressione improvvisamente imbarazzata del suo viso, i suoi occhi, tra sardonici e intimiditi, levati verso i modesti stucchi del soffitto o verso il matroneo. Ma intanto, da dove ero, guardavo di sotto in su, con stupore e invidia sempre nuovi, il volto rugoso e arguto del professor Ermanno in quel momento come trasfigurato, guardavo i suoi occhi che dietro le lenti avrei detto pieni di lacrime. La sua voce era esile e cantilenante, intonatissima; la sua pronuncia ebraica, raddoppiando di frequente le consonanti, e con le zeta, le esse, e le acca molto più toscane che ferraresi, si sentiva filtrata attraverso la duplice distinzione della cultura e del ceto...

Lo guardavo. Sotto di lui, per tutto il tempo che durava la benedizione, Alberto e Micòl non smettevano di esplorare anche essi fra gli spirali della loro tenda. E mi sorridevano, e mi ammiccavano, ambedue curiosamente invitanti: specie Micòl.

Una volta, tuttavia, nel giugno del '29, il medesimo giorno in cui nell'atrio del *Guarini* erano state esposte le votazioni degli esami di licenza ginnasiale, era accaduto qualcosa di molto più diretto e particolare.

Agli orali non ero andato granché bene.

Nonostante che il professor Meldolesi si fosse adoperato parecchio in mio favore, ottenendo addirittura, contro ogni regola, di essere lui stesso ad interrogarmi, quasi mai ero apparso all'altezza dei numerosi sette e otto che ornavano la mia pagella nelle materie letterarie. Interrogato, in latino, sulla *consecutio temporum*, avevo fatto una quantità di pasticci. Molto stentatamente avevo risposto anche in greco, specie quando mi era stata messa sotto il naso una pagina dell'edizione Teubner dell'*Anabasi* perché ne traducessi qualche riga a prima vista. Più tardi avevo un po' rimediato. In italiano, per esempio, oltre ad essere riuscito a esporre con discreta disinvoltura il contenuto sia dei *Promessi sposi* sia delle *Ricordanze*, avevo detto a memoria le prime tre ottave dell'*Orlando furioso* senza inciampare una sola volta: e Meldolesi, pronto, a premiarmi alla fine con un « bravo! » così squillante da far sorridere l'intera commissione, e perfino me. Nel complesso, però, ripeto, nemmeno nel gruppo lettere il mio rendimento era risultato pari alla reputazione di cui godevo.

Ma il vero fiasco l'avevo combinato in matematica.

Fin dall'anno prima l'algebra non era voluta entrarmi in

cesta. Di più. Calcolando sull'appoggio immancabile che agli scrutini finali avrei avuto dal professor Meldolesi, con la professoressa Fabiani avevo sempre agito abbastanza vilmente: studiavo il minimo necessario per strappare il sei, e molto spesso neppure quel minimo. Quale importanza poteva avere la matematica per uno che all'università si sarebbe iscritto a lettere?, continuavo a dirmi anche quella mattina, mentre risalivo corso Giovecca diretto al *Guarini*. Tanto in algebra quanto in geometria non avevo quasi aperto bocca, purtroppo. Ma con questo? La povera Fabiani, che durante gli ultimi due anni non aveva mai osato darmi meno di sei, in sede di consiglio dei professori non si sarebbe certo azzardata a...: ed evitavo perfino di pronunciarla mentalmente, la parola « bocciarmi », tanto l'idea della bocciatura, col conseguente strascico di tediose e avvilenti lezioni private a cui mi sarei dovuto sottoporre a Riccione per tutto il corso dell'estate, mi sembrava assurda se riferita a me. Io, proprio io, che non avevo subìto l'umiliazione del rinvio a ottobre neanche una volta, e anzi, in prima, seconda e terza ginnasio, ero stato insignito « per profitto e buona condotta » dell'ambito titolo di « Guardia d'onore ai Monumenti dei caduti e ai Parchi della rimembranza », *io* bocciato, ridotto alla mediocrità, costretto a rientrare nella massa più anonima! E il papà? Se per ipotesi la Fabiani mi avesse rimandato a ottobre (insegnava matematica anche al liceo, la Fabiani; per tale motivo mi aveva interrogato lei, era nel suo diritto!), dove l'avrei trovato, io, di lì a qualche ora, il coraggio di tornare a casa, sedermi a tavola davanti al papà e mettermi a mangiare? Forse lui mi avrebbe picchiato: e sarebbe stato meglio, dopo tutto. Qualsiasi punizione sarebbe stata preferibile al rimprovero che mi fosse venuto dai suoi muti, terribili occhi celesti...

Entrai nell'atrio del *Guarini*. Un gruppo di ragazzi, tra i quali notai subito vari compagni, sostava tranquillo dinanzi alla tabella delle medie. Appoggiata la bicicletta al muro, di fianco al portone d'ingresso, mi avvicinai tremante. Nessuno aveva mostrato di essersi accorto del mio arrivo.

Guardai da dietro una siepe di spalle ostinatamente voltate. La vista mi si annebbiò. Guardai di nuovo: e il cinque rosso, unico numero in inchiostro rosso di una lunga filza di numeri in inchiostro nero, mi si impresse nell'anima con una violenza e col bruciore di un marchio infuocato.

« Beh, cos'hai? » mi chiese Sergio Pavani, dandomi un colpetto gentile sulla schiena. « Non farai mica una tragedia per un cinque in matematica! Guarda me » e rise: « latino e greco ».

« Coraggio » aggiunse Otello Forti. « Ho una materia anche io: inglese. »

Lo fissai inebetito. Eravamo stati compagni di classe e di banco dalla prima elementare, abituati fin d'allora a studiare assieme, un giorno a casa dell'uno e un giorno a casa dell'altro, e convinti entrambi della mia superiorità. Non passava anno che io non fossi promosso a giugno, mentre lui, Otello, doveva sempre riparare qualche materia.

E adesso, di colpo, sentirmi paragonare a *un* Otello Forti, e proprio da lui, per giunta! Trovarmi sbalzato d'un tratto al suo livello!

Quello che feci e pensai nelle quattro o cinque ore seguenti, cominciando dall'effetto che ebbe su di me, appena fuori dal *Guarini*, l'incontro col professor Meldolesi (sorrideva, il brav'uomo, senza cappello e cravatta, con il colletto della camicia a righe rovesciato indietro sul bavero della giacca, e svelto a darmi conferma della « impuntatura » della Fabiani nei miei confronti, del suo rifiuto categorico a « chiudere un occhio una sola volta di più »), per continuare con la descrizione del lungo, disperato vagabondaggio senza meta a cui mi abbandonai subito dopo aver ricevuto dallo stesso professor Meldolesi un buffetto sulla guancia a titolo di commiato e di incoraggiamento, non vale la pena di raccontarlo per esteso. Basti dire che verso le due del pomeriggio vagavo tuttora in bicicletta lungo la Mura degli Angeli, dalle parti di corso Ercole I d'Este. A casa non avevo nemmeno telefonato. Col volto rigato di lacrime, col cuore traboccante di una immensa pietà per me stesso, pedalavo senza quasi sapere dove mi trovassi e meditando confusi progetti suicidi.

Mi fermai sotto un albero: uno di quegli antichi alberi, tigli, olmi, platani, castagni, che di lì a una dozzina d'anni, nel gelido inverno di Stalingrado, sarebbero stati sacrificati per farne legna da stufe, ma che nel '29 levavano ancora ben alti al di sopra dei bastioni cittadini i loro grandi ombrelli di foglie.

In giro, deserto assoluto. Il viottolo di terra battuta che, come un sonnambulo, avevo percorso fin lì da Porta San Giovanni, proseguiva serpeggiando fra i tronchi secolari verso Porta San Benedetto e la stazione ferroviaria. Mi sdraiai bocconi nell'erba accanto alla bicicletta, col viso che mi scottava nascosto fra le braccia. Aria calda e ventilata attorno al corpo disteso, desiderio esclusivo di rimanere il più a lungo possibile così, ad occhi chiusi. Nel coro narcotizzante delle cicale qualche suono non lontano spiccava isolato: un grido di gallo, uno sbattere di panni prodotto verosimilmente da una lavandaia attardatasi a fare il bucato nell'acqua verdastra del canale Panfilio, e infine, vicinissimo, a pochi centimetri dall'orecchio, il ticchettio via via più lento della ruota posteriore della bicicletta ancora in cerca del punto di immobilità.

A casa, ormai – pensavo – avevano di certo già saputo: da Otello Forti, magari. Si erano seduti a tavola? Poteva darsi, anche se poi, molto presto, avevano dovuto smettere di mangiare. Forse stavano cercandomi. Forse avevano subito sguinzagliato lo stesso Otello, l'amico buono, l'amico inseparabile, dandogli l'incarico di perlustrare in bicicletta l'intera città, Montagnone e mura compresi, sicché non era per niente improbabile che di punto in bianco me lo trovassi davanti con una faccia rattristata di circostanza, però tutto felice, lui, me ne sarei accorto al primo sguardo, di non essere stato rimandato altro che in inglese. Ma no: forse, sopraffatti dall'angoscia, a un dato momento i miei genitori avevano deciso di rivolgersi direttamente alla Questura. C'era andato il papà a parlare col questore in Castello. Mi pareva di vederlo: balbettante, invecchiato in modo pauroso, ridotto l'ombra di se stesso. Piangeva. Eh, ma se verso l'una, a Pontelagoscuro, avesse potuto osservarmi mentre

35

fissavo la corrente del Po dall'alto del ponte di ferro (c'ero rimasto per un bel pezzo a guardare in giù. Quanto? Almeno almeno venti minuti!), allora sì che si sarebbe spaventato... allora sì che avrebbe capito... allora sì che..

« *Pss.* »

Mi svegliai di soprassalto.

« *Pss!* »

Alzai lentamente il capo, girandolo a sinistra, dalla parte del sole. Sbattei le palpebre. Chi mi chiamava? Otello non poteva essere. E allora?

Mi trovavo circa a metà di quel tratto delle mura urbane, lungo su per giù tre chilometri, che comincia dal punto dove corso Ercole I d'Este ha termine per finire a Porta San Benedetto, di fronte alla stazione. Il luogo è sempre stato particolarmente solitario. Lo era trent'anni fa, e lo è ancor oggi, nonostante che a destra, soprattutto, cioè dal lato della Zona industriale, siano spuntate dal '45 in poi decine e decine di variopinte casette operaie, a paragone delle quali, e delle ciminiere e dei capannoni che fanno loro da sfondo, il bruno, cespuglioso, selvaggio sperone semidiroccato del baluardo quattrocentesco appare di giorno in giorno più assurdo.

Guardavo, cercavo, socchiudendo gli occhi al riverbero. Ai miei piedi (soltanto adesso me ne rendevo conto), le chiome dei nobili alberi gonfie di luce meridiana come quelle di una foresta tropicale, si stendeva il Barchetto del Duca: immenso, davvero sterminato, con al centro, mezzo nascosti nel verde, le torricelle e i pinnacoli della *magna domus*, e delimitato lungo l'intero perimetro da un muro di cinta interrotto un quarto di chilometro più in là, per lasciar defluire il canale Panfilio.

« Ehi, ma sei proprio anche cieco! » fece una voce allegra di ragazza.

Per via dei capelli biondi, di quel biondo particolare striato di ciocche nordiche, da *fille aux cheveux de lin*, che non apparteneva che a lei, riconobbi subito Micòl Finzi-Contini. Si affacciava dal muro di cinta come da un davanzale, sporgendone con tutte le spalle e appoggiandovisi a braccia conserte. Sarà stata a non più di venticinque metri

36

di distanza (sufficientemente vicina, dunque, perché riuscissi a vederle gli occhi, che erano chiari, grandi, forse troppo grandi, allora, nel piccolo viso magro di bimba), e mi osservava di sotto in su.

« Cos'è che fai, là sopra? Sono dieci minuti che sto a guardarti. Se dormivi e ti ho svegliato, scusami. E... condoglianze! »

« Condoglianze? Come, perché? » borbottai, sentendo che il viso mi si copriva di rossore.

Mi ero tirato su.

« Che ora è? » chiesi, alzando la voce.

« Io faccio le tre » disse, con una graziosa smorfia delle labbra. E poi:

« Immagino che avrai fame. »

Rimasi di stucco. Dunque sapevano anche loro! Per un attimo giunsi a credere che la notizia della mia sparizione l'avessero avuta da mio padre o da mia madre: per telefono, come, certo, infinita altra gente. Ma fu Micòl stessa a rimettermi prontamente in carreggiata.

« Stamattina sono andata al *Guarini* insieme con Alberto. Volevamo vedere i quadri. Ci sei rimasto male, eh? »

« E tu, sei stata promossa? »

« Ancora non si sa. Forse aspettano, a mettere fuori i voti, che abbiano finito *anche* tutti gli altri privatisti. Ma perché non scendi giù? Vieni più vicino, dài, così faccio a meno di sgolarmi. »

Era la prima volta che mi rivolgeva la parola, la prima, anzi, che la sentivo parlare. E immediatamente notai quanto la sua pronuncia assomigliasse a quella di Alberto. Parlavano entrambi nello stesso modo: spiccando le sillabe di certi vocaboli di cui essi soli sembravano conoscere il vero senso, il vero peso, e invece scivolando bizzarramente su quelle di altri, che uno avrebbe detto di importanza molto maggiore. Mettevano una sorta di puntiglio nell'esprimersi così. Questa particolare, inimitabile, tutta privata deformazione dell'italiano era la loro *vera* lingua. Le davano perfino un nome: il finzi-continico.

Lasciandomi scivolare giù per il declivio erboso, mi acco

stai alla base del muro di cinta. Benché ci fosse ombra –
un'ombra che sapeva acutamente di ortiche e di sterco – là
sotto faceva più caldo. E adesso lei mi guardava dall'alto, la
testa bionda al sole, tranquilla come se il nostro non fosse
stato un incontro casuale, assolutamente fortuito, ma come
se, a partire magari dalla prima infanzia, le volte che ci
eravamo dati convegno in quel posto non potessero nemmeno più contarsi.

« Esageri, però » disse. « Che cosa vuoi che conti avere
una materia a ottobre? »

Ma mi prendeva in giro, era chiaro, e un poco anche mi
disprezzava. Dopo tutto era abbastanza normale che un
guaio del genere fosse capitato a un tipo come me, venuto al
mondo da gente così comune, talmente « assimilata »: a un
quasi-*goi*, insomma. Che diritto avevo di far tante storie?

« Credo che ti circolino per la testa delle strane idee »
risposi.

« Ah sì? » sogghignò lei. « E allora spiega, prego, come
mai oggi non sei andato a casa a mangiare. »

« Chi ve l'ha detto? » mi sfuggì.

« Sappiamo, sappiamo. Abbiamo anche noi i nostri infor-
matori. »

Era stato Meldolesi – pensai – non poteva essere stato che
lui (infatti non mi sbagliavo). Ma che cosa importava? D'un
tratto mi ero accorto che la questione della bocciatura era
diventata secondaria, una faccenda bambinesca che si sarebbe sistemata da sé.

« Come fai » chiesi, « a stare lì sopra? Sembri alla finestra. »

« Ho sotto i piedi la mia brava scala a pioli » rispose,
scandendo le sillabe di « mia brava » nel suo solito, orgoglio-
so modo.

Di là dal muro si levò a questo punto un latrato: greve e
corto, un po' rauco. Micòl girò il capo, gettando dietro la
spalla sinistra un'occhiata piena di noia e insieme d'affetto.
Fece una boccaccia al cane, quindi tornò a guardare dalla
mia parte.

« Uffa! » sbuffò calma. « È Jor. »

« Di che razza è? »

« È un danese. Ha un anno soltanto, ma pesa quasi un quintale. Mi tiene sempre dietro. Io spesso cerco di confondere le mie traccie, ma lui, dopo un poco, sta' pur sicuro che mi ritrova. È *terribile*. »

Sorrise.

« Vuoi che ti faccia venir dentro? » aggiunse, tornata già seria. « Se vuoi, ti insegno subito come devi fare. »

# 6

Quanti anni sono passati da quel remoto pomeriggio di giugno? Più di trenta. Eppure, se chiudo gli occhi, Micòl Finzi-Contini sta ancora là, affacciata al muro di cinta del suo giardino, che mi guarda e mi parla. Nel 1929 Micòl era poco più che una bambina, una tredicenne magra e bionda con grandi occhi chiari, magnetici; io un ragazzetto in calzoni corti, molto borghese e molto vanitoso, che un piccolo inconveniente scolastico bastava a gettare nella disperazione più infantile. Entrambi ci fissavamo. Al di sopra della sua testa il cielo era azzurro e compatto, un caldo cielo già estivo senza la minima nube. Niente avrebbe potuto mutarlo, sembrava, e niente infatti l'ha mutato, almeno nella memoria.

« Allora vuoi, o non vuoi? » incalzò Micòl.

« Ma... non so... » cominciai a dire, accennando al muro. « Mi sembra molto alto.»

« Perché non hai visto bene » ribatté impaziente. « Guarda là..., e là », e puntava il dito per farmi osservare. « C'è una quantità di tacche, e perfino un chiodo, quassù in cima. L'ho piantato io. »

« Sì, gli appigli ci sarebbero, per esserci » mormorai incerto, « ma... »

« Appigli?! » mi interruppe, scoppiando a ridere. « Io per me le chiamo tacche. »

« Male, perché si chiamano appigli » insistei, testardo e acido. « Si vede che non sei mai stata in montagna. »

Fin da bambino ho sempre sofferto di vertigini, e, per quanto modesta, la scalata mi impensieriva. Da bambino, quando la mamma, con Ernesto in braccio (Fanny non era ancora nata), mi conduceva sul Montagnone, e lei si sedeva nell'erba del vasto piazzale di fronte a via Scandiana dall'alto del quale si poteva scorgere il tetto di casa nostra appena distinguibile nel mare di tetti attorno alla gran mole della chiesa di Santa Maria in Vado, non era senza molto timore, ricordo, che andavo a sporgermi dal parapetto delimitante il piazzale dalla parte della campagna, e guardavo giù, nel baratro profondo trenta metri. Lungo la parete strapiombante stava quasi sempre salendo o scendendo qualcuno: contadini, manovali, giovani muratori, ognuno con la bicicletta a tracolla; e vecchi, anche, baffuti pescatori di rane e pesci-gatto, carichi di canne e di ceste: tutta gente di Quacchio, di Ponte della Gradella, di Coccomaro, di Coccomarino, di Focomorto, che avevano fretta, e piuttosto che passare da Porta San Giorgio o da Porta San Giovanni (perché da quel lato i bastioni erano intatti, a quell'epoca, senza brecce praticabili per una lunghezza di almeno cinque chilometri), preferivano prendere, come dicevano, « la strada della Mura ». Uscivano di città: in questo caso, attraverso il piazzale, mi passavano accanto senza guardarmi, scavalcando il parapetto e lasciandosi calar giù fino a poggiare la punta del piede sulla prima sporgenza o rientranza della muraglia decrepita per poi raggiungere in pochi momenti il prato sottostante. Arrivavano dalla campagna: e allora venivano su con certi occhi sbarrati che a me sembravano fissi nei miei, affioranti timidamente dall'orlo del parapetto, ma invece mi sbagliavo, si capisce, non erano attenti che a scegliere l'appiglio migliore. Sempre, ad ogni modo, durante tutto il tempo che stavano così, sospesi sopra l'abisso – a coppie, in genere, uno dietro l'altro – li udivo chiacchierare tranquillamente in dialetto, né più né meno che se si fossero trovati a camminare lungo un viottolo in mezzo ai campi. Come erano calmi, forti, e coraggiosi!, mi dicevo. Dopo essersi avvicinati fino a poche decine di centimetri dal mio viso, tanto che spesso, oltre a specchiarmi nelle loro sclerotiche ero investito dal puzzo di vino dei loro fiati, afferravano con le grosse dita callose lo spigolo del parapetto, emergevano dal vuoto con tutto il corpo, e hop-là, eccoli al sicuro. Io non sarei mai stato capace di fare altrettanto, mi ripetevo ogni volta, guardandoli allontanarsi, pieno di ammirazione ma anche di ribrezzo. Mai e poi mai.

Ebbene, qualcosa di simile provavo anche adesso, dinanzi al muro in cima al quale Micòl Finzi-Contini mi invitava a salire. La parete non appariva certo così alta come quella dei bastioni del Montagnone. Tuttavia era più liscia, assai meno corrosa dagli anni e dalle intemperie. E se, arrampicandomi lassù – pensavo, gli occhi fissi alle tacche appena segnate che Micòl mi aveva indicato – mi fosse venuto un capogiro e fossi precipitato? Potevo benissimo ammazzarmi lo stesso.

Comunque, non era tanto per questo motivo che ancora esitavo. A trattenermi era una ripugnanza diversa da quella puramente fisica delle vertigini: analoga ma diversa, e più forte. Per un attimo giunsi a rimpiangere la mia disperazione di poco prima, il mio sciocco, puerile pianto di ragazzo bocciato.

« E poi non capisco per quale ragione » continuai, « dovrei mettermi a fare dell'alpinismo proprio qui. Se debbo entrare in casa *vostra*, grazie mille, molto volentieri, però, francamente, mi sembra di gran lunga più comodo passare di là » e così dicendo alzavo il braccio in direzione di corso Ercole I d'Este « dal portone d'ingresso. Che cosa ci vuole? Prendo la bicicletta, e in un momento faccio il giro. »

Mi accorsi subito che la proposta non le andava.

« Ma no, no... » disse, deformando il viso in un'espressione di intenso fastidio, « se passi di là ti vede per forza Perotti, e allora addio, è finita, non c'è più nessun gusto. »

« Perotti? Chi è? »

« Il portinaio... sai, forse l'hai già notato, quello che ci fa anche da cocchiere e da *chauffeur*... Se lui ti vede – e *non* può non vederti, perché, a parte le volte che va fuori con la carrozza o con la macchina, è sempre là a fare la guardia, il *maledetto*! – dopo bisogna assolutamente che io ti porti anche in casa... E dimmi tu se... Ti pare? »

42

Mi guardava dritto negli occhi: seria, ora, sebbene calmissima.

« Va bene » risposi, voltando il capo e accennando col mento all'argine, « ma la bicicletta dov'è che la lascio? Non posso mica lasciarla là, abbandonata! È nuova, una Wolsit: col fanalino elettrico, la borsetta per i ferri, la pompa, figùrati... Se mi faccio rubare *anche* la bicicletta... »

E non aggiunsi altro, ripreso di colpo dall'angoscia dell'inevitabile incontro con mio padre. Quella sera stessa, al più tardi, sarei dovuto tornare a casa. Non avevo altra scelta.

Girai di nuovo gli occhi verso Micòl. Mentre parlavo, si era messa a sedere sul muro, volgendomi la schiena; e adesso alzava decisa una gamba e si poneva a cavalcioni.

« Che cosa stai combinando? » domandai, sorpreso.

« Mi è venuta un'idea per la bicicletta, e intanto ti mostro i punti dove è meglio mettere i piedi. Sta' bene attento a dove li metto io. Guarda. »

Volteggiò molto disinvolta lassù in cima, quindi, afferratasi al grosso chiodo rugginoso che mi aveva indicato poco prima, cominciò a scendere. Veniva giù adagio ma sicura, cercando gli appoggi con le punte delle scarpette da tennis, ora con una ora con l'altra, e sempre trovandoli senza troppa fatica. Scendeva bene. Tuttavia, prima di toccare terra, le mancò un appoggio e scivolò. Cadde in piedi. Ma si era fatta male alle dita di una mano. Inoltre, strusciando contro il muro, il vestito di tela rosa, da mare, le si era sdrucito leggermente sotto un'ascella.

« Che stupida » brontolò, portando la mano alla bocca e soffiandoci sopra. « È la prima volta che mi succede. »

Si era anche sbucciata un ginocchio. Tirò su un lembo del vestito fino a scoprire la coscià stranamente bianca e forte, già da donna, e si chinò a esaminare l'abrasione. Due lunghe ciocche bionde, di quelle più chiare, sfuggite al cerchietto di cui si serviva per tenere a posto i capelli, ricaddero in giù, a nasconderle la fronte e gli occhi.

« Che stupida » ripeté.

« Ci vuole dell'alcool » dissi io meccanicamente, senza

avvicinarmi, nel tono un po' lamentoso che adoperavamo tutti, in famiglia, in circostanze del genere.

« Macché alcool. »

Leccò rapida la ferita: una specie di piccolo bacio affettuoso; e subito si drizzò.

« Vieni » disse, tutta rossa e scarmigliata.

Si volse, e prese ad arrampicarsi di traverso lungo la proda assolata dell'argine. Si aiutava con la mano destra, afferrandosi ai ciuffi dell'erba; intanto, la sinistra levata all'altezza del capo, veniva togliendosi e rimettendosi il cerchietto ferma-capelli. Ripeté la manovra più volte, svelta come se si pettinasse.

« Vedi quel buco là? » mi disse poi, non appena fummo arrivati in cima. « La bicicletta puoi senz'altro nascondercela dentro. »

Mi indicava, a una cinquantina di metri di distanza, una di quelle piccole, erbose montagnole coniche, non più alte di due metri e con l'apertura d'ingresso quasi sempre interrata, nelle quali è abbastanza frequente imbattersi facendo il giro delle mura di Ferrara. A vederle, assomigliano un po' ai *montarozzi* etruschi della campagna romana; in scala molto minore, s'intende. Senonché la camera sotterranea, spesso vastissima, a cui qualcheduna di esse dà ancora adito, non ha mai servito da casa per nessun morto. Gli antichi difensori delle mura vi riponevano armi: colubrine, archibugi, polvere da sparo, eccetera. E forse anche quelle strane palle di cannone di marmo pregiato che nel Quattrocento e nel Cinquecento avevano reso così temuta in Europa l'artiglieria ferrarese, e delle quali si può vedere tuttora qualche esemplare in Castello, messo là come ornamento del cortile centrale e delle terrazze.

« A chi vuoi che venga in mente che ci sia una Wolsit nuova, là sotto? Bisognerebbe proprio saperlo. Ci sei mai stato? »

Scossi il capo.

« No? Io sì, una infinità di volte. È *magnifico*. »

Si mosse decisa, ed io, raccolta la Wolsit da terra, le tenni dietro in silenzio.

La raggiunsi sulla soglia del pertugio. Era una sorta di fessura verticale, tagliata al vivo nella coltre d'erba che rivestiva compatta il monticello: così stretta da non consentire il passaggio a più di una persona per volta. Immediatamente di là dalla soglia cominciava la discesa, e se ne vedeva per otto, dieci metri, non di più. Oltre, non c'erano che tenebre. Come se il cunicolo andasse a finire contro una tenda nera.

Si sporse a guardare, poi d'un tratto si girò.

« Va' giù tu » bisbigliò, e sorrideva debolmente, imbarazzata. « Preferisco aspettarti qua sopra. »

Si tirò da parte, congiungendo le mani dietro la schiena, e addossandosi alla parete d'erba, di fianco all'ingresso.

« Non ti farà mica impressione? » chiese, sempre sottovoce.

« No, no » mentii, e mi chinai per sollevare la bicicletta e mettermela in ispalla.

Senza aggiungere altro le passai davanti, inoltrandomi nel cunicolo.

Dovevo procedere adagio, anche per via della bicicletta il cui pedale di destra non faceva che urtare nella parete; e da principio, per tre o quattro metri almeno, fui come cieco, non vedevo nulla, assolutamente. Ma a una decina di metri dalla bocca d'ingresso (« Sta' attento », gridò a questo punto la voce già lontana di Micòl, alle mie spalle: « bada che ci sono degli scalini! »), cominciai a distinguere qualcosa. Il cunicolo finiva poco più avanti: ce n'era per qualche altro metro di discesa soltanto. Ed era appunto di lì, a partire da una specie di pianerottolo attorno al quale indovinavo, già prima di esserci, uno spazio totalmente diverso, che avevano inizio gli scalini preannunciati da Micòl.

Raggiunto che ebbi il pianerottolo, sostai un momento.

All'infantile paura del buio e dell'ignoto che avevo provato nell'istante in cui mi ero separato da Micòl, si era venuto sostituendo, in me, a mano a mano che mi inoltravo nel budello sotterraneo, un senso non meno infantile di sollievo: come se, essendomi sottratto in tempo alla compagnia di Micòl, fossi scampato a un gran pericolo, al pericolo maggiore al quale un ragazzo della mia età (« Un ragazzo della tua età › era una delle espressioni favorite di mio padre) potesse andare incontro. Eh, sì, pensavo: stasera, rincasando, il papà mi avrebbe magari picchiato. Però io le sue botte potevo ormai affrontarle tranquillamente. Una materia a ottobre: aveva ragione, Micòl, di riderci su. Che cos'era una materia a ottobre a paragone del resto – e tremavo – che laggiù, nel buio, sarebbe potuto succedere tra noi? Forse avrei trovato il coraggio di darle un bacio, a Micòl: un bacio sulle labbra. Ma poi? Che cosa sarebbe accaduto, poi? Nei film che avevo visto, e nei romanzi, i baci avevano voglia a essere lunghi e appassionati! In realtà, a confronto del *resto*, i baci non rappresentavano che un attimo in fondo trascurabile, se dopo che le labbra si erano congiunte, e le bocche quasi compenetrate una dentro l'altra, il filo del racconto non poteva il più delle volte essere ripreso prima del mattino successivo, o addirittura prima che fossero trascorsi vari giorni. Se io e Micòl fossimo arrivati a baciarci in quella maniera – e l'oscurità avrebbe certo favorito la cosa – dopo il bacio il tempo sarebbe continuato a scorrere tranquillo, senza che nessun intervento estraneo e provvidenziale potesse aiutarci a raggiungere la mattina seguente. Che cosa avrei dovuto fare, in tal caso, per riempire i minuti e le ore? Oh, ma questo non era accaduto, fortunatamente. Meno male che mi ero salvato.

Cominciai a scendere gli scalini. Filtrando attraverso il cunicolo, veniva da dietro qualche debole raggio di luce, adesso me ne accorgevo. E un po' con la vista, un po' con l'udito (bastava che urtassi con la bicicletta nella parete, o un tallone mi slittasse giù da un gradino, e subito l'eco ingigantiva e moltiplicava il suono, misurando spazi e distanze), ben presto mi resi conto della vastità dell'ambiente. Doveva trattarsi di una sala d'una quarantina di metri di diametro, rotonda, con la volta a cupola alta almeno altrettanto. Chissà, forse comunicava mediante un sistema di corridoi segreti con altre sale sotterranee dello stesso tipo, annidantisi a decine nel corpo dei bastioni. Niente di più facile.

Il fondo della sala era di terra battuta, liscio, compatto, umido. Mentre seguivo a tentoni la curva della parete, inciampai in un mattone, pestai nella paglia. Infine mi sedetti, restando con una mano afferrata al cerchio della bicicletta che avevo appoggiato al muro, e con un braccio attorno alle ginocchia. Rompeva il silenzio soltanto qualche fruscìo, qualche squittìo: topi, probabilmente, pipistrelli...

E se viceversa fosse accaduto? pensavo. Sarebbe stato davvero così terribile, se fosse accaduto?

Quasi di sicuro non sarei tornato a casa, e i miei genitori, e Otello Forti, e Sergio Pavani, e tutti gli altri, Questura compresa, avrebbero avuto un bel cercarmi! Nei primi giorni si sarebbero affannati a frugare da ogni parte. Ne avrebbero parlato anche i giornali, tirando fuori le solite ipotesi: rapimento, disgrazia, suicidio, espatrio clandestino, eccetera. A poco a poco, tuttavia, le acque si sarebbero calmate. I miei genitori si sarebbero dati pace (in fondo restavano loro Ernesto e Fanny), le ricerche sarebbero state abbandonate. E a pagare, alla fine, sarebbe stata soprattutto lei, quella stupida pinzòchera della Fabiani, la quale sarebbe stata trasferita per punizione « ad altra sede ». Dove? In Sicilia o in Sardegna, naturalmente. E le stava bene. Così avrebbe imparato a sue spese a essere meno perfida e carogna.

Quanto a me, visto che gli altri si davano pace, me la sarei data anch'io. Potevo contare su Micòl, fuori: ci avrebbe pensato lei a rifornirmi di cibo e di tutto quanto avessi bisogno. E sarebbe venuta da me ogni giorno, scavalcando il muro di cinta del suo giardino, d'estate come d'inverno. E ogni giorno ci saremmo baciati, al buio: perché io ero il suo uomo, e lei la mia donna.

Ma poi non era mica detto che non potessi uscire all'aperto mai più! Durante il giorno dormivo, si capisce, interrompendo il sonno quando sentivo sfiorarmi le labbra dalle labbra di Micòl, e più tardi riaddormentandomi con lei fra le braccia. Di notte, tuttavia, di notte potevo benissimo fare delle lunghe sortite, specie se sceglievo le ore dopo l'una, dopo le due, quando tutti sono a dormire, e per le vie della città non è rimasto in pratica nessuno. Strano e terribile, ma dopo tutto anche divertente, passare da via Scandiana, rivedere la nostra casa, la finestra della mia camera da letto adattata ormai a salotto, scorgere di lontano, nascosto nell'ombra, mio padre che torna proprio adesso dal Circolo dei Negozianti, e non gli passa nemmeno per la testa che io sono vivo e sto osservandolo. Difatti tira fuori di tasca la chiave, apre, entra, e quindi, tranquillo, proprio come se io, suo figlio maggiore, non sia mai esistito, richiude il portone d'un colpo solo.

E la mamma? Non potevo tentare un giorno o l'altro di far sapere almeno a lei, per tramite di Micòl, magari, che non ero morto? E rivederla, anche, prima che, stanco della mia vita sotterranea, me ne andassi via da Ferrara e sparissi definitivamente? Perché no? Sicuro che lo potevo!

Non so quanto rimasi. Forse dieci minuti, forse meno. Ricordo con precisione che mentre risalivo gli scalini e infilavo il cunicolo (alleggerito del peso della bicicletta andavo svelto, ora), continuavo a pensare e fantasticare. E la mamma? mi chiedevo. Si sarebbe scordata anche lei di me, come tutti?

Alla fine mi ritrovai all'aperto; e Micòl non stava più ad aspettarmi dove l'avevo lasciata poco prima, bensì, come vidi quasi subito facendomi schermo con la mano dalla luce del sole, di nuovo laggiù, seduta a cavalcioni del muro di cinta del Barchetto del Duca.

Appariva impegnata a discutere e parlamentare con qualcuno dall'altra parte del muro: il cocchiere Perotti, probabilmente, o addirittura il professor Ermanno in persona. Era chiaro: avendo notato la scala appoggiata al muro, si erano subito resi conto della sua piccola evasione. Adesso la invitavano a scendere. E lei non si decideva a obbedire.

A un certo punto si voltò, e mi scorse in cima all'argine. Allora gonfiò le guance come a dire:

« Uffa! Finalmente! »

E il suo ultimo sguardo, prima che scomparisse di là dal muro (uno sguardo accompagnato da un ammicco sorridente, proprio come quando, al Tempio, mi spiava da sotto il *talèd* paterno), era stato per me.

# II

## 1

La volta che mi riuscì di passarci davvero, di là dal muro di cinta del Barchetto del Duca, e di spingermi fra gli alberi e le radure della gran selva privata fino a raggiungere la *magna domus* e il campo di tennis, fu qualcosa come una decina d'anni più tardi.

Si era nel '38, a circa due mesi da quando erano state promulgate le leggi razziali. Ricordo bene. Un pomeriggio verso la fine di ottobre, pochi minuti dopo esserci alzati da tavola avevo ricevuto una telefonata di Alberto Finzi-Contini. Era vero, o no – mi aveva chiesto subito, trascurando qualsiasi preambolo (notare che non avevamo avuto occasione di scambiare una sola parola da più di cinque anni) – era vero, o no, che io e « tutti gli altri », con lettere firmate dal vice-presidente e segretario del Circolo del Tennis Eleonora d'Este, marchese Barbicinti, eravamo stati dimessi in blocco dal club: « cacciati via », insomma?

Smentii in tono reciso: non era vero, non avevo ricevuto nessuna lettera del genere; almeno io.

Ma lui, immediatamente, come se ritenesse la mia smentita priva di valore, o come se addirittura non fosse stato ad ascoltare, a propormi d'andare senz'altro da loro, a giocare a casa loro. Se mi accontentavo di un campo in terra-battuta bianca – continuò – con scarsi « *outs* »; se, soprattutto, dato che io giocavo di sicuro molto meglio, mi fossi « degnato di fare quattro palle » con lui e con Micòl, entrambi, loro, ne sarebbero stati ben lieti e « onorati ». E tutti i pomeriggi

49

erano buoni, se la faccenda mi interessava, aveva aggiunto Oggi, domani, dopodomani: potevo andare quando volevo, portando con me chi mi pareva, e anche il sabato, si capisce. A parte il fatto che lui si sarebbe trattenuto a Ferrara un altro mesetto almeno, giacché i corsi al Politecnico di Milano non sarebbero cominciati prima del 20 novembre (Micòl se la prendeva sempre più calma: e quest'anno, con la storia che era fuori corso, e non aveva bisogno di star lì a mendicare firme, chissà se a *Ca' Foscari* ci avrebbe mai messo piede), non vedevo che splendide giornate? Finché il tempo resisteva, sarebbe stato un vero delitto non approfittarne.

Pronunciò queste ultime parole con minore convinzione. Pareva che, d'un tratto, fosse stato sfiorato da un pensiero poco lieto, oppure che un repentino quanto immotivato senso di noia gli facesse desiderare che io non andassi, non tenessi conto del suo invito.

Ringraziai, senza promettere nulla di preciso. Perché quella telefonata? mi chiedevo non senza stupore, riagganciando. In fondo, da quando lui e la sorella erano stati mandati a studiare fuori di Ferrara (Alberto nel '33, Micòl nel '34: intorno agli stessi anni in cui il professor Ermanno aveva ottenuto dalla Comunità il permesso di ripristinare « per uso della famiglia e degli eventuali interessati » l'ex sinagoga spagnola incorporata nello stabile del Tempio di via Mazzini, sicché il banco dietro il nostro, a Scuola italiana, d'allora in poi era rimasto sempre vuoto), in fondo non c'eravamo più visti che rarissime volte, e quelle poche di sfuggita e di lontano. Durante tutto quel tempo eravamo diventati a tal punto estranei, insomma, che una mattina del 1935, alla stazione di Bologna (facevo già il second'anno di lettere, e andavo su e giù col treno si può dire ogni giorno), essendo stato violentemente urtato lungo la banchina di fianco al primo binario da un giovanotto alto, bruno, pallido, con un *plaid* sotto il braccio e con un facchino carico di valigie alle calcagna, il quale si dirigeva a gran passi verso il rapido di Milano in procinto di partire, sul momento non avevo affatto riconosciuto nel tipo Alberto Finzi-Contini. Raggiunta la coda del treno si era voltato a sollecitare il facchino, sparendo quindi dentro il vagone. Quella volta là – continuavo a pensare – non aveva nemmeno sentito il bisogno di salutarmi. Quando mi ero girato per protestare dell'urtone, mi aveva rivolto un'occhiata distratta. E adesso, al contrario, perché mai tanta insinuante cortesia?

« Chi era? » domandò mio padre, non appena fui rientrato in tinello.

Nella stanza non era rimasto che lui. Sedeva in poltrona accanto al mobiletto della radio, nella abituale, ansiosa attesa del notiziario delle due.

« Alberto Finzi-Contini. »

« Chi? Il ragazzo? Che degnazione! E cosa vuole? »

Mi scrutava coi suoi occhi azzurri, smarriti, che da molto tempo avevano perduto la speranza di impormi qualcosa, di riuscire a indovinare quello che mi passasse per la testa. Lo sapeva bene – mi diceva con gli occhi – che le sue domande mi infastidivano, che la sua continua pretesa di ingerirsi nella mia vita era indiscreta, ingiustificata. Ma santo Dio, non era mio padre? E non vedevo come fosse invecchiato, in quell'ultimo anno? Con la mamma e con Fanny non era il caso che si confidasse: erano donne. Con Ernesto nemmeno: troppo *putìn*. Con chi doveva parlare, allora? Possibile che non capissi che era proprio di me che lui aveva bisogno?

Gli riferii a denti stretti di che si trattava.

« E tu ci vai? »

Non mi diede il tempo di rispondergli. Di seguito, col calore da cui lo vedevo animarsi ogni volta che gli si offriva la possibilità di trascinarmi in una conversazione qualsiasi, meglio se d'argomento politico, si era già buttato a capo fitto a « fare il punto della situazione ».

Purtroppo era vero, aveva cominciato a ricapitolare, instancabile: lo scorso 22 settembre, dopo il primo annuncio ufficiale del 9, tutti i giornali avevano pubblicato quella tale circolare aggiuntiva del Segretario del Partito che parlava di varie « misure pratiche » di cui le Federazioni provinciali avrebbero dovuto curare l'immediata applicazione nei nostri riguardi. In futuro, « fermi restando il divieto dei matrimoni misti, l'esclusione di ogni giovane, riconosciuto come appartenente alla razza ebraica, da tutte le scuole statali di qualsivoglia ordine e grado », nonché la dispensa, per gli stessi, dall'obbligo « altamente onorifico » del servizio militare, noi « giudei » non avremmo potuto inserire necrologi nei quotidiani, figurare nel libro dei telefoni, tenere domestiche di razza ariana, frequentare « circoli ricreativi » di nessun genere. Eppure, nonostante ciò...

« Spero che tu non voglia ripetermi la solita storia » lo interruppi a questo punto, scuotendo il capo.

« Quale storia? »

« Che Mussolini sia più *buono* di Hitler. »

« Ho capito, ho capito » fece lui. « Però devi ammetterlo. Hitler è un pazzo sanguinario, mentre Mussolini sarà quello che sarà, machiavellico e voltagabbana fin che vuoi, ma... »

Di nuovo lo interruppi. Era o non era d'accordo – domandai, guardandolo dritto in faccia – con la tesi del saggio di Leone Trotski che gli avevo « passato » qualche giorno prima?

Mi riferivo a un articolo pubblicato su un vecchio numero della *Nouvelle Revue Française*, rivista di cui custodivo gelosamente in camera da letto diverse annate complete. Era successo questo: non rammento per quale motivo, m'era capitato di trattare mio padre con sgarberia. Lui si era offeso, aveva messo su broncio, di modo cne io, desideroso di ristabilire rapporti normali, a un certo punto non avevo trovato di meglio che renderlo partecipe della più recente delle mie letture. Lusingato dal segno di stima, mio padre non si era fatto pregare. Aveva subito letto, anzi divorato, l'articolo, sottolineando col lapis moltissime righe e coprendo i margini delle pagine di fitte note. In sostanza, e me l'aveva dichiarato esplicitamente, lo scritto di « quella buonalana dell'antico amicone di Lenìn » era stato anche per lui un'autentica rivelazione.

« Ma certo che sono d'accordo! » esclamò, contento di vedermi disposto ad avviare una discussione, e insieme sconcertato. « Non c'è dubbio, Trotski è un magnifico polemista. Che vivacità, che lingua! Capacissimo di aver steso l'articolo direttamente in francese. Già » e sorrise con orgoglio: « gli ebrei russi e polacchi saranno magari poco simpatici, però hanno sempre avuto un vero genio per le lingue. Ce l'hanno nel sangue ».

« Lascia stare la lingua e badiamo ai concetti » tagliai corto, con una punta di acredine professionale di cui subito mi pentii.

L'articolo parlava chiaro, seguitai, più pacatamente. In fase di espansione imperialistica il capitalismo non può che mostrarsi intollerante nei confronti di tutte le minoranze nazionali, e degli ebrei, in particolare, che sono *la* minoranza per antonomasia. Ora, al lume di questa teoria generale (il saggio di Trotski era del '31, non bisognava scordarsene: l'anno, cioè, in cui era cominciata la vera ascesa di Hitler), che cosa importava che Mussolini come persona fosse meglio di Hitler? E poi era davvero meglio, Mussolini, anche come persona?

« Ho capito, ho capito... » continuava a ripetere sommessamente mio padre, mentre parlavo.

Stava con le palpebre abbassate, il viso contratto in una smorfia di dolorosa sopportazione. Infine, quando fu ben certo che non avessi altro da aggiungere, mi posò una mano sopra un ginocchio.

Aveva capito, ripeté ancora una volta, riaprendo adagio le palpebre. Comunque, lo lasciassi dire: secondo lui io vedevo troppo nero, ero troppo catastrofico.

Perché mai non riconoscevo che dopo il comunicato del 9 settembre, e perfino dopo la circolare aggiuntiva del 22, le cose almeno a Ferrara erano andate avanti quasi come prima? Verissimo, ammise, sorridendo con malinconia: durante quel mese, fra i settecentocinquanta membri della Comunità non c'erano stati decessi di tale importanza che fosse valsa la pena di darne notizia sul *Padano* (non erano morte che due vecchiette dell'Ospizio di via Vittoria, salvo errore: una Saralvo e una Rietti; e neppure ferrarese, quest'ultima, ma proveniente da un paese del mantovano, Sabbioneta, Viadana, Pomponesco, o qualcosa di simile). Però siamo giusti: il libro dei telefoni non era stato ritirato per essere sostituito da una ristampa purgata; non c'era ancora stata « *havertà* », cameriera, cuoca, balia, o vecchia governante, a servizio presso qualcuna delle nostre famiglie, la quale, scoprendosi improvvisamente una « coscienza razziale », avesse davvero pensato di far fagotto; il Circolo dei Negozianti, dove, da oltre dieci anni, la carica di vice-presidente era coperta dall'avvocato Lattes – e che lui stesso, come pur dovevo sapere, continuava a frequentare indisturbato quasi ogni giorno – non aveva a tutt'oggi preteso dimissioni di sorta. E Bruno Lattes, il figlio di Leone Lattes forse che era stato espulso dall'*Eleonora d'Este*, per caso? Senza darmi il più piccolo pensiero di mio fratello Ernesto, il quale, poverino, stava sempre lì a guardarmi a bocca aperta, a imitarmi come se fossi chissà che gran « *hahàm* », io avevo smesso d'andarci, al tennis; e facevo male, glielo lasciassi dire, facevo molto male a chiudermi, a segregarmi, a non vedere più nessuno, per poi, con la scusa dell'università e dell'abbonamento ferroviario, svignarmela di continuo a Bologna (neanche con Nino Bottecchiari, Sergio Pavani e Otello Forti, fino all'anno scorso miei amici inseparabili, neanche con quelli volevo più stare, qua a Ferrara: e sì che loro, una volta uno e una volta l'altro, si poteva dire che non lasciassero passare mese senza telefonarmi, poveri ragazzi!). Guardassi invece il giovane Lattes, per favore. A dar retta al *Padano*, non soltanto lui aveva potuto partecipare regolarmente al torneo sociale, ma nel doppio-misto, giocando in coppia con quella bella ragazza dell'Adriana Trentini, la figlia dell'ingegnere-capo della Provincia, stava andando benissimo: avevano passato tre turni, e ormai si preparavano a fare la semifinale. Ah, no: tutto poteva dirsi del buon Barbicinti, e cioè che tenesse troppo ai propri, modesti, quarti di nobiltà, e troppo poco alla grammatica degli articoli di propaganda tennistica che il Federale gli faceva scrivere ogni tanto per il *Padano*. Ma che fosse un galantuomo, niente affatto ostile agli ebrei, assai blandamente fascista – e dicendo « assai blandamente fascista » la voce di mio padre ebbe un tremito, un piccolo tremito di timidezza – su questo non c'era né da dubitare né da discutere.

Quanto, poi, all'invito di Alberto, e al comportamento

dei Finzi-Contini in generale, cos'era, adesso, di punto in bianco, tutto questo loro agitarsi, tutto questo loro quasi spasmodico bisogno di contatti?

Era già stato abbastanza curioso quello che era successo la settimana scorsa al Tempio, per *Roshashanà* (io non avevo voluto venirci, al solito: e una volta di più avevo fatto male). Sì, era già stato abbastanza curioso, proprio al culmine della funzione e coi banchi quasi tutti già presi, vedere a un dato momento Ermanno Finzi-Contini, la moglie, e perfino la suocera, seguiti dai due figlioli e dagli inevitabili zii Herrera di Venezia – l'intera tribù, insomma, senza nessuna distinzione fra maschi e femmine – fare il loro solenne reingresso a Scuola italiana dopo *ben* cinque anni di sdegnoso isolamento in quella spagnola: e con certe facce, poi, soddisfatte e benigne, né più né meno che se avessero inteso, con la loro presenza, premiare e *perdonare* mica solo gli astanti, ma la Comunità tutta quanta. Questo comunque non era bastato, evidentemente. Adesso arrivavano al colmo di invitare gente a casa: al Barchetto del Duca, figuriamoci, dove fin dall'epoca di Josette Artom nessun cittadino e forestiero aveva più messo piede se non in occasioni di stretta emergenza. E volevo saperlo, perché? Ma perché erano contenti di quello che stava capitando! Perché a loro, *halti* come erano sempre stati (contrari al fascismo, va bene, ma soprattutto *halti*), *le leggi razziali facevano in fondo piacere!* E almeno fossero stati dei buoni sionisti, allora! Dato che qua in Italia, e a Ferrara, ci si erano sempre trovati talmente a disagio, talmente in prestito, almeno avessero approfittato della situazione per trasferirsi una buona volta in *Erez!* E invece no. Più che tirar fuori ogni tanto un po' di soldi, per *Erez* (niente di straordinario, in ogni caso), di più non avevano mai voluto fare. Loro le somme vere avevano sempre preferito spenderle in aristocratiche futilità: come quando, nel '33, per trovare un *ehàl* e un *parochèt* degni di figurare nella loro personale sinagoga (autentici arredi sefarditi, per carità, e che non fossero portoghesi, o catalani, o provenzali, bensì spagnoli, e di misura adatta!), si erano spinti in macchina, con dietro un Carnera, nientemeno che a Cherasco, in provincia di Cuneo, un paese che fino al '10 o giù di lì era stato sede di una piccola Comunità oramai estinta, e dove soltanto il cimitero era rimasto funzionante per via che alcune famiglie di Torino originarie del luogo, Debenedetti, Momigliano, Terracini, eccetera, continuavano a seppellirci i loro morti. Anche Josette Artom, la nonna di Alberto e Micòl, ai suoi tempi importava ininterrottamente palme ed eucalipti dall'Orto botanico di Roma, quello ai piedi del Gianicolo: e per questo, allo scopo che i carri ci passassero con tutta comodità, ma anche per ragioni di prestigio, neppure il caso di dirlo, aveva imposto al marito, quel povero Menotti, di far allargare almeno del doppio il già grande portone di casa prospiciente su corso Ercole I d'Este. La verità è che a furia di far collezioni, di cose, di piante, di tutto, si finisce a poco a poco col voler farle anche con le persone. Eh, ma se loro, i Finzi-Contini, rimpiangevano il ghetto (era nel ghetto, chiaramente, che sognavano di venir rinchiusi tutti quanti, magari disposti, in vista di questo bell'ideale, a lottizzare il Barchetto del Duca per farne una specie di *kibbùz* sottoposto al loro alto patronato), liberissimi, facessero pure. Lui, ad ogni buon conto, avrebbe sempre preferito la Palestina. E meglio ancora della Palestina, l'Alaska, la Terra del Fuoco, o il Madagascar...

Era un martedì. Non saprei dire come mai di lì a pochi giorni, il sabato di quella stessa settimana, mi risolvessi a fare proprio il contrario di ciò che mio padre desiderava. Escluderei che c'entrasse il solito meccanismo di contraddizione e disubbidienza tipico dei figli. A invogliarmi, d'un tratto, a tirar fuori la racchetta e i vestiti da tennis che riposavano in un cassetto da più di un anno, forse non era stata che la giornata luminosa, l'aria leggera e carezzevole di un primo pomeriggio autunnale straordinariamente soleggiato.

Ma nel frattempo erano accadute varie cose.

Prima di tutto, credo che a due giorni di distanza dalla telefonata di Alberto, dunque il giovedì, la lettera che « accoglieva » le mie dimissioni da socio del Circolo del Tennis Eleonora d'Este mi era effettivamente pervenuta. Scritta a macchina, ma con in calce tanto di firma dell'N. H.

56

marchese Barbicinti, la raccomandata espresso non indugiava in considerazioni personali e particolari. In poche righe secche secche, goffamente echeggianti lo stile burocratico, andava dritta allo scopo, dichiarando senz'altro «inamissibile» (*sic*) una ulteriore frequentazione del Circolo da parte della mia «Sig.ria Ill.ma». (Poteva mai esimersi, il marchese Barbicinti, dal condire ogni sua prosa di qualche svista ortografica? Si vede di no. Ma prenderne nota, e riderne, questa volta era stato un po' più difficile delle precedenti.)

In secondo luogo, c'era stata per me l'indomani una nuova chiamata al telefono proveniente dalla *magna domus*; e non più da parte di Alberto, questa, bensì di Micòl.

Ne era venuta fuori una lunga, anzi lunghissima conversazione, il cui tono si era mantenuto, per merito soprattutto di Micòl, sul filo di una normale, ironica e divagante chiacchierata di due stagionati studenti universitari fra i quali, da ragazzi, può esserci anche stato un tantino di tenero, ma che ora, dopo qualcosa come dieci anni, non hanno altra mira all'infuori di quella di effettuare un'onesta rimpatriata.

« Quanto sarà che non ci vediamo? »

« Cinque anni a dir poco. »

« E adesso come sei? »

« Brutta. Una zitella col naso rosso. E tu? A proposito: ho letto, ho letto... »

« Letto cosa? »

« Ma sì, *un* due anni fa, sul *Padano*, direi in terza pagina, che hai partecipato ai Littoriali della Cultura e dell'Arte a Venezia... Ci facciamo onore, eh? Complimenti! Già, ma tu in italiano sei sempre stato molto bravo, fin dal ginnasio. Meldolesi era veramente *incantato* di certi tuoi temi in classe. Credo che ce ne abbia perfino portato da leggere qualcuno ».

« C'è poco da prendere in giro. E tu, che cosa fai? »

« Niente. Avrei dovuto laurearmi in inglese a *Ca' Foscari*, lo scorso giugno. E invece macché. Speriamo di farcela quest'anno, pigrizia permettendo. Credi che i fuori-corso li lasceranno finire *ugualmente*? »

« Mi rendo conto di darti un dolore, ma non ne ho il minimo dubbio. Hai già preso la tesi? »

« Per prenderla l'ho presa: su Emily Dickinson, sai, quella poetessa americana dell'Ottocento, quella specie di *donna terribile*... Ma come si fa? Dovrei stare alle costole del professore, passare a Venezia degli interi quindici giorni, mentre a me, la Perla della Laguna, dopo un po'... In tutti questi anni ci sono rimasta il minimo necessario. Inoltre, francamente, studiare non è mai stato il mio forte. »

« Bugiarda. Bugiarda e snob. »

« Ma no, *giuro*. E quest'autunno, di mettermi lì buona buona me la sento ancora meno. Lo sai che cosa mi piacerebbe fare, caro te, invece che seppellirmi in biblioteca? »

« Sentiamo. »

« Giocare a tennis, ballare, e flirtare, figùrati! »

« Onesti svaghi, tennis e ballo compresi, a cui, volendo, potresti benissimo darti anche in Venezia. »

« Sicuro. Con la governante dello zio Giulio e dello zio Federico sempre alle calcagna! »

« Beh, per il tennis non mi dirai che non potresti farlo. Io, per esempio, appena posso prendo il treno e filo a Bologna a... »

« Filerai a *filare*, va' là, confessa: dalla morosa. »

« No, no. Debbo laurearmi anch'io l'anno prossimo, non so ancora se in storia dell'arte o in italiano (ma credo in italiano, ormai...), e quando ne ho voglia mi concedo un'ora di tennis. Fisso un ottimo campo a pagamento in via del Cestello o al Littoriale, e nessuno può dire niente. Perché non fai altrettanto tu, a Venezia? »

« La questione è che per giocare a tennis e ballare ci vuole il *partner*, mentre io a Venezia non conosco nessuno di *adatto*. E poi ti dico: Venezia sarà bellissima, non discuto, però non mi ci trovo. Mi sento provvisoria, spaesata... un po' come all'estero. »

« Vai a dormire dagli zii? »

« Eh già: dormire e mangiare. »

« Capisco. Comunque, due anni fa, quando a *Ca' Foscari* ci sono stati i Littoriali, ti ringrazio di non essere venuta.

Sinceramente. La considero la pagina più nera della mia vita. »

« Perché mai? Dopo tutto... Ti dirò anzi che a un certo punto, sapendo che ti presentavi, ho nutrito il gentile pensierino di accorrere a fare un po' di *claque* per... la bandiera. Ma senti, piuttosto: ti ricordi di quella volta sulla Mura degli Angeli, qui fuori, l'anno che sei stato rimandato a ottobre in matematica? Dovevi aver pianto come un vitello, *povero santo*: avevi certi occhi! Volevo consolarti. Mi era perfino venuto in mente di farti scavalcare il muro, di farti entrare in giardino. E per quale ragione non ci sei entrato, poi? So che *non* sei entrato, ma non ricordo perché? »

« Perché qualcuno ci ha sorpresi sul più bello. »

« Ah, sì, Perotti, quel *cane* di Perotti, il giardiniere. »

« Giardiniere? Cocchiere, mi sembrava. »

« Giardiniere, cocchiere, *chauffeur*, portinaio, tutto. »

« È ancora vivo? »

« Eccome! »

« E il cane, il cane vero, quello che abbaiava? »

« Chi? Jor? »

« Sì, il danese. »

« Anche lui vivo e vegeto. »

Aveva ripetuto l'invito del fratello (« Non so se Alberto ti ha poi telefonato, ma perché non vieni a fare un po' di palleggio a casa nostra? »), però senza insistere, e senza affatto accennare, a differenza di lui, alla lettera del marchese Barbicinti. Non accennò a niente altro che al puro piacere di rivederci dopo tanto tempo, e di godere assieme, in barba a tutti i divieti, quanto di bello restava da godere della stagione.

## 2

Non ero stato il solo ad essere invitato.

Quando, quel sabato pomeriggio, sbucai in fondo a corso Ercole I (evitati la Giovecca e il centro, provenivo dalla non lontana piazza della Certosa), mi accorsi immediatamente che davanti al portone di casa Finzi-Contini sostava all'ombra un piccolo gruppo di tennisti. Erano in cinque, anche loro in bicicletta: quattro ragazzi e una ragazza. Le labbra mi si piegarono in una smorfia di disappunto. Che gente era? Tranne uno che non conoscevo neppure di vista, un tipo più anziano, sui venticinque, con pipa fra i denti, calzoni lunghi di lino bianco e giacca di fustagno marrone, gli altri, tutti quanti in pullover colorati e in pantaloncini corti, avevano proprio l'aria di essere frequentatori abituali dell'*Eleonora d'Este*. Arrivati da qualche momento, aspettavano di poter entrare. Ma siccome il portone tardava ad aprirsi, ogni tanto, in segno di allegra protesta, cessavano di parlare ad alta voce e di ridere per mettersi a suonare ritmicamente i campanelli delle biciclette.

Fui tentato di tornare indietro. Troppo tardi. Già non suonavano più i campanelli e mi fissavano incuriositi. Uno, poi, nel quale, avvicinandomi, ravvisai d'un tratto Bruno Lattes, stava addirittura facendo segnali con la racchetta brandita in cima al braccio lungo e magrissimo. Intendeva farsi riconoscere (non eravamo mai stati granché amici: più giovane di me di due anni, nemmeno a Bologna, a Lettere, c'eravamo incontrati molto spesso), e insieme esortarmi a venire avanti.

Ormai ero fermo, giusto faccia a faccia con Bruno, la mano sinistra appoggiata alla liscia quercia del portone.

« Buon giorno » dissi, e sogghignavo. « Per qual motivo tanto concorso da queste parti, oggi? È forse finito il torneo sociale? O invece mi trovo al cospetto di una schiera di eliminati? »

Avevo parlato studiando accuratamente la voce e le parole. Li osservavo frattanto ad uno ad uno. Guardavo l'Adriana Trentini, i suoi bei capelli biondissimi, le sue gambe lunghe, affusolate: magnifiche, senza dubbio, ma dalla pelle troppo bianca sparsa delle strane chiazze rosse che sempre le venivano quando era accaldata; guardavo il giovanotto taciturno in pantaloni di lino e giacca marrone (non certo un ferrarese, mi dicevo); guardavo gli altri due ragazzi, molto più giovani di quest'ultimo e della stessa Adriana, entrambi ancora al liceo, forse, o all'istituto tecnico, e appunto per ciò, per essere « venuti su » durante l'ultimo anno, nel corso del quale mi ero estraniato a grado a grado da ogni ambiente della città, a me semi-ignoti; e guardavo infine Bruno, lì davanti, sempre più alto e secco, sempre più simile, di carnagione scura come era, a un giovane negro vibrante e apprensivo, e in preda anche quel giorno a una tale agitazione nervosa da riuscire a trasmettermela attraverso il lieve contatto delle gomme anteriori delle nostre due biciclette.

Passò rapida tra me e lui l'inevitabile occhiata di ebraica connivenza che, mezzo ansioso e mezzo disgustato, già prevedevo. Allora aggiunsi, continuando a guardarlo:

« Voglio sperare che prima di azzardarvi a venire a giocare in un posto diverso dal solito abbiate chiesto il permesso al *signor* Barbicinti. »

Lo sconosciuto non-ferrarese, sia che fosse meravigliato del mio tono sarcastico, sia che si sentisse a disagio, ebbe un piccolo movimento al mio fianco. Invece che moderarmi, la cosa mi eccitò ancor più.

« Rassicuratemi, da bravi » insistei. « Si tratta, da parte

vostra, di una scappata consentita, o viceversa di un'evasione? »

« Ma come! » proruppe l'Adriana con l'abituale sventatezza: innocente, certo, ma non per questo meno offensiva. « Non sai quello che è successo mercoledì scorso, durante la finale del doppio-misto? Non dire che non c'eri, su, e piantala con le tue eterne arie da Vittorio Alfieri! Mentre noi giocavamo, ti ho visto tra il pubblico. Ti ho visto benissimo. »

« Non c'ero affatto » ribattei seccamente. « Non bazzico la zona da un anno almeno. »

« E perché? »

« Perché ero sicuro che un giorno o l'altro sarei stato buttato fuori lo stesso. Difatti non mi sbagliavo. Ecco qua la letterina di congedo. »

Tirai fuori dalla tasca della giacca la busta.

« Immagino che l'avrai ricevuta anche tu » aggiunsi, rivolto a Bruno.

Solo a questo punto l'Adriana parve ricordarsi. Storse le labbra. Ma la prospettiva di poter mettermi a parte di un evento importante, da me evidentemente ignorato, travolse subito in lei ogni altro pensiero.

Alzò una mano.

« Sarà il caso di spiegargli » disse.

Sbuffò, levò gli occhi al cielo.

Era capitato un fatto molto antipatico; cominciò quindi a raccontarmi in tono da maestra, mentre uno dei ragazzi più giovani tornava a schiacciare il piccolo, aguzzo pulsante di corno nero del campanello d'ingresso. Va bene, io non lo sapevo, ma lei e Bruno, nel torneo sociale di chiusura, cominciato appunto a metà della settimana precedente, avevano raggiunto nientemeno che la finale: risultato, questo, a cui mai e poi mai si sarebbero sognati di poter aspirare. Basta. L'incontro decisivo stava ancora durando, e le cose avevano anzi cominciato a prendere la più strana delle pieghe (c'era da sgranare gli occhi, parola d'onore: Désirée Baggioli e Claudio Montemezzo, due *quindici*, messi in difficoltà da una coppia di non-classificati: tanto da perdere il primo *set* per dieci a otto, e di trovarsi parecchio male anche nel secondo), quando di colpo, per decisione esclusiva e imprevedibile del marchese Barbicinti, come sempre giudice-arbitro del torneo, e una volta di più, insomma, Gran Capo, la partita aveva dovuto subire un brusco stop. Erano le sei, ormai ci si vedeva abbastanza poco, d'accordo. Non così male, però, che non fosse possibile tirare avanti per almeno altri due *games*. Si fa così, santa pace? A quattro giochi a due del secondo *set* di una gara importante, non si ha il diritto, fino a prova contraria, di mettersi a gridare « alt! », di entrare in campo a braccia spalancate, proclamando sospesa la partita « per sopraggiunta oscurità », e rimandandone il proseguimento e la conclusione al pomeriggio del giorno dopo. D'altronde non era affatto in buona fede, il signor marchese, figuriamoci! Che se lei non lo avesse notato, già sul finire del primo *set*, confabulare fitto fitto con quell'« anima nera » di Gino Cariani, il segretario del G.U.F. (si erano messi un po' in disparte dalla gente, di fianco alla palazzina degli spogliatoi), il quale Cariani, forse per dar meno nell'occhio, stava con le spalle completamente girate verso il campo, a lei sarebbe bastata la faccia che aveva il marchese nell'attimo in cui si era chinato ad aprire il cancelletto d'ingresso, così pallida e stravolta che mai gliene aveva veduta una simile (« una faccia da fifa-fa-novanta, altro che storie! »), per rendersi conto come la sopraggiunta oscurità fosse soltanto una povera scusa, « una balla ». C'era da dubitarne, del resto? Del *match* interrotto non si era neppure più parlato, giacché anche Bruno, la mattina del giorno dopo, aveva ricevuto l'identico espresso che avevo ricevuto io: « come volevasi dimostrare ». E lei, Adriana, era rimasta talmente disgustata e indignata da tutta questa faccenda, che aveva giurato di non metterci più piede, all'*Eleonora d'Este*: almeno per un pezzo. Avevano qualcosa contro Bruno? Se ce l'avevano, potevano benissimo vietargli di iscriversi al torneo. Dirgli onestamente: « Siccome le cose stanno così e così, spiacenti, non possiamo accettare la tua iscrizione ». Ma a torneo cominciato, anzi quasi finito, e a un pelo, per giunta, che lui vincesse una delle gare, non dovevano in nessun modo comportarsi come si erano comportati. Quattro a due. Che porcheria! Una maniera di trattare del genere era roba da zulù, non da persone beneducate e civili!

L'Adriana Trentini parlava, via via più infervorata; e anche Bruno ogni tanto interloquiva, aggiungendo particolari.

Secondo lui la partita era stata interrotta per colpa soprattutto di Cariani, da parte del quale, bastava conoscerlo, altro non ci si sarebbe potuto aspettare. Era fin troppo evidente: una « mezza cartuccia » del suo stampo, con petto da tisico e ossa da cardellino, il cui unico pensiero, dal primo momento che aveva fatto il suo ingresso nel G.U.F., era stato quello di prepararsi una carriera, e per questo motivo non trascurava occasione, in pubblico e in privato, di leccare i piedi al Federale (non lo avevo mai visto, io, al Caffè della Borsa, le rare volte che gli riusciva di sedersi al tavolino dei « vecchi marpioni della Bombamano »? Si gonfiava tutto, bestemmiava, sfoggiava parolacce più grosse di lui, ma non appena il console Bolognesi, o Sciagura, o qualche altro gerarca del gruppo, gli davano sulla voce, eccolo mettere prontamente la coda fra le gambe, capace, magari, pur di farsi perdonare e di ritornare in grazia, dei servizi più umili: come di correre dal tabaccaio a comperare il pacchetto di Giubek per il Federale, oppure di telefonare a « casa Sciagura » preannunciando il prossimo rientro del grand'uomo alla « mogliera ex lavandaia »...): un « verme di quel calibro » non se l'era lasciata scappare, lui ci avrebbe scommesso la testa, l'opportunità una volta di più di farsi bello in Federazione! Il marchese Barbicinti era la persona che era: un signore distinto, senza dubbio, ma piuttosto a terra in fatto d'« autonomia di carburante », e tutt'altro che un eroe. Se lo tenevano a mandare avanti l'*Eleonora d'Este*, ce lo tenevano perché si presentava bene, e per il nome, soprattutto, che nelle loro teste chissà che razza di specchietto per le allodole si sognavano che fosse. Doveva dunque essere stato uno scherzo, per Cariani, riempire il povero Enne Acca di tremarella. Gli avevo detto, magari: « E domani? Ha pensato a domani sera, marchese, quando il Federale verrà qui, per la festa da ballo, e si troverà a dover premiare un... Lattes con tanto di coppa d'argento e relativo saluto romano? Io, per me, prevedo un grosso scandalo. E grane, grane a non finire. Al posto suo, dato anche che comincia a far buio, non ci penserei due volte a interrompere la partita ». Non c'era voluto niente di più, « garantito al limone », per indurre l'altro alla grottesca e penosa irruzione nella quale si era prodotto.

Prima che l'Adriana e Bruno avessero terminato di mettermi al corrente su questi avvenimenti (a un certo punto l'Adriana trovò anche modo di presentarmi al giovanotto forestiero: tale Malnate, Giampiero Malnate, milanese, chimico di fresca nomina presso una delle nuove fabbriche di gomma sintetica della Zona industriale), il portone era stato finalmente aperto. Era apparso sulla soglia un uomo di una sessantina d'anni, grosso, atticciato, con capelli grigi tagliati corti da cui il sole delle due e mezzo, prorompendo a fiotti attraverso il varco verticale dietro le sue spalle, strappava riflessi di metallico nitore, e baffi ugualmente corti e grigi sotto il naso carnoso e violaceo: un po' alla Hitler – mi venne fatto di pensare – naso e baffetti. Era proprio lui, il vecchio Perotti, giardiniere, cocchiere, *chauffeur*, portinaio, tutto, come aveva detto Micòl: niente affatto mutato nel complesso dai tempi del *Guarini*, quando, assiso in serpa, aspettava impassibile che l'antro buio e minaccioso dal quale, impavidi, col sorriso sulle labbra, i suoi « signorini » erano stati inghiottiti, si decidesse una buona volta a restituirli, non meno sereni e sicuri di sé, alla vettura tutta cristalli, vernici, nichelature, stoffe felpate, legni squisiti – simili davvero a una teca preziosa – della cui conservazione e guida soltanto lui era responsabile. I piccoli occhi, per esempio, grigi anche essi e pungenti, scintillanti di dura, contadinesca arguzia veneta, ridevano bonari sotto i folti sopraccigli quasi neri: tali e quali come una volta. Ma di che cosa, adesso? Che fossimo stati lasciati lì, ad attendere dieci minuti almeno? Oppure di se medesimo, che si era presentato in giacchetta di rigatino e guanti di filo bianco: nuovi di zecca, questi, inaugurati magari per l'occasione?

Eravamo quindi entrati, accolti, di là dal portone subito richiuso con un gran colpo per opera del solerte Perotti, dai pesanti latrati di Jor, il danese bianco e nero. Veniva giù lungo il viale d'accesso, il cagnone, trottando straccamente alla nostra volta con un'aria per nulla minacciosa. Ciò nondimeno Bruno e Adriana di colpo tacquero.

« Non morderà mica? » chiese Adriana intimorita.

« Non si preoccupi, signorina », rispose Perotti. « Coi tre o quattro denti che gli sono rimasti, *cossa vorla* che sia buono a mordere, ormai? Sì e no la polenta... »

E mentre il decrepito Jor, arrestatosi in mezzo al viale in posa scultorea, ci fissava coi suoi due gelidi occhi senza espressione, uno scuro e uno blu-chiaro, Perotti cominciò a scusarsi. Gli dispiaceva di averci fatti aspettare, disse. Ma la colpa non era sua, bensì della corrente elettrica che ogni tanto mancava (fortuna che la signorina Micòl, accortasene, lo aveva subito mandato a vedere se per caso non fossimo già arrivati), nonché della distanza di più di mezzo chilometro, purtroppo. Lui in bicicletta non sapeva andarci. Però quando la signorina Micòl si era messa in testa una cosa...

Sospirò, levò gli occhi al cielo, sorrise chissà perché ancora una volta, scoprendo tra le labbra sottili una dentatura ben altrimenti compatta e forte che non quella del danese; e intanto, col braccio levato, ci indicava il viale che, dopo un centinaio di metri, si inoltrava dentro un folto di canne d'India. Anche a poter usare la bicicletta – avvertì – tre o quattro minuti, soltanto per arrivare al « palazzo », bisognava sempre metterceli.

## 3

Fummo davvero molto fortunati, con la stagione. Per dieci o dodici giorni il tempo si mantenne perfetto, fermo in quella specie di magica sospensione, di immobilità dolcemente vitrea e luminosa che è particolare di certi nostri autunni. Nel giardino faceva caldo: appena meno che se si fosse d'estate. Chi ne aveva voglia poteva tirare avanti col tennis fino alle cinque e mezzo e oltre, senza timore che l'umidità della sera, verso novembre già così forte, danneggiasse le corde delle racchette. A quell'ora, naturalmente, sul campo non ci si vedeva quasi più. Però la luce che continuava a dorare laggiù in fondo i declivi erbosi della Mura degli Angeli, pieni, specie la domenica, in una quieta folla multicolore (ragazzi che correvano dietro al pallone, balie sedute a sferruzzare accanto alle carrozzine, militari in libera uscita, coppie di innamorati alla ricerca di posti dove abbracciarsi), quest'ultima luce invitava a insistere in palleggi non importa se ormai pressoché ciechi. Il giorno non era finito, valeva la pena di giocare ancora un poco.

Tornavamo ogni pomeriggio, dapprima preavvisando con una telefonata, poi nemmeno; e sempre gli stessi, ad eccezione talvolta di Giampiero Malnate, il quale aveva conosciuto Alberto fin dal '33, a Milano, e a differenza di ciò che avevo creduto il primo giorno, incontrandolo davanti al portone di casa Finzi-Contini, non soltanto aveva mai visto prima d'allora i quattro ragazzi con cui si accompagnava, ma non aveva mai avuto nulla da spartire né con l'*Eleonora d'Este* né col suo vice-presidente e segretario, marchese Ippolito Barbicinti. Le giornate apparivano troppo belle e insieme troppo insidiate dall'inverno ormai imminente. Perderne una sola sembrava proprio un delitto. Senza darci appuntamento, arrivavamo sempre intorno alle due, subito dopo mangiato. Spesso, all'inizio, tornava a succedere che ci ritrovassimo tutti quanti in gruppo dinanzi al portone, in attesa che Perotti venisse ad aprire. Ma l'intuizione dopo circa una settimana di citofono e di una serratura comandata a distanza fece sì che, l'entrata nel giardino non rappresentando più un problema, sopraggiungessimo spesso alla spicciolata, come capitava. Per quel che mi riguarda, non mancai un solo pomeriggio; neanche per fare una delle mie consuete corse a Bologna. E neppure gli altri, se ben ricordo: né Bruno Lattes, né l'Adriana Trentini, né Carletto Sani, né Tonino Collevatti, ai quali successivamente si aggiunsero, a parte mio fratello Ernesto, altri tre o quattro ragazzi e ragazze. L'unico che, come ho detto, venisse con minore regolarità era « *il* » Giampiero Malnate (cominciò Micòl a chiamarlo così e presto l'uso fu generale). Aveva da fare i conti con gli orari di fabbrica, spiegò una volta: non severissimi, è vero, dato che di gomma sintetica lo stabilimento Montecatini dove lui lavorava non ne aveva prodotto finora neanche un chilo, ma pur sempre orari. Comunque sia, mai che le sue assenze durassero più di due giorni filati. E d'altronde era anche l'unico, lui, oltre a me, che a giocare a tennis non mostrasse di tenere eccessivamente (per la verità giocava piuttosto male), talora accontentandosi, quando compariva in bicicletta verso le cinque, dopo il laboratorio, di arbitrare una partita o di sedere in disparte con Alberto a fumare la pipa e a conversare.

I nostri ospiti erano addirittura più assidui di noi. Potevamo capitare quando ancora dovevano battere le due al lontano orologio di piazza: per presto che si arrivasse, si era sicuri di trovarli già sul campo, e neanche giocando fra loro, adesso, come quel sabato che eravamo sbucati nella radura dietro la casa dove il campo si trovava, bensì intenti a controllare che ogni cosa fosse in ordine, la rete a posto, il terreno ben rullato e annaffiato, le palle in buone condizioni, oppure stesi su due sedie a sdraio con grandi cappelli di paglia in capo, immobili a prendere il sole. Come padroni di casa non si sarebbero potuti comportare meglio. Sebbene fosse chiaro che il tennis, inteso come puro esercizio fisico, come sport, a loro interessava fino a un certo punto, ciò nondimeno restavano lì fin dopo l'ultima partita (l'uno o l'altro sempre, ma certe volte tutti e due), senza mai accomiatarsi in anticipo col pretesto di un impegno, di cose da sbrigare, di un malessere. Qualche sera anzi erano proprio loro, nel buio pressoché totale, a insistere perché si facessero « ancora quattro palle, le ultime! », e a risospingere in campo chi già stava uscendone.

Come avevano subito dichiarato senza nemmeno tanto abbassare la voce Carletto Sani e Tonino Collevatti, il campo non si poteva certo dire che valesse molto.

Da pratici quindicenni, troppo giovani per aver mai frequentato terreni di gioco diversi da quelli che riempivano di giusto orgoglio il marchese Barbicinti, erano immediatamente partiti a stendere l'elenco dei difetti di quella specie di « campo di patate » (così si era espresso uno di loro, piegando le labbra in una smorfia di disprezzo). E cioè: quasi niente *out*, specie dietro le righe di fondo; terreno bianco, e poi mal drenato, che per poco che fosse piovuto si sarebbe trasformato in un pantano; nessuna siepe sempreverde a contatto delle reti metalliche di recinzione.

Senonché, non appena avevano finito la loro « sfida alla morte » (Micòl non era riuscita a impedire che il fratello la raggiungesse sul cinque pari, e a questo punto avevano interrotto), i medesimi difetti si erano affrettati a denunciare senza ombra di reticenza, direi anzi con una sorta di bizzarro entusiasmo autolesionistico, Alberto e Micòl stessi, a gara.

Eh sì, aveva detto Micòl, mentre ancora stava passandosi un asciugamano di spugna sul viso accaldato: per gente come noialtri, « viziata » dai terreni rossi dell'*Eleonora d'Este*, sarebbe stato ben difficile sentirsi a proprio agio su quel loro polveroso campo di patate! E gli *outs*? Come avremmo potuto giocare con così poco spazio soprattutto dietro le spalle? In quale abisso di decadenza eravamo precipitati, poveri noi! Lei però aveva la coscienza a posto. Al papà glielo aveva ripetuto infinite volte che le reti metalliche bisognava decidersi a spostarle tutte quante di almeno tre metri. Ma figuriamoci! Lui, il papà, tirando ogni volta fuori il tipico modo di vedere degli agricoltori, che la terra, a loro, se non serve a piantarci roba, gli sembra buttata via (puntava è chiaro anche sul fatto che lei e Alberto sopra un campaccio del genere ci avevano giocato fino da bambini, e che perciò potevano benissimo continuare a giocarci anche da grandi), lui, il papà, aveva sempre nicchiato. Quanta di quella fatica, accidenti! Adesso comunque era diverso. Adesso avevano ospiti, « illustri ospiti ». Ragion per cui sarebbe tornata alla carica con energia, tanto seccando e tormentando il « canuto genitore » che per la primavera prossima, si sentiva di poter garantirlo, lei e Alberto sarebbero stati in grado di offrirci « qualcosa di degno ».

Parlava più che mai nel suo solito stile, e sogghignava. E a noi non era rimasto altro da fare che smentire, assicurare in coro che tutto, campo compreso, andava invece più che bene, magnificando in aggiunta la cornice verde del parco, davanti al quale i rimanenti parchi privati cittadini, quello del duca Massari compreso (era stato Bruno Lattes a dichiararlo: proprio nel momento in cui Micòl e Alberto erano usciti insieme dal campo, tenendosi per mano), sbiadivano al rango di pettinati giardinetti borghesi.

Ma il campo di tennis non era « degno », veramente, e inoltre, essendo unico, obbligava a turni di riposo troppo lunghi. Così, alle quattro in punto di ogni pomeriggio, soprattutto allo scopo, forse, che i due quindicenni della nostra eterogenea compagnia non fossero indotti a rimpiangere le ore molto più intense dal lato sportivo che avrebbero potuto trascorrere sotto le ali del marchese Barbicinti, ecco spuntare invariabilmente Perotti, col collo taurino teso e rosso per lo sforzo di reggere nelle mani guantate un grande vassoio d'argento.

Era stracolmo, il vassoio: di panini imburrati all'acciuga,

al salmone affumicato, al caviale, al fegato d'oca, al prosciutto di maiale; di piccoli *vol-au-vents* ripieni di battuto di pollo misto a besciamella; di minuscoli *buricchi* usciti certo dal prestigioso negozietto *cascèr* che la signora Betsabea, la celebre signora Betsabea (Da Fano) conduceva da decenni in via Mazzini a delizia e gloria dell'intera cittadinanza. E non era finita. Il buon Perotti aveva ancora da sistemare il contenuto del vassoio sul tavolino di vimini apposta preparato, davanti all'ingresso laterale del campo, sotto un largo ombrellone a spicchi rossi e blu, che era raggiunto da una delle figlie, o la Dirce o la Gina, entrambe all'incirca della stessa età di Micòl, ed entrambe a servizio « in casa », la Dirce come cameriera, la Gina come cuoca (i due maschi, Titta e Bepi, il primo sui trent'anni, il secondo di diciotto, badavano invece al parco nella doppia mansione di giardinieri e di ortolani: e più che a intravederli talora in distanza, curvi a lavorare, rapidi a volgere su noi trascorrenti in bicicletta il lampo dei loro occhi azzurri e ironici, più che a tanto non eravamo mai riusciti). Lei, la figlia, si era a sua volta tirata dietro, giù per il sentiero che portava dalla *magna domus* al tennis, un carrello con le ruote gommate, carico anche questo di caraffe, cuccume, bicchieri e tazze. E dentro le cuccume di porcellana e di peltro era contenuto del tè, del latte, del caffè; dentro le imperlate caraffe di cristallo di Boemia della limonata, del succo di frutta, dello *Skiwasser*: una bevanda dissetante, quest'ultima, composta d'acqua e sciroppo di lampone in parti uguali, con aggiunti una fetta di limone e qualche chicco d'uva, che Micòl prediligeva su tutte, e di cui si dimostrava particolarmente orgogliosa.

Oh, lo *Skiwasser*! Nelle pause del gioco, oltre ad addentare qualche panino che sempre, non senza ostentazione di anticonformismo religioso, sceglieva tra quelli al prosciutto di maiale, spesso Micòl tracannava a piena gola un intero bicchiere del suo caro « beverone », incitandoci di continuo a prenderne anche noi « in omaggio » – diceva ridendo – « al defunto Impero austro-ungarico ». La ricetta – aveva raccontato – le era stata data proprio in Austria, a Offgastein, nell'inverno del '34: l'unico inverno che lei e Alberto, « coalizzati », ce l'avevano fatta a andarci per una quindicina di giorni da soli, a sciare. E sebbene lo *Skiwasser*, il nome lo testimoniava, fosse bevanda invernale, ragion per cui avrebbe dovuto essere servito caldo bollente, tuttavia anche in Austria c'erano tipi che d'estate per continuare a berlo lo bevevano così, in « stesura » ghiacciata e senza fetta di limone, e lo chiamavano in quel caso *Himbeerwasser*.

Ad ogni modo, prendessimo ben nota, aveva aggiunto con comica enfasi, alzando un dito: i chicchi d'uva, « importantissimi! », era stata lei, di propria iniziativa, a introdurli nella classica ricetta tirolese. Era stata un'idea sua: e ci teneva, c'era poco da ridere. Rappresentava, l'uva, il particolare contributo dell'Italia alla santa e nobile causa dello *Skiwasser*, ovvero di esso, più esattamente, la particolare « variante italiana, per non dire ferrarese, per non dire... eccetera eccetera ».

# 4

Gli altri di casa ci volle un po' di tempo perché cominciassero a farsi vedere.

A questo proposito, anzi, il primo giorno era accaduto un fatto curioso, tale che a ricordarmene verso la metà della settimana successiva, quando né il professor Ermanno né la signora Olga erano ancora apparsi, mi aveva indotto a sospettare da parte di tutti quelli che l'Adriana Trentini chiamava, in blocco, il « côté-vecchi », l'unanime decisione di tenersi alla larga dal tennis: forse per non imbarazzare, chi lo sa, per non snaturare con la loro presenza ricevimenti che in fondo non erano ricevimenti ma semplici riunioni di ragazzi in giardino.

Il fatto curioso era accaduto all'inizio, poco dopo che ci eravamo accomiatati da Perotti e da Jor, rimasti là a guardarci mentre ci allontanavamo in bicicletta lungo il viale d'accesso. Superato il canale Panfilio attraverso uno strano, massiccio ponte di travi nere, la nostra pattuglia ciclistica era dunque arrivata a un centinaio di metri di distanza dalla solitaria mole neogotica della *magna domus*, o, per essere più esatti, dal ghiaiato, triste piazzale interamente all'ombra che le si stendeva davanti, quando l'attenzione di tutti era stata attirata da due persone ferme proprio nel mezzo del piazzale: una vecchia signora seduta in poltrona con un cumulo di cuscini a sostegno della schiena, e una giovane bionda e prosperosa, dall'aria di cameriera, ritta in piedi dietro di lei. Non appena ci aveva veduti venire avanti, la signora era stata scossa da una specie di soprassalto. Dopodiché si era messa subito a fare grandi segnalazioni con le braccia per significare che no, non dovevamo andare oltre, procedere verso il piazzale dove lei stava, dato che lì, dietro, altro non c'era che la casa, ma prendere invece a sinistra, per il sentiero coperto da una galleria di roselline rampicanti che lei ci indicava, al termine del quale (Micòl e Alberto stavano già giocando: non si sentivano dal punto dove eravamo gli schiocchi regolari che le loro racchette facevano, rimandandosi la palla?) noi avremmo automaticamente incontrato il campo di tennis. Era la signora Regina Herrera, la madre della signora Olga. L'avevo subito riconosciuta dal particolare, intenso candore dei folti capelli raccolti a cercine sulla nuca, capelli da me sempre ammirati ogni qualvolta al Tempio, da bambino, mi succedeva di intravederli attraverso la grata del matroneo. Agitava braccia e mani con bizzosa energia, facendo intanto segno alla ragazza, che era poi la Dirce, di aiutarla a tirarsi su. Era stanca di star lì, aveva voglia di rientrare. E la cameriera aveva obbedito all'ordine con istantanea sollecitudine.

Una sera, tuttavia, contro ogni aspettativa, furono il professor Ermanno e la signora Olga a comparire. Avevano l'aria d'essere passati dal tennis per puro caso, di ritorno da una lunga passeggiata nel parco. Si tenevano a braccetto. Più piccolo della moglie, e molto più curvo di quanto non fosse dieci anni avanti, all'epoca dei nostri sussurrati colloqui a Scuola italiana da un banco all'altro, il professore indossava uno dei suoi soliti leggeri abiti di tela chiara, con un panama dal nastro nero calato sulle spesse lenti del *pince-nez*, e appoggiandosi per camminare a una canna di bambù. Vestita a lutto, la signora portava fra le braccia un grosso mazzo di crisantemi colti in qualche remota parte del giardino nel corso della passeggiata. Li premeva contro il petto di traverso, cingendoli col braccio destro in atto teneramente possessivo, quasi materno. Quantunque ancora dritta, e alta più del marito di tutta la testa, anche lei appariva molto invecchiata. I capelli le erano diventati uniformemente grigi: d'un grigio brutto, tetro. Sotto la fronte ossuta e sporgente gli occhi nerissimi brillavano dell'ardore fanatico e patito di sempre.

Chi di noi sedeva attorno all'ombrellone si alzò; chi giocava smise.

« Comodi, comodi » fece il professore con la sua gentile voce musicale. « Non disturbatevi, prego. Continuate pure a giocare. »

Non fu ubbidito. Micòl e Alberto provvidero subito a presentarci: specialmente Micòl. Oltre a dire nomi e cognomi, indugiava a illustrare ciò che di ognuno supponeva dovesse suscitare l'interesse del padre: studi e occupazioni in primo luogo. Aveva cominciato con me e Bruno Lattes, parlando sia dell'uno sia dell'altro in modo distaccato, marcatamente oggettivo: come per trattenere in quella particolare circostanza il padre da qualche possibile segno di speciale riconoscimento e preferenza. Eravamo « i due letterati della combriccola », « tipi bravissimi ». Passò quindi a Malnate. Ecco un bell'esempio di devozione scientifica! – esclamò, con enfasi ironica –. Soltanto la chimica, nei confronti della quale nutriva una passione evidentemente irresistibile, avrebbe potuto indurlo a lasciarsi dietro le spalle una metropoli così piena di risorse come Milano (« *Milàn l'è on gran Milàn!* ») per venire a seppellirsi in una « cittaduzza » del genere della nostra.

« Lavora alla Zona industriale » spiegò Alberto, semplice e serio. « In uno stabilimento della Montecatini. »

« Dovrebbero produrvi gomma sintetica » ridacchiò Micòl, « ma non sembra che finora ci siano riusciti. »

Il professor Ermanno tossì. Puntò un dito verso Malnate.

« Lei è un compagno d'università di Alberto » indicò gentilmente. « Non è vero? »

« Beh, in un certo senso » rispose l'altro, assentendo con un cenno del capo. « A parte le facoltà diverse, io ero tre anni più avanti. Però ci siamo fatti lo stesso ottima compagnia. »

« So, so. Mio figlio ci ha parlato molto sovente di lei. Ci ha anche riferito di essere stato diverse volte a casa loro, e che i suoi genitori, in varie occasioni, furono pieni con lui di gentili premure. Vuole ringraziarli a nostro nome, quando li rivedrà? Intanto siamo ben lieti di averla qui, a casa nostra. E torni, eh... ritorni pure tutte le volte che ne avrà voglia. »

Si girò dalla parte di Micòl, e le chiese, indicando l'Adriana:

« E questa signorina chi è? Se non erro, dovrebbe essere una Zanardi... »

La conversazione continuò su questo tono fino a esaurimento completo delle presentazioni, incluse quelle di Carletto Sani e Tonino Collevatti, definiti da Micòl come « le due speranze » del tennis ferrarese. Da ultimo il professor Ermanno e la signora Olga, la quale era rimasta per tutto il tempo a fianco del marito senza dire una sola parola e limitandosi a sorridere ogni tanto con aria benevola, si allontanarono sempre a braccetto verso casa.

Sebbene il professore si fosse congedato con un « arrivederci! » più che cordiale, a nessuno sarebbe venuto in mente di tenere eccessivo conto della sua promessa.

E invece, la domenica dopo, mentre, sul campo, Adriana Trentini e Bruno Lattes da una parte, e Désirée Baggioli e Claudio Montemezzo dall'altra, stavano combattendo con estremo impegno una partita il cui esito, secondo i dichiarati propositi dell'Adriana che l'aveva promossa e organizzata, avrebbe dovuto ripagare lei e Bruno, « almeno moralmente », del brutto tiro giocato loro dal marchese Barbicinti (ma la faccenda questa volta non sembrava avviata sui medesimi binari: l'Adriana e Bruno stavano perdendo, e piuttosto nettamente): ecco, verso la fine dell'incontro, sbucare ad uno ad uno dal sentiero delle roselline rampicanti l'intero « côté-vecchi ». Facevano a guardarli un piccolo corteo. In testa il professor Ermanno e la signora. Seguivano, appena distaccati, gli zii Herrera di Venezia: il primo, la sigaretta tra le grosse labbra sporgenti e le mani intrecciate dietro il dorso, guardandosi attorno con l'aria un po' imbarazzata del cittadino capitato contro voglia in campagna; il secondo, qualche metro più indietro, tenendo sottobraccio la signora Regina e regolando il passo su quello lentissimo della madre. Se il tisiologo e l'ingegnere erano a Ferrara – mi dicevo –

dovevano trovarcisi per via di qualche solennità religiosa. Ma quale? Dopo *Roshashanà*, caduta in ottobre, non ricordavo che altra festa ci fosse in autunno. *Succòth*, forse? Probabile. A meno che l'altrettanto probabile licenziamento dell'ingegner Federico dalle FF.SS. non avesse suggerito la convocazione di un consiglio di famiglia straordinario...

Sedettero composti, senza far rumore quasi per nulla. Unica eccezione la signora Regina. Nel momento che veniva fatta adagiare in un sedia a sdraio, pronunciò con voce forte, da sorda, due o tre parole nel gergo di casa. Si lamentava della « *mucha* » umidità del giardino a quell'ora. Ma accanto a lei vigilava il figlio Federico, il quale, a voce non meno forte (neutra, tuttavia, la sua: un tono di voce che anche mio padre sfoderava ogni qualvolta in ambiente « *misto* » pretendeva di comunicare con qualcuno di famiglia, ed esclusivamente con lui), fu pronto a farla tacere. Badasse a stare « *callada* », cioè zitta. C'era il « *musafìr* ».

Accostai le labbra all'orecchio di Micòl.

« Fino a *callada* ci arrivo. Ma *musafìr* cos'è che significa? »

« Ospite » sussurrò lei di rimando. « *Goi*, però. »

E rise, coprendosi infantilmente la bocca con una mano e ammiccando: stile Micòl 1929.

Più tardi, al termine della partita, e dopo che i « nuovi acquisti », Désirée Baggioli e Claudio Montemezzo, furono a loro turno presentati, accadde che mi ritrovassi in disparte col professor Ermanno. Nel parco la giornata stava come d'abitudine spegnendosi in ombra diffusa, color del latte. Mi ero allontanato di qualche decina di metri dal cancelletto d'ingresso. Gli occhi fissi alla lontana Mura degli Angeli illuminata di sole, udivo alle mie spalle la voce acuta di Micòl dominare su tutte le altre. Chissà con chi ce l'aveva, e perché.

« *Era già l'ora che volge il disìo...* » declamò una voce ironica e sommessa, vicinissima.

Mi girai stupito. Era il professor Ermanno, appunto, che, tutto contento di avermi fatto trasalire, sorrideva bonario. Mi prese con delicatezza per un braccio, quindi, molto lentamente tenendoci sempre ben discosti dalla rete metallica di recinzione e ogni tanto fermandoci, cominciammo a camminare attorno al campo di tennis. Compimmo un giro quasi completo, per poi, alla fine, tornare sui nostri passi. Avanti e indietro. Nel buio che via via cresceva, ripetemmo la manovra varie volte. Frattanto parlavamo: o meglio parlava in prevalenza lui, il professore.

Cominciò col chiedermi come giudicassi il campo di tennis, se lo trovavo davvero così indecente. Micòl non aveva dubbi: a darle retta, si sarebbe dovuto rifarlo da capo a fondo, con criteri moderni. Lui invece rimaneva incerto. Forse, al solito, il suo « caro terremoto » esagerava, forse non sarebbe stato indispensabile buttare all'aria tutto quanto come lei pretendeva.

« In ogni caso » aggiunse, « tra qualche giorno comincerà a piovere, inutile illudersi. Meglio rimandare ogni eventuale iniziativa all'anno prossimo, non pare anche a te? »

Ciò detto, passò a domandarmi che cosa stessi facendo, che cosa avevo intenzione di fare nell'immediato futuro. E come stavano i miei genitori.

Mentre mi chiedeva del « papà », notai due cose. Prima di tutto, che stentava a darmi del tu, tanto è vero che di lì a poco, fermandosi di botto, me lo dichiarò esplicitamente, ed io subito a pregarlo con molto e semplice calore che mi facesse il piacere, non stesse a darmi del lei, se no mi offendevo. In secondo luogo, che l'interesse e il rispetto che erano nella sua voce e nel suo viso mentre si informava della salute di mio padre (specie nei suoi occhi: le lenti degli occhiali, ingrandendoli, accentuavano la gravità e la mitezza della loro espressione), non apparivano affatto sforzati, per niente ipocriti. Mi raccomandò che gli portassi i suoi saluti. E il suo « plauso », anche: per i molti alberi che erano stati piantati nel nostro cimitero da quando lui aveva preso a occuparsene. Anzi, servivano dei pini? Dei cedri del Libano? Degli abeti? Dei salici piangenti? Glielo domandassi, al papà. Se per caso servivano (al giorno d'oggi, coi mezzi di cui l'agricoltura moderna disponeva, trapiantare alberi di grosso fusto era diventato una scherzo), lui sarebbe stato felicissimo di metterne a disposizione nel numero desiderato. Stupenda idea, dovevo ammetterlo! Folto di belle e grandi piante, anche il nostro cimitero, col tempo, sarebbe stato in grado di rivaleggiare con quello di San Niccolò del Lido, a Venezia.

« Non lo conosci? »

Risposi di no.

« Eh, ma devi, *devi* cercare di visitarlo al più presto! » fece con viva animazione. « È monumento nazionale! Del resto, tu che sei letterato, ricorderai di sicuro come inizia l'*Edmenegarda* di Giovanni Prati. »

Fui costretto a dichiarare ancora una volta la mia ignoranza.

« Ebbene » riprese il professor Ermanno, « il Prati fa cominciare la sua *Edmenegarda* proprio lì, al cimitero israelitico del Lido, considerato nell'Ottocento come uno dei luoghi più romantici d'Italia. Attento, però: se e quando andrai, non dimenticare di dire subito al custode del cimitero (è lui che ha in consegna la chiave del cancello) che intendi visitare quello *antico*, bada bene, il cimitero antico, dove non seppelliscono più dal Settecento, e non l'altro, il moderno, ad esso adiacente ma separato. Io lo scoprii nel 1905, figurati. Anche se avevo quasi il doppio dell'età che hai tu adesso, ero ancora scapolo. Vivevo a Venezia (ci fui stabile per due anni), e il tempo che non passavo all'Archivio di Stato, in campo dei Frari, a scartabellare fra i manoscritti riguardanti le varie cosiddette Nazioni nelle quali era divisa nel Cinque e Seicento la Comunità veneziana, la Nazione levantina, la ponentina, la tedesca, l'italiana, lo passavo laggiù, talvolta anche d'inverno. Vero è che non ci andavo quasi mai da solo » – qui sorrise – « e che in qualche modo, decifrando ad una ad una le lapidi del cimitero, di cui molte risalgono al primo Cinquecento, e sono scritte in spagnolo e portoghese, continuavo all'aperto il mio lavoro d'archivio. Eh, erano pomeriggi deliziosi, quelli... Che pace, che serenità... col cancelletto, di fronte alla laguna, che si apriva soltanto per noi. Ci siamo fidanzati proprio là dentro, Olga ed io. »

Stette un poco silenzioso. Ne approfittai per chiedergli quale fosse l'oggetto preciso delle sue ricerche d'archivio.

« Da principio ero partito con l'idea di scrivere una storia sugli ebrei di Venezia » rispose: « un argomento suggeritomi appunto da Olga, e che il Roth, l'inglese Cecil Roth (ebreo), ha svolto una decina di anni dopo tanto brillantemente. Poi, come spesso succede agli storici troppo... appassionati, certi documenti del Seicento in cui mi accadde di imbattermi assorbirono totalmente il mio interesse, finendo col portarmi fuori di strada. Ti racconterò, ti racconterò, se tornerai... Un vero romanzo, sotto ogni aspetto... In tutti i modi, invece del grosso tomo storico al quale aspiravo, in capo a due anni non sono riuscito a mettere insieme (a parte una moglie, si capisce) altro che due opuscoli: uno, che ritengo ancora utile, dove ho raccolto tutte le iscrizioni del cimitero, e uno dove ho dato notizia di quelle carte del Seicento che ti dicevo, ma così, esponendo i fatti, e senza azzardare in proposito nessuna interpretazione. Ti interessa vederli? Sì? Uno di questi giorni mi permetterò di fartene omaggio. Ma a prescindere da ciò, vacci, mi raccomando, al cimitero israelitico del Lido (reparto *antico*, ripeto)! Merita, vedrai. Lo troverai tale e quale come era trentacinque anni fa: uguale identico ».

Tornammo adagio verso il campo di tennis. A guardare non c'era rimasto più nessuno. Eppure, nelle tenebre quasi complete, Micòl e Carletto Sani giocavano ancora. Micòl si lamentava: che « Cochet » la facesse troppo correre, che si dimostrasse così poco « cavaliere », e del buio, anche, « francamente eccessivo ».

« Ho saputo da Micòl che eri incerto se laurearti in storia dell'arte o in italiano » mi diceva frattanto il professor Ermanno. « Hai poi deciso? »

Risposi che avevo deciso, risolvendomi a prendere una tesi in italiano. La mia incertezza – spiegai – era dipesa soprattutto dal fatto che fino a pochi giorni avanti avevo sperato di poter laurearmi col professor Longhi, titolare di storia dell'arte, e invece, all'ultimo momento il professor Longhi aveva chiesto un'aspettativa dall'insegnamento della durata di due anni. La tesi che mi sarebbe piaciuto svolgere sotto la sua guida riguardava un gruppo di pittori ferraresi della seconda metà del Cinquecento e del primo Seicento: lo Scarsellino, il Bastianino, il Bastarolo, il Bononne, il Caletti, il Calzolaretto, e altri. Soltanto se guidato da Longhi avrei potuto combinare qualcosa di buono, lavorando attorno a un simile argomento. E così, dato che lui, Longhi, aveva ottenuto dal ministero due anni di aspettativa, mi era sembrato più opportuno ripiegare su una tesi qualsiasi, in italiano.

Era stato ad ascoltarmi, meditabondo.

« Longhi? » domandò alla fine, storcendo le labbra dubbioso. « Cos'è? Hanno *già* nominato il nuovo titolare della cattedra di storia dell'arte? »

Non capivo.

« Ma sì » insistette. « Professore di storia dell'arte, a Bologna, ho sempre sentito dire che è Igino Benvenuto Supino, una delle massime illustrazioni dell'ebraismo italiano. Dunque... »

Era stato – lo interruppi – era stato: fino al '33. Ma dal '34, al posto del Supino messo a riposo per sopraggiunti limiti d'età, era stato appunto chiamato Roberto Longhi. Non li conosceva, lui – seguitai, contento di coglierlo a mia volta in difetto d'informazione – i fondamentali saggi di Roberto Longhi su Piero della Francesca e sul Caravaggio e la sua scuola? Non conosceva l'*Officina ferrarese*, un'opera che aveva suscitato tanto rumore nel '33, all'epoca della Mostra del Rinascimento ferrarese tenutasi il medesimo anno nel palazzo dei Diamanti? Per svolgere la mia tesi io mi sarei fondato sulle ultime pagine dell'*Officina*, che il tema si limitavano soltanto a toccarlo: magistralmente, ma senza approfondirlo.

Parlavo, e il professor Ermanno, più che mai curvo, stava ad ascoltarmi in silenzio. A che cosa pensava? Al numero di « illustrazioni » universitarie di cui si era fregiato l'ebraismo italiano dall'Unità ai nostri giorni? Era probabile.

Quand'ecco lo vidi animarsi.

Guardandosi attorno e riducendo la voce a un soffocato

bisbiglio, né più né meno che se dovesse mettermi a parte di un segreto di Stato, mi comunicò la gran novità: che lui possedeva un gruppo di lettere inedite del Carducci, lettere scritte dal poeta a sua madre nel '75. Se mi interessava vederle, e se le avessi poi ritenute adatte per farne argomento di una tesi di laurea in italiano, lui era dispostissimo a darmele.

Pensando a Meldolesi, non potei fare a meno di sorridere. E il saggio da mandare alla *Nuova antologia*? Dopo tanto discorrerne non aveva dunque combinato mai nulla? Povero Meldolesi. Da qualche anno era stato trasferito al *Minghetti* di Bologna: con somma sua soddisfazione, figurarsi! Un giorno o l'altro bisognava proprio che andassi a trovarlo...

Nonostante il buio, il professor Ermanno si accorse ugualmente che sorridevo.

« Eh, lo so, lo so » disse, « che voialtri giovani da un po' di tempo in qua lo prendete sotto gamba, Giosue Carducci! Lo so che gli preferite un Pascoli e un D'Annunzio. »

Mi fu facile persuaderlo che avevo sorriso per tutt'altra ragione, e cioè di disappunto. Averlo saputo che esistevano a Ferrara delle lettere inedite del Carducci! Invece che proporre al professor Calcaterra, come purtroppo avevo già fatto, una tesi sul Panzacchi, avrei potuto benissimo proporgli un « Carducci-ferrarese » di interesse senza dubbio maggiore. Chissà, però: forse, parlando francamente della cosa al professor Calcaterra, che era un'ottima persona, forse ce l'avrei ancora fatta a passare dal Panzacchi al Carducci senza troppo rimetterci in dignità.

« Quando conti di laurearti? » mi chiese infine il professor Ermanno.

« Mah. Spererei l'anno prossimo, a giugno. Non dimentichi che sono *anche* io fuori corso. »

Annuì più volte, silenziosamente.

« Fuori corso? » sospirò da ultimo. « Beh, poco male. »

E fece con la mano un gesto vago, come per dire che, con quello che stava succedendo, tanto io quanto i suoi figlioli di tempo davanti a noi ce ne avevamo anche troppo.

Ma aveva ragione mio padre. In fondo non sembrava granché addolorato, di questo. Tutt'altro.

# 5

Volle essere Micòl a mostrarmi il giardino. Ci teneva. « Mi sembra di averne un certo diritto » aveva sogghignato, guardandomi.

Il primo giorno, no. Avevo giocato a tennis fino a tardi, ed era stato Alberto, quando aveva smesso di combattere con la sorella, ad accompagnarmi fino a una specie di baita alpina in miniatura, seminascosta in mezzo a una macchia d'abeti e distante dal campo un centinaio di metri (*Hütte*, la chiamavano lui e Micòl), nella quale baita o *Hütte*, adibita a spogliatoio, avevo potuto cambiarmi, e più tardi, all'imbrunire, prendere una doccia calda e rivestirmi.

Ma l'indomani le cose erano andate in modo diverso. Un doppio che opponeva l'Adriana Trentini e Bruno Lattes ai due quindicenni (col Malnate seduto in cima alla scranna arbitrale a far la parte del paziente conteggiatore di punti) aveva subito assunto la piega delle partite che non finiscono mai.

« Che cosa facciamo? » mi aveva detto a un certo momento Micòl, alzandosi in piedi. « Per riuscire a dare il cambio a questi qua, ho l'impressione che io, te, Alberto, e l'amico meneghino, dovremo aspettare un'ora buona. Senti: e se noi due nell'attesa ci pigliassimo su, e andassimo a vedere un po' di piante? » Non appena il campo si fosse reso libero – aveva aggiunto – ci avrebbe certamente pensato Alberto a riconvocarci. Si sarebbe ficcato tre dita in bocca, e giù col suo celebre fischio!

Si era girata sorridendo verso Alberto che, sdraiato lungo disteso sopra una terza sedia a sdraio col viso nascosto sotto un cappello di paglia da mietitore, sonnecchiava al sole lì vicino.

« Non è vero, signor pascià? »

Di sotto il cappello il signor pascià aveva assentito con un cenno del capo, e noi ci eravamo avviati. Sì, suo fratello era formidabile, continuava intanto a spiegarmi Micòl. All'occorrenza sapeva tirar fuori certi fischiacci talmente potenti che quelli dei pecorai, al confronto, erano roba da ridere. Strano, eh?, in un tipo del genere. A vederlo, uno non gli dava quattro soldi. E invece... Chissà mai dove andava a pescarlo tutto quel fiato!

Fu così che cominciarono, quasi sempre per ingannare le attese fra una partita e l'altra, le nostre lunghe scorribande a due. Le prime volte prendevamo le biciclette. Essendo il giardino grande « un » dieci ettari, e i viali, tra maggiori e minori, sviluppando nel loro insieme una dozzina di chilometri, la bicicletta era a dir poco indispensabile, aveva prontamente decretato la mia accompagnatrice. Oggi, è vero – aveva ammesso – noi ci saremmo limitati a « sopraluogare » soltanto là in fondo, dalla parte del tramonto, dove lei e Alberto, da ragazzi, andavano spessissimo a guardare i treni che facevano manovra in stazione. Ma se fossimo stati a piedi, in che modo, anche oggi, ce la saremmo potuta cavare? Rischiavamo di farci cogliere dall'« olifante » di Alberto senza essere in grado di ripresentarci con la necessaria prontezza.

Quel primo giorno eravamo dunque andati a guardare i treni far manovra in stazione. E dopo? Dopo eravamo tornati indietro, avevamo sfiorato il campo di tennis, attraversando il piazzale davanti alla *magna domus* (deserto, al solito, più che mai triste), ripercorrendo in senso inverso, di là dallo scuro ponte di travi che attraversava il canale Panfilio, il viale d'accesso: e questo fino al tunnel delle canne d'India e al portone di corso Ercole I. Qui giunti, Micòl aveva insistito perché ci infilassimo giù per il sentiero sinuoso che seguiva torno torno il muro di cinta: dapprima a sinistra, dal lato della Mura degli Angeli, tanto che in un quarto d'óra avevamo di nuovo raggiunto la zona del parco da cui si vedeva la stazione, e quindi dal lato opposto, assai più selvoso, piuttosto cupo e malinconico, fiancheggiante la deserta via Arianuova. Ci trovavamo appunto là, a farci strada a fatica in mezzo a cespugli di felci, ortiche e sterpi spinosi, quando, a un tratto, da dietro il fitto sbarramento dei tronchi, il fischio da pecoraio di Alberto era insorto lontanissimo a richiamarci velocemente al « duro lavoro ».

Con poche varianti di percorso, queste esplorazioni a largo raggio le ripetemmo diverse altre volte nei pomeriggi successivi. Quando lo spazio lo consentiva, pedalavamo appaiati. E intanto parlavamo: di alberi, soprattutto, almeno da principio.

In materia non sapevo nulla, o quasi nulla, e la cosa non finiva mai di meravigliare Micòl. Mi squadrava come se fossi un mostro.

« Possibile che tu sia così ignorante? » esclamava. « L'avrai pure studiata, al liceo, un po' di botanica! »

« Sentiamo » chiedeva poi, già preparata a inarcare le sopracciglia dinanzi a qualche nuova enormità. « Potrei sapere, per favore, che specie di albero Lei pensa che sia, quello laggiù? »

Poteva riferirsi sia a onesti olmi e tigli nostrani, sia a rarissime piante africane, asiatiche, americane che soltanto uno specialista sarebbe stato capace di identificare: giacché c'era di tutto, al Barchetto del Duca, proprio di tutto. Quanto a me, io rispondevo sempre a vanvera: un po' perché non sapevo sul serio distinguere un olmo da un tiglio, e un po' perché mi ero accorto che niente le faceva piacere come sentirmi sbagliare.

Le sembrava assurdo, a lei, che esistesse al mondo un tipo come me, il quale non nutrisse per gli alberi, « i grandi, i quieti, i forti, i pensierosi », gli stessi suoi sentimenti di appassionata ammirazione. Come facevo a non capire, mio Dio, a non sentire? C'era in fondo alla radura del tennis, per esempio, ad ovest rispetto al campo, un gruppo di sette esili, altissime Washingtoniae graciles, o palme del deserto, separate dal resto della vegetazione retrostante (normali alberi di grosso fusto da foresta europea: querce, lecci, platani, ippocastani, eccetera), e con attorno un bel tratto di prato. Ebbene, ogni qualvolta passavamo dalle loro parti, Micòl aveva per il gruppo solitario delle *Washingtoniae* sempre nuove parole di tenerezza.

« Ecco là i miei sette *recchioni* » poteva dire « Guarda che barbe venerande hanno! »

Sul serio, insisteva: non parevano anche a me sette eremiti della Tebaide, asciugati dal sole e dai digiuni? Quanta eleganza, quanta *santità* in quei loro tronchi bruni, secchi, curvi, scagliosi! Assomigliavano ad altrettanti San Giovanni Battista, veramente, nutriti di sole locuste.

Ma le sue simpatie, già l'ho detto, non erano affatto circoscritte agli alberi esotici.

Per un platano enorme, dal tronco biancastro e bitorzoluto più grosso di quello di qualsiasi altro albero del giardino e, credo, dell'intera provincia, la sua ammirazione sconfinava nella riverenza. Naturalmente non era stata la « nonna Josette » a piantarlo, bensì Ercole I d'Este in persona, magari, o Lucrezia Borgia.

« Ha quasi cinquecento anni, capisci? » sussurrava, sbarrando gli occhi. « Pensa un po' quante ne deve aver viste, di cose, da quando è venuto al mondo! »

E sembrava che gli occhi e le orecchie ce li avesse anche lui, il platano gigantesco: occhi per vederci e orecchie per ascoltarci.

Per gli alberi da frutta, ai quali era riservata una larga fascia di terreno al riparo dai venti del nord ed esposta al sole immediatamente a ridosso della Mura degli Angeli, Micòl nutriva un affetto molto simile – avevo notato – a quello che mostrava nei riguardi di Perotti e di tutti i membri della sua famiglia. Me ne parlava, di quelle umili piante domestiche, con la stessa bonarietà, con la stessa pazienza, e tirando molto spesso fuori il dialetto, da lei adoperato soltanto trattando con Perotti, appunto, o con Titta e Bepi, quando ci accadeva di incontrarli e ci fermavamo a scambiare qualche frase. Di rito ogni volta era la sosta davanti a un grande prugno dal tronco poderoso come quello di una quercia: il suo prediletto. « *Il brogn sèrbi* » che faceva quel prugno là – mi raccontava – le parevano straordinarie, da bambina. Le preferiva, allora, a qualsiasi cioccolatino Lindt. Poi, verso i sedici anni, aveva smesso di colpo di sentirne voglia, non le erano piaciute più, e oggi alle « *brogne* » preferiva i cioccolatini Lindt e non Lindt (quelli amari, però, esclusivamente quelli amari!). Così le mele erano « *i pum* », i fichi « *i figh* », le albicocche « *il mugnàgh* », le pesche « *il pèrsagh* ». Non c'era che il dialetto per parlare di queste cose. Soltanto la parola dialettale le permetteva, nominando alberi e frutta, di piegare le labbra nella smorfia fra intenerita e sprezzante che il cuore suggeriva.

Più tardi, esaurite le ricognizioni, ebbero inizio « i pii pellegrinaggi ». E poiché tutti i pellegrinaggi, secondo Micòl, dovevano essere compiuti a piedi (altrimenti che razza di pellegrinaggi erano?), smettemmo di usare le biciclette. Andavamo a piedi, dunque, quasi sempre accompagnati passo passo da Jor.

Per cominciare, fui portato a vedere un piccolo, romito imbarcadero sul canale Panfilio, nascosto in mezzo a una folta vegetazione di salici, pioppi bianchi e calle. Da quel minuscolo porticciuolo, delimitato tutt'intorno da un muschioso sedile di cotto rosso, era probabile che in antico si salpasse per raggiungere sia il Po sia la Fossa del Castello. E ne salpavano anche lei e Alberto quando erano ragazzi – mi raccontò Micòl – per delle lunghe remate su un sandolino a doppia pagaia. Ai piedi delle torri del Castello, in pieno centro urbano, loro in barca non c'erano mai arrivati (come ben sapevo, con la Fossa del Castello il Panfilio comunicava oggigiorno soltanto per via sotterranea). Ma fino al Po, proprio di fronte all'Isola Bianca, eccome se ci eravamo arrivati! Attualmente, « *ça va sans dire* », il sandolino non era certo più il caso di pensare d'adoperarlo: mezzo sfondato, coperto di polvere, ridotto a una specie di « spettro di sandolino », una volta o l'altra avrei potuto vederne la carcassa in rimessa, se lei si fosse ricordata di portarmici. Però il sedile dell'imbarcadero lei aveva sempre continuato a frequentarlo: sempre sempre. Forse perché se ne serviva ancora adesso per venire a prepararci gli esami in santa pace quando cominciava a far caldo, e forse perché... Fatto sta che quel posto lì era rimasto in qualche modo *suo*, esclusivamente: il suo personale rifugio segreto.

Un'altra volta finimmo dai Perotti, che abitavano in una casa colonica vera e propria, con annesso fienile e stalla, a mezza strada fra la casa padronale e la zona dei frutteti.

Fummo ricevuti dalla moglie del vecchio Perotti, la Vittorina, una scialba *arzdóra* di età indefinibile, triste, magra allampanata, e dall'Italia, la moglie del figlio maggiore, Titta: una trentenne di Codigoro grassa e robusta, con occhi d'un celeste acquoso e capelli rossi. Seduta sulla soglia di casa sopra una seggiola di paglia, circondata da una folla di galline, la sposa allattava, e Micòl si chinò ad accarezzare il bambino.

« E allora, quand'è che torni a invitarmi a mangiare la minestra di fagioli? » chiedeva intanto alla Vittorina, in dialetto.

« Quando vuole lei, *sgnurina*. Basta solo che si contenti... »

« Uno di questi giorni dobbiamo proprio combinare » rispose Micòl, grave. « Devi sapere » aggiunse, rivolta a me, « che la Vittorina fa delle minestre di fagioli *monstre*. Con la cotica di maiale, naturalmente... »

Rise, e poi:

« Vuoi dare un'occhiata alla stalla? Abbiamo *ben* sei vacche. »

Preceduti dalla Vittorina, ci dirigemmo verso la stalla. L'*arzdóra* ce ne aprì la porta con una grossa chiave che teneva nella tasca del grembiule nero, quindi si tirò da parte per lasciarci passare. Mentre varcavamo la soglia della stalla, mi accorsi di un suo sguardo che ci avvolgeva furtivo: pieno di preoccupazione, mi parve, ma anche di segreto compiacimento.

Un terzo pellegrinaggio fu dedicato ai luoghi sacri al « *vert paradis des amours enfantines* ».

Da quelle parti nei giorni precedenti c'eravamo passati

più volte: ma in bicicletta, e senza mai fermarci. Ecco là il punto esatto del muro di cinta – mi diceva adesso Micòl, indicandomelo col dito – dove lei era solita appoggiare la scala; ed ecco le « tacche » (« *tacche*, sissignore! ») delle quali si serviva quando, e accadeva, la scala non era disponibile.

« Non credi che sarebbe giusto metterci una targhetta commemorativa, in questo posto? » mi chiese.

« Suppongo che avrai già in mente come dovrà essere l'epigrafe. »

« Pressappoco. "Per di qua, eludendo la vigilanza di due enormi cagnacci...". »

« Alt. Parlavi di una targhetta, ma di questo passo ho paura che avrai bisogno di un lastrone di quelli tipo Bollettino della Vittoria. La seconda riga è troppo lunga. »

Ne nacque un litigio. Io recitavo la parte del testardo interrompitore, e lei, alzando la voce e bamboleggiando, ad accusarmi della « solita pignoleria ». Era evidente – gridava – io *dovevo* aver fiutato la sua intenzione di non mettermici nemmeno, nella sua epigrafe, e così, per pura gelosia, mi rifiutavo di stare ad ascoltarla.

Poi ci calmammo. Prese a parlarmi una volta di più di quando lei e Alberto erano ragazzi. Se volevo proprio sapere la verità, tanto lei quanto Alberto avevano sempre provato una grande invidia nei confronti di chi, come me, aveva la fortuna di studiare in una scuola pubblica. Ci credevo? Arrivavano al punto di aspettare ogni anno con ansia l'epoca degli esami soltanto per il gusto d'andare anche loro a scuola.

« Ma perché, se vi piaceva a tal punto andare a scuola, studiavate poi in casa? » domandai.

« Il papà e la mamma, la mamma soprattutto, non volevano assolutamente. La mamma ha sempre avuto l'ossessione dei microbi. Diceva che le scuole sono fatte apposta per spargere le malattie più orrende, e non è mai servito a niente che lo zio Giulio, ogni volta che veniva qui, cercasse di farle capire che non è vero. Lo zio Giulio lo prendeva in giro; ma lui, sebbene medico, non ci crede mica tanto, alla medicina, crede anzi all'inevitabilità e all'utilità delle malattie. Figùrati se poteva farsi sentire dalla mamma, che dopo la disgrazia di Guido, il nostro fratellino maggiore morto prima che Alberto e io nascessimo, nel '14, si può dire che non abbia più messo il naso fuori di casa! Più tardi ci siamo un po' ribellati, si capisce: siamo riusciti ad andare tutti e due all'università, e perfino in Austria a sciare, un inverno, come mi sembra di averti già raccontato. Ma da bambini, che cosa potevamo fare? Io molto spesso scappavo (Alberto no, lui è sempre stato di gran lunga più tranquillo di me, molto più obbediente). D'altra parte, un giorno che c'ero rimasta un po' troppo tempo, in giro per la Mura, a farmi portare sui tubi delle biciclette da una banda di ragazzi con cui avevo fatto amicizia, quando sono tornata a casa li ho visti così disperati, la mamma e il papà, che d'allora in poi (perché Micòl è di pasta buona, lei, un vero cuor d'oro!), d'allora in poi mi sono decisa a far la brava, e non sono scappata più. Sola recidiva, quella del giugno del '29 in onor *Suo*, egregio signore! »

« E io che pensavo di essere stato l'unico! » sospirai.

« Beh, se non l'unico, l'ultimo di sicuro. E del resto, a entrare in giardino non ho mica invitato nessun altro! »

« Sarà vero? »

« Verissimo. Guardavo sempre dalla parte tua, al Tempio... Quando ti voltavi a parlare col papà e con Alberto avevi occhi talmente celesti! Ti avevo dato in cuor mio perfino un soprannome. »

« Un soprannome? E quale? »

« Celestino. »

« Che fece per viltade il gran rifiuto... », borbottai.

« Addirittura! » esclamò, ridendo. « Comunque, credo proprio che per un certo periodo ho avuto per te una piccola cotta. »

« E poi? »

« Poi la vita ci ha divisi. »

« Che idea, però, di mettere su un Tempio tutto per voi. Cos'è stato, sempre per paura dei microbi? »

Accennò con la mano.

« Eh... quasi... » disse.

« Come, quasi! »

Ma non ci fu modo di indurla a confessare la verità.

Sapevo bene per qual motivo il professor Ermanno, nel '33, avesse chiesto di ripristinare per sé e i suoi la sinagoga spagnola: era stata la vergognosa « infornata del Decennale », vergognosa e grottesca, a deciderlo. Lei tuttavia sosteneva che determinante, ancora una volta, era stata la volontà della mamma. Gli Herrera, a Venezia, appartenevano a Scuola spagnola. E siccome la mamma, la nonna Regina, e gli zii Giulio e Federico, avevano sempre tenuto moltissimo alle tradizioni di famiglia, allora, il papà, per far contenta la mamma...

« Ma adesso, scusa, perché siete rientrati a Scuola italiana? » obbiettai. « Io non c'ero, al Tempio, la sera di *Roshashanà*: non metto piede al Tempio da almeno tre anni. Mio padre, però, che c'era, mi ha raccontato la scena per filo e per segno. »

« Oh, non tema, la *Sua* assenza è stata moltissimo notata, signor libero-pensatore! » rispose. « Anche da me. »

Tornò seria, e poi:

« Cosa vuoi... ormai siamo tutti quanti sopra la stessa barca. Al punto in cui ci troviamo, continuare a fare tante distinzioni trovo anche io che sarebbe stato piuttosto ridicolo. »

Un altro giorno, l'ultimo, si era messo a piovere, e mentre gli altri riparavano nella *Hütte* a giocare a ramino e a ping-pong noi due, incuranti di inzupparci, attraversammo correndo mezzo parco per andare a rifugiarci nella rimessa. La rimessa attualmente funzionava soltanto da rimessa, mi aveva detto Micòl. Un tempo, tuttavia, una buona metà del vano interno era stata attrezzata a palestra, con pertiche, funi, asse d'equilibrio, anelli, spalliera svedese, eccetera: e questo al solo scopo che lei e Alberto potessero presentarsi ben preparati anche all'annuale esame di educazione fisica. Non erano certo lezioni molto serie quelle che il professor Anacleto Zaccarini, da anni in pensione e più che ottantenne (figurarsi!), impartiva loro una volta alla settimana. Divertirsi però sì, forse le più divertenti di tutte. Lei non si scordava mai di portare in palestra una bottiglia di vino di Bosco. E il vecchio Zaccarini, diventando, da rosso di naso e di guance quale era normalmente, via via più paonazzo, se la scolava pian piano fino all'ultima goccia. Certe sere d'inverno, quando se ne andava, pareva addirittura che emanasse luce propria...

Si trattava di una costruzione di mattoni bruni, bassa e lunga, con due finestre laterali difese da robuste inferriate, col tetto spiovente coperto di tegole, e con le pareti esterne nascoste quasi per intero dall'edera. Non lontana dal fienile dei Perotti e dal vitreo parallelepipedo di una serra, vi si accedeva attraverso un ampio portone verniciato di verde che guardava dalla parte opposta alla Mura degli Angeli, in direzione della casa padronale.

Restammo per un po' sulla soglia, addossati al portone. Pioveva a dirotto, a strisce d'acqua oblique e lunghissime, sui prati, sulle grandi masse nere degli alberi, su tutto. Faceva freddo. Battendo i denti, guardavamo entrambi dinanzi a noi. L'incantesimo a cui fino allora era stata sospesa la stagione si era rotto irreparabilmente.

« Vogliamo entrare? » proposi alla fine. « Dentro farà più caldo. »

All'interno del vasto stanzone, in fondo al quale, nella penombra, tralucevano le sommità di due lustre, bionde pertiche da palestra, alte fino al soffitto, aleggiava un odore strano, misto di benzina, olio lubrificante, vecchia polvere, agrumi. L'odore era proprio buono, disse subito Micòl, accorgendosi che tiravo su col naso. Anche a lei piaceva molto. E mi indicò, accostata a una delle pareti laterali, una specie di alta scaffalatura di legno scuro, gremita di grossi frutti gialli e rotondi, più grossi delle arance e dei limoni, che prima d'allora non avevo mai veduto. Si trattava di pompelmi messi lì a stagionare – mi spiegò – prodotti in serra. Non ne avevo mai gustato? domandò poi, prendendone uno e offrendomelo da fiutare. Peccato che lei non avesse, lì, un coltello per tagliarlo in due « emisferi ». Il sapore del succo era ibrido: assomigliava a quello dell'arancia e a quello del limone, con, in più, una punta d'amaro del tutto particolare.

Il centro della rimessa era occupato da due vetture affiancate: una lunga Dilambda grigia, e una carrozza blu, le cui stanghe, rialzate, risultavano appena più basse delle pertiche retrostanti.

« Della carrozza ormai non ce ne serviamo più » diceva intanto Micòl. « Le poche volte che il papà deve andare in campagna si fa accompagnare con la macchina. E la stessa cosa facciamo io e Alberto quando ci tocca di partire: lui per Milano, io per Venezia. È l'eterno Perotti a portarci alla stazione. A saper guidare, in casa, non ci sono che lui (guida malissimo), e Alberto. Io no, non ho ancora preso la patente, e bisogna proprio che la primavera prossima mi decida... purché... Il guaio è anche che beve *talmente*, questo macchinone! »

Si avvicinò alla carrozza, dall'aspetto non meno lustro ed efficiente dell'automobile.

« La riconosci? »

Aprì uno sportello, montò, sedette. Infine, battendo con la mano sul panno del sedile accanto a lei, mi invitò a fare lo stesso.

Salii, e sedetti a mia volta, alla sua sinistra. E mi ero appena accomodato che, ruotando lentamente sui cardini per pura forza d'inerzia, lo sportello si chiuse da solo con uno schiocco secco e preciso da tagliola.

Adesso lo scrosciare della pioggia sopra il tetto della rimessa aveva cessato di essere udibile. Pareva davvero di trovarsi dentro un salottino: un piccolo salotto soffocante.

« Come la tenete bene » dissi, senza riuscire a padroneggiare un'improvvisa emozione che mi si rifletté in un lieve tremito della voce. « Sembra ancora nuova. Non ci mancano che i fiori nel vaso. »

« Oh, per i fiori Perotti mette anche quelli, quando esce insieme con la nonna. »

« Dunque la adoperate ancora! »

« Non più di due o tre volte all'anno, e soltanto per fare qualche giro in giardino. »

« E il cavallo? È sempre lo stesso? »

« Sempre il solito Star. Ha ventidue anni. Non l'hai veduto, l'altro giorno, in fondo alla stalla? È ormai mezzo cieco, ma attaccato qui fa ancora una... *pessima figura*. »

Scoppiò a ridere, scuotendo la testa.

« Perotti per questa carrozza ha una vera mania » continuò amaramente, « ed è soprattutto per far piacere a lui (odia e disprezza le automobili: non puoi credere fino a che punto!) se di tanto in tanto gli diamo da portare a spasso la nonna su e giù per i viali. Ogni dieci, quindici giorni viene qua con secchi d'acqua, spugne, pelli di daino, battipanni: ed ecco spiegato il miracolo, ecco perché la carrozza, meglio se vista tra il lusco e il brusco, riesce tuttora a darla abbastanza da bere. »

« Abbastanza? » protestai. « Se sembra nuova! »

Sbuffò annoiata.

« Non dire stupidaggini, per favore! »

Mossa da un impulso imprevedibile si era scostata bruscamente, rannicchiandosi nel suo angolo. Le sopracciglia corrugate, i tratti del viso affilati dalla stessa espressione di strano livore di quando certe volte, giocando a tennis, si concentrava tutta per vincere, guardava davanti a sé. Pareva di colpo invecchiata di dieci anni.

Restammo qualche attimo così, in silenzio. Poi, senza cambiare posizione, le braccia raccolte attorno alle ginocchia abbronzate come se sentisse un gran freddo (era in calzoncini corti e maglietta di filo, con un pullover annodato al collo per le maniche), Micòl riprese a parlare.

« Ha voglia, Perotti » diceva, « di spendere per questa specie di penoso rottame tanto tempo e tanto sugo di gomiti! No, da' retta a me: qui, in questa semioscurità, uno può anche mettersi a gridare al miracolo, ma fuori, alla luce naturale, non c'è niente da fare, infinite magagnette saltano subito all'occhio, la vernice qua e là è partita, i raggi e i mozzi delle ruote sono tutti un tarlo, il panno di questo sedile (adesso non puoi rendertene conto, ma te lo garantisco io) è ridotto in certi punti a una tela di ragno. Per cui mi domando: a che scopo tutta la *struma* di Perotti? Ne vale la pena? Lui, poveretto, vorrebbe strappare al papà il permesso di riverniciare tutto quanto, restaurando e impastocchiando a suo piacere. Però il papà nicchia, al solito, e non si decide... »

Tacque. Si mosse appena.

« Guarda invece là il sandolino » proseguì, e mi indicava nel mentre, attraverso il vetro dello sportello che i nostri

94

fiati cominciavano ad annebbiare, una bigia sagoma oblunga e scheletrica accostata alla parete opposta a quella occupata dallo scaffale dei pompelmi. « Guarda invece là il sandolino, e ammira, ti prego, con quanta onestà, dignità, e coraggio morale, lui ha saputo trarre dalla propria assoluta perdita di funzione tutte le conseguenze che doveva. Anche le cose muoiono, caro mio. E dunque, se anche loro devono morire, tant'è, meglio lasciarle andare. C'è molto più stile, oltre tutto, ti sembra? »

# III

## 1

Infinite volte nel corso dell'inverno, della primavera, e dell'estate che seguirono, tornai indietro a ciò che tra Micòl e me era accaduto (o meglio, non accaduto) dentro la carrozza prediletta dal vecchio Perotti. Se quel pomeriggio di pioggia nel quale era terminata d'un tratto la luminosa estate di San Martino del '38 io fossi riuscito perlomeno a dichiararmi – pensavo con amarezza – forse le cose, tra noi, sarebbero andate diversamente da come erano andate. Parlarle, baciarla: era allora, quando tutto ancora poteva succedere – non cessavo di ripetermi – che avrei dovuto farlo! E dimenticavo di chiedermi l'essenziale: se in quel momento supremo, unico, irrevocabile – un momento che, forse, aveva deciso della mia e della sua vita – io fossi stato davvero in grado di tentare un gesto, una parola qualsiasi. Lo sapevo già, allora, per esempio, di essermi innamorato *veramente*? Ebbene no, non lo sapevo. Non lo sapevo allora, e non l'avrei saputo per altre due settimane abbondanti, quando ormai il brutto tempo, divenuto stabile, aveva disperso senza rimedio la nostra occasionale compagnia.

Ricordo: la pioggia insistente, senza interruzioni per giorni e giorni – e dopo sarebbe stato inverno, il rigido, cupo inverno della Val Padana – aveva subito reso improbabile ogni ulteriore frequentazione del giardino. Eppure, nonostante il mutamento della stagione tutto era continuato a procedere in maniera tale da illudermi che nulla in sostanza era cambiato.

Alle due e mezzo del giorno successivo alla nostra ultima visita a casa Finzi-Contini – l'ora, all'incirca, che ci vedeva sbucare uno dopo l'altro dalla galleria delle roselline rampicanti, e gridare « Salve! », o « Ehilà! », o « Omaggi! » – il campanello del telefono di casa mia era squillato per mettermi ugualmente in contatto con la voce di Micòl. La sera stessa ero stato io a telefonarle; e di nuovo lei, il pomeriggio dell'indomani. Avevamo potuto continuare a parlarci tale e quale come negli ultimi tempi, insomma, grati, adesso come prima, che Bruno Lattes, l'Adriana Trentini, Giampiero Malnate, e tutti gli altri, ci lasciassero stare, non dessero segno di ricordarsi di noi. E del resto, quando mai avevamo pensato a loro, io e Micòl, durante le nostre lunghe scorribande nel parco: così lunghe che spesso, al ritorno, non trovavamo più anima viva né sul campo né nella *Hütte*?

Seguìto dagli sguardi preoccupati dei miei genitori, mi chiudevo nello sgabuzzino del telefono. Formavo il numero. E quasi sempre era lei a rispondere: con tale prontezza da farmi sospettare che avesse il ricevitore a continua portata di mano.

« Da dov'è che stai parlando? » avevo provato a chiederle.

Si era messa a ridere.

« Ma... da casa, suppongo. »

« Grazie dell'informazione. Volevo solo sapere come fai a rispondere sempre *tic e tac*: con tanta rapidità, voglio dire. Cos'hai il telefono sulla scrivania come un uomo d'affari? Oppure ti aggiri dalla mattina alla sera attorno all'apparecchio con l'andatura della tigre in gabbia del *Notturno* di Machaty? »

Mi era sembrato di cogliere dall'altro capo del filo una leggera esitazione. Se lei arrivava al telefono in anticipo sugli altri – aveva poi risposto – ciò dipendeva, oltre che dalla leggendaria efficienza dei suoi riflessi muscolari, dall'intuito di cui era fornita: intuito che ogni qualvolta a me passasse per la testa di chiamarla le consentiva di trovarsi a passare vicino al telefono. Aveva quindi cambiato discorso. Come andava la mia tesi sul Panzacchi? E con Bologna, non fosse altro che per cambiare un po' aria, quando contavo di ricominciare il mio solito va e vieni?

Talora invece erano gli altri: o Alberto, o il professor Ermanno, o una delle due domestiche, e perfino la signora Regina, una volta, che al telefono dimostrò una sorprendente finezza d'udito. In questi casi non potevo esimermi dal pronunciare il mio nome, si capisce, né dal dire che era con la « signorina » Micòl che desideravo parlare. Dopo qualche giorno, tuttavia (la cosa da principio mi imbarazzava anche di più, ma piano piano mi ci abituai), dopo qualche giorno bastò che lasciassi cadere nel microfono il mio « Pronto? » perché dall'altra parte ci si affrettasse a passarmi chi cercavo. Lo stesso Alberto, quando era lui a venire all'apparecchio, non si comportava in modo diverso. E Micòl lì, a rubare il ricevitore di mano a chi ce l'aveva: neanche se stessero tutti quanti sempre raccolti dentro un'unica stanza, *living room*, salotto o biblioteca che fosse, ciascuno sprofondato in una grande poltrona di cuoio e col telefono a pochi metri di distanza. C'era da sospettarlo, sul serio. Per avvertire Micòl, la quale, al trillo del telefono (mi pareva di vederla), alzava gli occhi di scatto, si limitavano forse a offrirle di lontano il ricevitore, Alberto magari aggiungendo per parte sua un ammicco tra sardonico e affettuoso.

Una mattina mi decisi a chiederle conferma dell'esattezza delle mie supposizioni, e lei stette ad ascoltarmi in silenzio.

« Non è così? » incalzai.

Ma non era così. Visto che ci tenevo tanto a conoscere la verità – disse –, ebbene eccola. Ognuno di loro disponeva in camera propria di una derivazione telefonica (dopo che lei l'aveva ottenuta per sé, anche il resto della famiglia aveva finito con l'adottarla): meccanismo utilissimo, raccomandabilissimo, in virtù del quale uno poteva telefonare a qualsiasi ora del giorno e della notte senza disturbare né essere disturbato, e, di notte soprattutto, senza muovere un passo fuori dal letto. Che razza d'idea!, aggiunse quindi, ridendo. Come mai mi era venuto in mente che loro stessero sempre tutti insieme, stile *hall* d'albergo? E per qual motivo, poi? Strano ad ogni modo che quando non era lei a rispondere direttamente io non mi fossi mai accorto del *clic* del commutatore.

« No » ripeté categorica. « Per difendere la propria libertà non c'è niente di meglio che una buona derivazione telefonica. Dico davvero: dovresti fartene mettere una anche tu, in camera tua. Sai che bottoni chilometrici ti attaccherei, specie di notte! »

« E così, adesso tu mi telefoni da camera tua. »

« Sicuro. E stando a letto, per giunta. »

Erano le undici.

« Non sei straordinariamente mattiniera » osservai.

« Oh, anche tu! » si lagnò. « Che il papà, a sessant'anni suonati, e con quello che sta bollendo in pentola, continui a alzarsi tutte le mattine alle sei e mezzo per dare il buon esempio, come dice lui, e per indurci a non poltrire in molli piume, *transeat*; ma che anche i migliori amici, adesso, si mettano a fare i pedagoghi, mi sembra francamente eccessivo. Lo sai da che ora è in piedi la sottoscritta, caro mio? Dalle sette. E osi meravigliarti, alle undici, di cogliermi di bel nuovo a letto. D'altronde non dormo mica: leggo, scribacchio qualche riga della tesi, guardo fuori. Faccio sempre un mucchio di cose, quando sono a letto. Il caldo delle coperte mi rende senza confronto più attiva. »

« Descrivimi la tua stanza. »

Fece schioccare a più riprese la lingua contro i denti, in segno di diniego.

« Quella mai. *Verboten. Privat.* Posso, se vuoi, descriverti quello che vedo guardando fuori dalla finestra. »

Vedeva attraverso i vetri, in primo piano, le sommità barbute delle sue *Washingtoniae graciles* che la pioggia e il vento stavano battendo « indegnamente »: e chissà se le cure di Titta e Bepi, i quali avevano già cominciato a fasciare i loro tronchi delle solite camicie di paglia di tutti gli inverni, sarebbero bastate a preservarle nei mesi prossimi dalla morte per assideramento incombente ad ogni ritorno della brutta stagione, e finora, per fortuna, sempre evitata. Poi, più in là, nascoste a tratti da brandelli di nebbie vaganti, vedeva le quattro torri del Castello, che i rovesci di pioggia avevano rese nere come tizzoni spenti. E dietro le torri, lividi da far rabbrividire, e anche questi celati ogni tanto dalla nebbia, i lontani marmi della facciata del campanile del duomo... Oh, la nebbia! Non le piaceva, quando era così, che le faceva pensare a degli stracci sporchi. Ma presto o tardi la pioggia sarebbe finita: e allora la nebbia, di mattina, trafitta dai deboli raggi del sole, si sarebbe trasformata in un che di prezioso, di delicatamente opalescente, dai riflessi in tutto simili nel loro cangiare a quelli dei « làttimi » di cui aveva piena la stanza. L'inverno era noioso, d'accordo, anche perché impediva di giocare a tennis. Però offriva dei compensi. « Giacché non esiste situazione, per triste e noiosa che sia » concluse, « la quale non offra in fondo qualche compenso, e spesso sostanzioso ».

« Làttimi? » domandai. « Che roba è? Da mangiare? »

« Ma no, no » piagnucolò, inorridendo al solito della mia ignoranza. « Sono vetri. Bicchieri, calici, ampolle, ampolline, scatolucce: cosette, in genere scarti d'antiquariato. A Venezia li chiamano làttimi; fuori di Venezia *opalines*, anche *flûtes*. Non puoi immaginare come io l'*adori*, questa roba. In proposito so letteralmente tutto. Interrogami, e vedrai. »

Era stato a Venezia – proseguì – forse per suggestione delle nebbie locali che erano così diverse dai nostri cupi nebbioni padani, nebbie infinitamente più luminose e vaghe (soltanto un pittore al mondo aveva saputo renderle: più che il tardo Monet, il « *nostro* » De Pisis), era stato a Venezia che lei aveva cominciato ad appassionarsi ai làttimi. Passava ore e ore in giro per antiquari. Ce ne erano certi, specie dalle parti di San Samuele, attorno al Campo Santo Stefano, oppure in ghetto, laggiù, verso la stazione, che si può dire non avessero altro da vendere. Gli zii Giulio e Federico abitavano in Calle del Cristo, vicino a San Moisè. Verso sera, non sapendo cos'altro fare, e con alle costole, naturalmente, la governante signorina Blumenfeld (una distinta « *jodé* » sessantenne di Francoforte sul Meno, in Italia da oltre trent'anni, un vero impiastro!), lei usciva in Calle XXII Marzo a caccia di làttimi. Da San Moisè, Campo Santo Stefano resta a pochi passi. Non così San Geremia, dove è il

101

ghetto, che se uno prende San Bartolomìo e la Lista di Spagna impiega per arrivarci almeno mezz'ora, e invece è vicinissimo, basta traghettare il Canal Grande all'altezza di Palazzo Grassi e poi buttarsi giù per i Frari... Ma tornando ai làttimi, che brivido rabdomantico ogni volta che riusciva a scovarne qualcuno di nuovo, di raro! Volevo sapere quanti pezzi era arrivata a mettere insieme? Quasi duecento.

Mi guardai bene dal farle notare come quanto mi diceva andasse scarsamente d'accordo con la sua dichiarata avversione a qualsiasi tentativo di sottrarre almeno per poco le cose, gli oggetti, alla morte inevitabile che attendeva anche loro, e alla mania conservatrice di Perotti in particolare. Mi premeva che mi parlasse della sua stanza; che si dimenticasse di aver detto poco prima « verboten », « privat ».

Fui accontentato. Lei continuava a discorrere dei suoi làttimi (li aveva sistemati in bell'ordine in tre alti scaffali di mogano scuro che coprivano quasi per intero la parete di fronte a quello lungo la quale era accostato il letto), e intanto la stanza, non so con quanta inconsapevolezza da parte sua, veniva prendendo forma, si definiva a poco a poco in tutti i particolari.

Dunque: le finestre per la precisione erano due. Guardavano entrambe a mezzogiorno, ed erano così alte dal suolo che ad affacciarvisi, con sotto la distesa del parco e coi tetti che si stendevano oltre il limite del parco a perdita d'occhio, pareva di farlo dal ponte di un transatlantico. Fra le due finestre un quarto scaffale: lo scaffale dei libri inglesi e francesi. Contro la finestra di sinistra una scrivania tipo ufficio, affiancata dal tavolinetto della portatile da una parte, e, dall'altra, da un quinto scaffale, quello dei libri di letteratura italiana, classici e contemporanei, e delle traduzioni: dal russo, per lo più, Puškin, Gogol', Tolstoj, Dostoevskÿ, Čechov. Per terra un grande tappeto persiano, e al centro della camera, che era lunga ma piuttosto strettina, tre poltrone e una Récamier, da sdraiarcisi a leggere. Due porte: una d'entrata, in fondo, accanto alla finestra di sinistra, comunicante direttamente con la scala e con l'ascensore, e una a pochi centimetri dall'angolo della stanza opposto e contrario, che dava nel bagno. Di notte lei dormiva senza mai accostare del tutto le persiane, tenendo sopra il comodino una piccola lampada sempre accesa, e avendolo anche lui così a portata, il carrello col termos dello *Skiwasser* (e col telefono!), che per arrivarci non doveva che stendere un braccio. Se durante la notte si svegliava, le bastava prendere un sorso di *Skiwasser* (era *tanto* comodo averne sempre a disposizione di bello caldo: perché mai non me ne procuravo uno anche io, di termos?), quindi, buttatasi di nuovo giù, lasciar errare gli sguardi fra le nebbie luminescenti dei suoi cari làttimi. Ed ecco che il sonno, insensibile proprio come una « acqua alta » veneziana, tornava adagio adagio a sommergerla e ad annientarla.

Ma non erano solo questi i nostri argomenti di conversazione.

Come se anche lei volesse illudermi che niente fosse cambiato, che tutto continuava, fra noi, nella stessa maniera di « prima », di quando cioè potevamo vederci ogni pomeriggio, Micòl non trascurava occasione per riportarmi indietro a quell'infilata di giorni stupendi, « incredibili ».

Avevamo sempre parlato di molte cose, allora, andando in giro per il parco: di alberi, di piante, delle nostre infanzie, dei nostri parenti. E nel frattempo Bruno Lattes, l'Adriana Trentini, « *il* » Malnate, Carletto Sani, Tonino Collevatti, e, con loro, quelli che erano sopraggiunti poi, non venivano degnati che di qualche cenno, di qualche allusione di tanto in tanto, gratificati magari tutti insieme di uno sbrigativo e abbastanza sprezzante « quelli là ».

Adesso invece, per telefono, i nostri discorsi tornavano di continuo su loro, e specialmente su Bruno Lattes e sull'Adriana Trentini, tra i quali, secondo Micòl, c'era di sicuro una « *cosa* ». Ma come!, non faceva che dirmi. Possibile che non mi fossi accorto che i due filavano assieme? Era così evidente! Lui non le staccava gli occhi di dosso un momento solo, e anche lei, sebbene lo maltrattasse come uno schiavo, facendo nel mentre la civetta un po' con tutti, con me, con quell'orso di Malnate, e perfino con Alberto, anche lei in fondo ci stava. « *Caro* » Bruno! Con la sua sensibilità (un

103

tantino morbosa, diciamolo pure: per rendersene conto bastava osservare come venerasse due simpatici stupidelli del calibro del piccolo Sani e di quell'altro, il ragazzo Collevatti!), con la sua sensibilità gli si presentavano mesi certo non facili, data la situazione. L'Adriana senza dubbio ci stava (una sera, anzi, nella *Hütte*, lei li aveva visti mezzi stesi sul divano, che si baciavano a tutt'andare), ma che fosse tipo da poter tenere in piedi una *cosa* talmente impegnativa, a dispetto delle leggi razziali e dei parenti di lui e di lei, questo era un altro discorso. Non avrebbe avuto un inverno facile, Bruno, no davvero. E mica che l'Adriana fosse una cattiva ragazza, per carità! Alta quasi quanto Bruno, bionda, con quella splendida pelle alla Carole Lombard che aveva, in altri momenti sarebbe magari stata proprio la ragazza che ci voleva, per Bruno, al quale, si vede, piaceva il genere «molto ariano». Che fosse d'altronde un po' leggerina e vuota, e inconsciamente crudele, eh sì, anche questo era incontestabile. Non lo ricordavo il muso che aveva piantato a quel disgraziato di Bruno la volta che, in coppia con lui, aveva perduto la famosa partita della rivincita contro il duo Désirée Baggioli e Claudio Montemezzo? Era stata soprattutto lei a perdere l'incontro, con quella caterva di doppi falli che aveva messo insiéme (almeno tre per ogni *game*), altro che Bruno! Invece, da vera incosciente, per tutta quanta la partita non aveva fatto altro che dirgliene di cotte e di crude, come se lui, povero!, non fosse già abbastanza avvilito e depresso per conto suo. Ci sarebbe stato di che ridere, sul serio, se la faccenda a pensarci bene non fosse risultata piuttosto amara! Ma tant'è. Neanche a farlo apposta, i moralisti come Bruno vanno sempre a innamorarsi di tipetti stile Adriana, da cui scenate di gelosia, inseguimenti, sorprese, pianti, giuramenti, magari schiaffi, e... corna, guarda, corna a non finire. No, no: dopo tutto, Bruno doveva accendere un cero alle leggi razziali. Gli stava davanti un inverno difficile, è vero. Ma le leggi razziali, non sempre improvvide, dunque, gli avrebbero impedito di compiere la sciocchezza più grossa: quella di fidanzarsi.

«Non trovi?» aggiunse una volta. «E poi anche lui,

come te, è un letterato, uno che tira a scrivere. Credo di aver veduto due o tre anni fa dei suoi versi pubblicati nella terza pagina del *Padano* sotto il titolo complessivo di *Poesie di un avanguardista.* »

« Ahimè! » sospirai. « Comunque, che cosa vuoi dire? Non capisco. »

Rideva in silenzio, lo sentivo benissimo.

« Ma sì » soggiunse, « in fin dei conti un po' di *magone* non gli farà niente male. "*Non mi lasciare ancora, sofferenza*", dice Ungaretti. Vuole scrivere? E allora cuocia ben bene nel suo brodo, intanto, poi vedremo. Del resto basta a guardarlo: si vede a occhio nudo che in fondo non aspira ad altro che al dolore. »

« Sei di un cinismo ributtante. Fai il paio con l'Adriana. »

« In questo sbagli. Mi offendi, anzi. L'Adriana è un angelo innocente. Capricciosa, magari, ma innocente come "*tutte – le femmine di tutti – i sereni animali – che avvicinano a Dio*". Mentre Micòl è buona, te l'ho già detto e te lo ripeto, e sa sempre quello che fa, ricòrdatelo. »

Benché più di rado, nominava anche Giampiero Malnate, nei confronti del quale aveva sempre mantenuto un atteggiamento curioso, fondamentalmente critico e sarcastico: come se fosse gelosa dell'amicizia che legava lui e Alberto (un po' esclusiva, a dire la verità), ma al tempo stesso le seccasse di ammetterlo, e appunto per ciò si accanisse a « demolire l'idolo ».

Secondo lei il Malnate non era granché nemmeno come fisico. Troppo grande, troppo grosso, troppo « padre », per poter essere preso in seria considerazione da questo lato. Era uno di quei tipi eccessivamente pelosi che per quante volte in una giornata si facciano la barba hanno sempre l'aria un po' sporca, poco lavata: e ciò *non* andava, diciamolo pure. Forse, ecco, per quel che se ne poteva intravedere attraverso gli occhialacci spessi un dito dietro i quali si mimetizzava (pareva che lo facessero sudare, e veniva voglia di levarglieli), forse aveva occhi non male: grigi, « d'acciaio », da uomo forte. Però troppo seri e severi, quegli occhi. Troppo costituzionalmente matrimoniali. Ad onta dello sprezzante misoginismo di superficie minacciavano sentimenti così eterni da far rabbrividire qualsiasi ragazza, anche la più tranquilla e morigerata.

Era un bel musone, va' là: e neanche tanto originale come aveva l'aria di ritenersi. Volevo scommettere che, opportunamente interrogato, a un certo punto sarebbe uscito fuori a dichiarare che lui in abiti da città si sentiva a disagio, ad essi in ogni caso preferendo la giacca a vento, le braghe alla zuava, gli scarponi degli immancabili *week-ends* sul Mottarone o sul Rosa? La fedele pipa, a questo proposito, era parecchio rivelatrice: valeva tutto un programma di austerità maschile e subalpina, tutta una bandiera.

Con Alberto erano grandissimi amici, per quanto Alberto, con quel suo carattere più passivo di un *punching ball*, fosse sempre amico di tutti e di nessuno. Erano vissuti degli interi anni assieme a Milano: e questo certo aveva il suo peso. Non li trovavo anch'io un po' eccessivi, comunque, in quel loro continuo confabulare? *Pissi pissi, bau bau*; facevano appena in tempo a incontrarsi, che subito giù, niente poteva trattenerli dall'appartarsi a parlottare fitto fitto. E chissà di che cosa, poi! Di donne? Mah! Conoscendo Alberto, che in questo campo era sempre stato piuttosto riservato, per non dire misterioso, lei non si sarebbe sentita di scommetterci sopra due soldi, sinceramente.

« Continuate a vederlo? » mi risolsi un giorno a chiederle, buttando là la domanda nel tono più indifferente che potevo.

« Ma sì... credo che venga ogni tanto a trovare il suo Alberto... » rispose tranquilla. « Si chiudono in camera, prendono il tè, fumano la pipa (anche Alberto si è messo a fumacchiarla, da un po' di tempo in qua), e parlano, parlano, beati loro, non fanno che parlare. »

Era troppo intelligente, troppo sensibile, per non avere indovinato quello che nascondevo sotto l'indifferenza: e cioè il desiderio d'un tratto acutissimo, e sintomatico, di rivederla. Si comportò tuttavia come se non avesse capito, senza accennare nemmeno indirettamente all'eventualità che in casa, prima o poi, potessi essere invitato anche io.

## 2

Passai la notte successiva in grande agitazione. Mi addormentavo, mi svegliavo, mi riaddormentavo. E sempre riprendevo a sognare di lei.

Sognavo per esempio di trovarmi, proprio come il primissimo giorno che avevo messo piede nel giardino, a guardarla mentre giocava a tennis con Alberto. Anche in sogno non l'abbandonavo con gli occhi un solo istante. Tornavo a dirmi che era splendida, così sudata e rossa, con quella ruga d'impegno e di decisione quasi feroce che le divideva verticalmente la fronte, tutta tesa come era nello sforzo di sconfiggere il sorridente, un po' fiacco e annoiato fratello maggiore. Ora, però, mi sentivo opprimere da un disagio, da una amarezza, da un dolore quasi insopportabili. Della bambina di dieci anni prima – mi chiedevo disperato – che cosa era rimasto in questa Micòl di ventidue anni, in *shorts* e maglietta di cotone, in questa Micòl dall'aria così libera, sportiva, moderna (libera, soprattutto!), da far pensare che negli ultimi anni non li avesse passati che in giro per le mecche del tennis internazionale, Londra, Parigi, Costa Azzurra, Forest Hills? Sì, confrontavo: ecco là della bambina i capelli biondi e leggeri, striati di ciocche quasi canute, le iridi celesti, quasi scandinave, la pelle color del miele, e sul petto, balenando ogni tanto fuori dallo scollo della maglietta, il piccolo disco d'oro dello *sciaddài*. Ma poi?

Ci trovavamo quindi chiusi dentro la carrozza, in quella penombra grigia e stantia: con Perotti seduto in serpa davanti, immobile, muto, incombente. Se Perotti stava lassù – ragionavo –, voltandoci ostinatamente la schiena, lo faceva certo per non essere costretto a vedere quello che succedeva o sarebbe potuto succedere nell'interno della carrozza, insomma per discrezione servile. Eppure era informato ugualmente di *tutto*, il vecchio tanghero, altroché se lo era! Sua moglie, la scialba Vittorina, spiando attraverso i battenti semiaccostati del portone della rimessa (ogni tanto scorgevo la piccola testa da rettile della donna, lustra di capelli lisci, corvini, sporgere cauta oltre il margine del battente), sua moglie stava là, di fazione, a puntargli addosso il suo buio occhio scontento, preoccupato, a fargli di soppiatto gesti e smorfie convenzionali.

Ed eravamo perfino in camera sua, io e Micòl, ma nemmeno adesso soli, bensì « *genati* » (era stata lei a sussurrarlo) dall'inevitabile presenza estranea, che questa volta era quella di Jor accovacciato al centro della stanza come un enorme idolo granitico, di Jor che ci fissava coi suoi due occhi di ghiaccio, uno nero e uno azzurro. La stanza era lunga e stretta, piena come la rimessa di roba da mangiare, pompelmi, arance, mandarini, e làttimi, soprattutto, ordinati in fila come libri sui palchi di grandi scaffali neri, austeri, chiesastici, alti fino al soffitto: giacché i làttimi non erano affatto gli oggetti di vetro di cui Micòl mi aveva raccontato, ma, appunto come io avevo supposto, formaggi, piccole, stillanti forme di cacio biancastro, a foggia di bottiglia. Ridendo, Micòl insisteva perché io provassi ad assaggiarne uno, dei suoi formaggi. Ed ecco si alzava sulle punte dei piedi, ecco stava per toccare col teso indice della mano destra uno tra quelli collocati più in alto (quelli lassù erano i migliori – mi spiegava – i più freschi), ma io no, non accettavo assolutamente, angosciato, oltre che dalla presenza del cane, dalla consapevolezza che fuori, mentre così discutevamo, la marea lagunare stava rapidamente montando. Se tardavo ancora un poco, l'acqua alta mi avrebbe bloccato, mi avrebbe impedito di uscire dalla sua camera senza farmi notare. Infatti c'ero entrato di notte e di nascosto, nella camera da letto di Micòl: di nascosto da Alberto, dal professor Ermanno, dalla signora Olga, dalla nonna Regina, dagli zii Giulio e Federico, dalla candida signora Blumenfeld. E Jor, che era l'unico a sapere, il solo testimone della *cosa* che c'era *anche* tra noi, lui non poteva riferirne.

Sognavo anche che ci parlavamo, e finalmente senza più fingere, a carte scoperte.

Un po' litigavamo, al solito, Micòl sostenendo che la *cosa* tra noi era cominciata dal primo giorno, e cioè da quando io e lei, ancora tutti pieni della sorpresa del ritrovarci e del riconoscerci, eravamo scappati via a vedere il parco, ed io opponendo invece che niente, secondo me la *cosa* era cominciata parecchio avanti, al telefono, dal momento che lei mi aveva annunciato di essere diventata «brutta», una «zitella col naso rosso». Non le avevo creduto, si capisce. Tuttavia lei non poteva neanche immaginarlo – soggiungevo, con un nodo alla gola – come quelle sue parole mi avessero fatto soffrire. Nei giorni successivi, prima che la rivedessi, ci avevo pensato su continuamente, non riuscivo a darmene pace.

«Beh, forse è vero» conveniva a questo punto Micòl, posandomi una mano sulla mano. «Se l'idea che io fossi diventata brutta e col naso rosso ti è finita subito di traverso, allora mi arrendo, vuol proprio dire che hai ragione tu. Ma adesso però come si fa? La scusa del tennis non regge più, e in casa, d'altronde, col pericolo di rimanere bloccati dall'acqua alta (la vedi com'è Venezia?), in casa non è opportuno né bello che ti faccia entrare».

«Che bisogno c'è?» ribattevo io. «Potresti venire fuori tu, dopo tutto»

«Io, fuori?!» esclamava lei, sgranando gli occhi. «E sentiamo un po', *dear friend*: per andare dove?»

«Non... non saprei...» rispondevo balbettando. «Sul Montagnone, per esempio, o in piazza d'Armi dalle parti dell'Acquedotto, oppure, se ti seccasse di comprometterti, in piazza della Certosa dal lato di via Borso. È là dove *tutti quanti* sono sempre andati a filare (non so i tuoi genitori, ma i miei ai loro tempi ci andavano anche loro). E a filare un po' assieme, abbi pazienza, che male c'è? Non è mica come far

109

l'amore! Si sta sul primo gradino, sull'orlo dell'abisso. Ma di qui a toccare il fondo, dell'abisso, ce n'è della discesa da fare ancora! »

Ed ero sul punto di aggiungere che se, come sembrava, nemmeno piazza della Certosa le andava a genio, noi avremmo anche potuto, presi eventualmente due treni diversi, darci convegno a Bologna. Senonché tacevo, privo di coraggio perfino in sogno. E del resto lei, tentennando il capo e sorridendo, già mi dichiarava che era inutile, impossibile, « *verboten* »: con me fuori di casa e del giardino non ci sarebbe venuta mai. Cos'era? ammiccava divertita. Dopo che lei si fosse lasciata portare ben bene in giro nei soliti posti « all'aperto » cari all'« eros del natio borgo selvaggio », era per caso a Bologna, magari in qualche « albergone » di quelli preferiti anche dalla nonna Josette, tipo il *Brun* e il *Baglioni* (previa comunque esibizione alla *réception* dei nostri bravi, perfettamente omologhi connotati razziali), che tramavo fin d'ora di condurla?

La sera del giorno dopo, non appena di ritorno da un'improvvisa corsa a Bologna, all'università, provai a telefonare.

Rispose Alberto.

« Come va? » cantilenò ironico, mostrando subito, una volta tanto, di riconoscere la mia voce. « È un mucchio di tempo che non ci vediamo. Come stai? Che cosa fai? »

Sconcertato, col cuore in tumulto, mi misi a parlare a precipizio. Affastellai molte cose: notizie sulla tesi di laurea che mi si ergeva dinanzi come un muro invalicabile, considerazioni sulla stagione, la quale, dopo quegli ultimi quindici giorni di maltempo, pareva offrire qualche spiraglio (ma non c'era troppo da crederle: l'aria pungente parlava chiaro, ormai eravamo piombati nell'inverno, e le belle giornate dell'ottobre scorso dovevamo scordarcele), e soprattutto diffondendomi sulla mia rapida gita a Bologna.

La mattina – riferii – ero passato da via Zamboni, dove, dopo aver sistemato alcune cose in segreteria, avevo potuto controllare su in biblioteca un certo numero di voci della bibliografia panzacchiana che stavo preparando. Più tardi, intorno all'una, ero andato a mangiare al *Pappagallo*: ma non certo a quello cosiddetto « asciutto », ai piedi degli Asinelli, che oltre a essere carissimo, come cucina mi pareva nettamente inferiore alla sua fama, bensì all'altro, il *Pappagallo* « in brodo », che si trovava in una stradetta laterale di via Galliera, ed era appunto speciale per i lessi e le minestre in brodo, e per i prezzi, anche, davvero modesti. Nel pomeriggio avevo poi visto qualche amico, fatto il giro delle librerie del centro, bevuto un tè da *Zanarini*, quello di piazza Galvani, al termine del Pavaglione: insomma me l'ero passata abbastanza bene – conclusi – « pressappoco come quando frequentavo regolarmente ».

« Pensa » soggiunsi a questo punto, inventando di sana pianta, e chissà quale demone mi aveva a un tratto suggerito di raccontare una storia del genere, « prima di tornare in stazione ho trovato perfino il tempo di dare un'occhiatina in via dell'Oca ».

« In via dell'Oca? » domandò Alberto di colpo animandosi, eppure come intimidito.

Non mi ci volle altro perché mi sentissi prendere da quel medesimo acre impulso che spingeva talvolta mio padre ad apparire nei confronti dei Finzi-Contini molto più grossolano e « assimilato » di quanto non fosse.

« Come! » esclamai. « Non dirmi che ignori che in via dell'Oca, a Bologna, esiste una delle... pensioncine di famiglia più celebri d'Italia! »

Tossicchiò.

« No, non la conoscevo » disse.

Aggiunse quindi, con tono di voce diverso, che anche lui di lì a qualche giorno sarebbe dovuto partire per Milano. Ci sarebbe rimasto una settimana almeno. Giugno non era poi così lontano come sembrava, e un professore che gli desse modo di mettere assieme « uno straccio di tesi qualsiasi » ancora non l'aveva trovato; e neanche cercato, a dire la verità.

Dopodiché, cambiando di nuovo argomento, mi chiese se per caso, poco fa, non fossi passato in bicicletta lungo la Mura degli Angeli. Lui in quel momento si trovava in giardino, uscito a vedere come la pioggia avesse ridotto il campo di tennis. Ma un po' per via della distanza, e un po' per via della luce ormai scarsa, non ce l'aveva fatta ad appurare se realmente fossi io il tipo che senza scendere di sella, e appoggiandosi con una mano al tronco di un albero, stava lassù, fermo, a guardare. Ah sì, ero dunque io? continuò, dopo che ebbi ammesso non senza titubanza di aver preso, per tornare a casa dalla stazione, appunto la strada della Mura: e ciò, spiegai, per l'intimo ribrezzo che sempre provavo a imbattermi in certe « brutte musare » raccolte davanti al Caffè della Borsa, in corso Roma, o scaglionate lungo la Giovecca. Ah sì, ero io? ripeté. Voleva ben dirlo, lui! Ad ogni modo, se ero io perché mai non avevo risposto alle sue grida di richiamo, ai suoi fischi? Non li avevo sentiti?

Non li avevo sentiti – tornai a mentire – anzi non mi ero neppure accorto che lui fosse in giardino. E adesso non avevamo sul serio niente altro da dirci, più niente con cui riempire l'improvviso silenzio che si era aperto fra noi.

« Ma tu... tu cercavi Micòl, non è vero? » disse infine lui, come ricordandosi.

« Già » risposi. « Ti dispiace passarmela? »

Ben volentieri me l'avrebbe passata, replicò. Senonché (ed era *molto* strano che, a quanto pareva, « quell'angelo » non mi avesse preavvisato), Micòl era partita nel primo pomeriggio per Venezia, col programma anche lei di tirare il collo alla tesi. Era scesa a pranzo bell'e vestita da viaggio, con valige e tutto, annunciando alla « famigliola sbigottita » il suo proposito. Si era stufata, aveva dichiarato, di sentirsi il compitino sullo stomaco. Invece che a giugno si sarebbe laureata a febbraio: cosa che a Venezia, con la *Marciana* e la *Querini-Stampalia* sotto mano, le sarebbe riuscita facilissimamente, mentre a Ferrara no, per un sacco di ragioni la sua tesi sulla Dickinson non sarebbe mai potuta procedere con la necessaria speditezza. Questo aveva detto la ragazza. Ma chissà se poi avrebbe resistito all'atmosfera depressiva di Venezia, e di una casa, quella degli zii, che non amava. Niente di più facile che di lì a una settimana o due la vedessimo rientrare alla base con le pive nel sacco. Gli sarebbe sembrato di sognare, a lui, se una volta tanto Micòl fosse riuscita a reggere lontana da Ferrara per più di venti giorni di seguito...

« Mah » concluse. « Comunque, cosa ne diresti, tu (questa settimana è impossibile, la prossima nemmeno, ma quella dopo sì, penso proprio che sarebbe possibile), cosa ne diresti se combinassimo un'automobilata fino a Venezia? Sarebbe divertente capitare addosso alla sorellina: io, te, e il Giampi Malnate, per esempio! »

« È un'idea » dissi. « Perché no? Se ne potrà sempre parlare. »

« Intanto » riprendeva, con uno sforzo nel quale sentivo molto desiderio di offrirmi subito un compenso per ciò che mi aveva rivelato, « intanto scusa, sempre che tu non abbia niente di meglio da fare, perché non vieni a trovarmi qui a casa, diciamo domani, verso le cinque del pomeriggio? Credo che ci sarà anche il Malnate. Prendiamo il tè... ascoltiamo qualche disco... parliamo... Non so se tu te la senta, tu che sei un letterato, di stare con un ingegnere (che sarei poi io) e un chimico industriale. Però, se ti *degni*, bando ai complimenti: vieni, che a noi farai soltanto piacere. »

Seguitammo ancora per un poco, Alberto sempre più infervorato e entusiasta di questo suo progetto che pareva estemporaneo di avermi a casa sua, ed io attirato ma anche respinto. Era verissimo, ricordavo: poco prima, dalla Mura, ero rimasto a guardare per quasi mezz'ora il giardino, la casa, soprattutto, che dal posto dove ero, e attraverso le rame quasi spoglie degli alberi, vedevo incidersi nel cielo serale sottile e svettante come un emblema araldico. Due finestre del mezzanino, a livello della terrazza da cui si scendeva nel parco, erano già illuminate, e luce elettrica filtrava anche di lassù, dall'unica, altissima finestretta che si apriva appena sotto la sommità del tetto cuspidato. A lungo, coi bulbi degli occhi doloranti nei cavi delle orbite, ero rimasto a fissare il piccolo lume della finestretta superiore (un quieto, tremulo baluginio, sospeso nell'aria via via più scura come quello d'una stella); e soltanto i lontani fischi e le grida tirolesi di Alberto, suscitando in me, assieme col timore d'essere stato riconosciuto, l'ansia di riudire subito al telefono la voce di

Micòl, avevano potuto a un certo punto scacciarmi di là...

Ma adesso, invece? mi chiedevo sconsolato. Che cosa m'importava di andare a casa *loro*, adesso, se Micòl non ce l'avrei più trovata?

Senonché la notizia che ebbi da mia madre mentre uscivo dallo sgabuzzino del telefono, e cioè che verso mezzogiorno Micòl Finzi-Contini aveva telefonato chiedendo di me (« Mi ha pregato di dirti che è dovuta partire per Venezia, che ti saluta, e che ti scriverà », aggiunse la mamma, guardando altrove), fu sufficiente per farmi di colpo cambiare avviso. Da quell'istante il tempo che mi separava dalle cinque dell'indomani prese a scorrere con estrema lentezza.

# 3

Fu dunque da quell'epoca che cominciai a essere ricevuto si può dire quotidianamente nell'appartamentino particolare di Alberto (lui lo chiamava studio; e studio era, difatti, la stanza da letto e il bagno essendo contigui): in quella famosa «camera» dietro la porta della quale, passando lungo il corridoio accanto, Micòl sentiva risuonare le voci confuse del fratello e dell'amico Malnate, e dove, a parte le donne di servizio quando arrivavano col carrello del tè, nel corso dell'inverno non mi accadde mai di incontrare nessun altro membro della famiglia. Oh, l'inverno '38-'39! Ricordo quei lunghi mesi immobili, come sospesi al di sopra del tempo e della disperazione (a febbraio nevicò, Micol tardava a rientrare da Venezia), e ancora adesso, a più di vent'anni di distanza, le quattro pareti dello studio di Alberto Finzi-Con tini tornano ad essere per me il vizio, la droga tanto necessaria quanto inconsapevole di ogni giorno d'allora...

Certo è che non ero affatto disperato quella prima sera di dicembre in cui riattraversai in bicicletta il Barchetto del Duca. Micòl era partita. Eppure io pedalavo lungo il viale d'ingresso, nell'oscurità e nella nebbia, come se di lì a poco mi aspettassi di rivedere lei e soltanto lei. Ero emozionato, allegro, quasi felice. Guardavo dinanzi a me, cercando col faro i luoghi di un passato che mi sembrava remoto ma ancora recuperabile, non ancora perduto. Ed ecco il bo-schetto delle canne d'India, ecco più in là, sulla destra, l'incerta sagoma della casa colonica dei Perotti, da una finestra della quale, al primo piano, trapelava un po' di lume giallastro, ecco ancora oltre farmisi incontro la fantomatica incastellatura del ponte sul Panfilio, ed ecco, infine, preannunciata per breve tratto dallo scricchiolio delle gomme sulla ghiaia del piazzale, la mole gigantesca della *magna domus*, impervia come una roccia isolata, del tutto buia tranne per la luce bianca, vivissima, che usciva a fiotti da una piccola porta terrena, aperta evidentemente per accogliermi.

Smontai dalla bicicletta, restando a guardare per un attimo la soglia deserta. Tagliata di traverso nella nera quinta del battente di sinistra rimasto chiuso, intravedevo una piccola, ripida scala ricoperta da una guida rossa: d'un rosso acceso, scarlatto, sanguigno. Ad ogni gradino una sbarra d'ottone, lustra e scintillante come se fosse d'oro.

Dopo aver accostato la bicicletta al muro, mi chinai per chiuderla col lucchetto. E stavo ancora là, nell'ombra, chino a lato della porta attraverso la quale, oltre che luce, emanava un buon calore di termosifone (nel buio non riuscivo a far funzionare il lucchetto, sicché già pensavo di accendere un fiammifero), quando la nota voce del professor Ermanno risuonò d'un tratto vicina.

« Che cosa fai? La chiudi a chiave? » diceva il professore, fermo sulla soglia. « Ma bravo, però. Non si sa mai, la prudenza non è mai troppa. »

Al solito senza capire se con la sua gentilezza un po' querula si burlasse copertamente di me, subito mi rialzai.

« Buona sera » dissi, togliendomi il cappello e porgendogli la mano.

« Buona sera, caro » rispose. « Ma tieni il cappello, tienilo! »

Sentii la sua mano piccola e grassa infilarsi quasi inerte nella mia e immediatamente ritrarsi. Era senza cappello, con un vecchio berretto sportivo calato sugli occhiali e con una sciarpa di lana avvolta intorno al collo.

Sbirciò diffidente in direzione della bicicletta.

« L'hai chiusa, non è vero? »

Risposi di no. E allora lui, contrariato, a insistere che

tornassi indietro, facessi il piacere di chiuderla a chiave, perché – ripeté – non si sa mai. Un furto era improbabile, continuava a dire dalla soglia, mentre io stavo di nuovo cercando di introdurre fra i raggi della ruota posteriore il gancio del lucchetto. Tuttavia del muro di cinta del giardino non ci si poteva fidare oltre un certo limite. Lungo il perimetro del muro, specie dal lato della Mura degli Angeli, esistevano perlomeno una decina di punti la cui scalata non avrebbe messo in nessuna difficoltà un ragazzo appena appena svelto. Filarsela, poi, anche se gravato dal peso della bicicletta a tracolla, sarebbe stata per il medesimo ragazzo un'operazione quasi altrettanto facile.

Riuscii infine a far scattare il lucchetto. Alzai gli occhi, ma la soglia era tornata deserta.

Il professore mi attendeva nell'ingressino, ai piedi della scala. Entrai, chiusi la porta, e soltanto allora mi accorsi che lui mi guardava perplesso, pentito.

« Mi domando » disse, « se non avresti fatto meglio a portare la bicicletta addirittura dentro... Anzi, da' retta a me. La prossima volta che vieni, entra pure con la bicicletta. Se la sistemi lì nel sottoscala non darà il minimo fastidio a nessuno. »

Si voltò, e cominciò a salire. Più che mai ingobbito, sempre col berretto in testa e con la sciarpa al collo, andava su lentamente, tenendosi alla ringhiera. Nel frattempo parlava, o meglio borbottava: come se, più che a me che gli venivo dietro, si rivolgesse a se stesso.

Era stato Alberto a dirgli che oggi sarei venuto a trovarlo. Di modo che siccome Perotti dalla mattina aveva accusato un po' di febbre (si trattava solo di una piccola bronchite che andava curata, però, anche per evitare possibili contagi), e siccome su Alberto, sempre smemorato, distratto, nelle nuvole, non c'era proprio da contare, aveva dovuto assumerselo lui il compito di « stare alle velette ». Certo, se ci fosse stata Micòl, lui non avrebbe avuto nessun motivo di inquietudine, giacché Micòl, chissà come faceva, trovava sempre il tempo di occuparsi di tutto, badando oltre che ai propri studi anche all'andamento generale della casa, e perfino ai

« fornelli », sicuro, per i quali anzi nutriva una passione di poco inferiore a quella che suscitavano in lei i romanzi e le poesie (era lei che faceva i conti di fine settimana con la Gina e con la Vittorina, lei che, quando era necessario, provvedeva a « sciachtare » con le sue mani il pollame: e ciò ad onta che amasse tanto le bestie, poveretta!). Senonché Micòl in casa oggi non c'era (mi aveva avvertito, Alberto, che Micòl non c'era?), essendo purtroppo dovuta partire ieri pomeriggio per Venezia. Ed ecco spiegate tutte le ragioni per le quali lui, non potendosi far ricorso né ad Alberto né al loro « angelo tutelare », e nell'indisponibilità, come se non bastasse, di Perotti, era costretto a fungere una volta tanto anche da portinaio.

Disse anche altre cose che non ricordo. Ricordo tuttavia che alla fine tornò ancora su Micòl, e questa volta per lamentarsi di certa sua « recente irrequietezza », dovuta, si capisce, a « tanti fattori », sebbene... Qui tacque, di botto. E durante tutto questo tempo non solamente eravamo saliti in cima alla scala, ma avevamo infilato e percorso due corridoi, attraversato varie stanze, il professor Ermanno sempre facendomi da battistrada, e non lasciandosi sopravanzare altro che per spegnere via via le luci.

Assorbito come ero da ciò che sentivo di Micòl (il particolare che fosse lei, con le sue mani, a scannare i polli in cucina mi aveva stranamente affascinato), guardavo, ma senza quasi vedere. Passavamo del resto attraverso ambienti troppo dissimili da quelli di altre case della buona società ferrarese, ebraica e non ebraica, invasi anche questi dalla solita suppellettile: armadi monumentali, pesanti cassapanche secentesche dai piedi a foggia leonina, tavoli tipo refettorio, « savonarole » di cuoio con borchie di bronzo, poltrone *frau*, complicati lampadari di vetro o ferro battuto pendenti dal centro di soffitti a cassettoni, spessi tappeti color tabacco, carota e sangue di bue, stesi dappertutto sui *parquets* cupamente lustranti. Lì, forse, c'era una quantità maggiore di quadri dell'Ottocento, paesaggi e ritratti, e di libri, in gran parte rilegati, a file dietro i vetri di grandi librerie di mogano scuro. Dai grossi radiatori del termosifone si sprigionava inoltre un calore che a casa nostra mio padre avrebbe giudicato pazzesco (mi sembrava di sentirlo!): un calore, più che da casa privata, da grande albergo, e tale infatti che quasi subito, cominciando a sudare, avevo avuto bisogno di togliermi di dosso il cappotto.

Lui davanti e io dietro, attraversammo almeno una dozzina di stanze d'ampiezza disuguale, ora vaste come vere e proprie sale, ora piccole, addirittura minime, e collegate a volte l'una all'altra da corridoi non sempre diritti né al medesimo livello. Finalmente, giunto a metà di uno di questi corridoi, il professor Ermanno si fermò di fronte a una porta.

« Eccoci arrivati » disse.

Accennava col pollice all'uscio, e ammiccava.

Si scusò di non poter venire dentro anche lui, perché – spiegò – aveva da rivedere certi conti della campagna; promise che avrebbe mandato di lì a poco « una delle ragazze con qualcosa di caldo »; dopodiché, ottenuta assicurazione che sarei tornato (aveva sempre in serbo per me le copie dei suoi lavoretti storici veneziani, non me ne dimenticassi!), mi strinse la mano, e scomparve rapidamente in fondo al corridoio.

Entrai.

« Ah, sei qua! » mi salutò Alberto.

Stava sprofondato in una poltrona. Se ne sollevò puntando entrambe le mani sui braccioli, si mise in piedi, posò il libro che stava leggendo, aperto e col dorso in alto, sopra un basso tavolinetto accanto, infine mi venne incontro.

Indossava un paio di pantaloni di vigogna grigi, uno dei suoi bei pullover color foglia secca, scarpe inglesi marrone (erano Dawson autentiche, ebbe poi modo di dirmi: le trovava a Milano in un negozietto vicino a San Babila), una camicia di flanella aperta sul collo senza cravatta, e aveva fra i denti la pipa. Mi strinse la mano senza eccessiva cordialità. Intanto fissava un punto oltre la mia spalla. Cos'era ad attirare la sua attenzione? Non capivo.

« Scusa » mormorò.

Mi scartò, piegando la lunga schiena di lato, e nell'attimo

che mi superava mi resi conto di aver lasciato la doppia porta mezza aperta. Alberto era già là, tuttavia, a provvedere di persona. Afferrò la maniglia della porta esterna, ma prima di tirarla a sé si sporse con la testa a scrutare fuori, nel corridoio.

« E Malnate? » chiesi. « Non è ancora arrivato? »

« No, non ancora » rispose, mentre tornava.

Si fece consegnare cappello, sciarpa e cappotto, scomparendo quindi nella cameretta attigua. Di questa, così, attraverso la porta di comunicazione, mi fu dato conoscere già da allora qualcosa: parte del letto con sopra una coperta di lana a quadri rossi e blu, di tipo sportivo, ai piedi del letto un *pouf* di pelle, e, appeso alla parete di fianco al piccolo uscio a muro che dava nel bagno, anche quello semiaperto, un nudino maschile di De Pisis montato in un semplice listello chiaro.

« Siediti » diceva frattanto Alberto. « Vengo subito. »

Infatti riapparve subito, e adesso, seduto davanti a me, nella poltrona da cui lo avevo veduto ritrarsi su poco prima con una lievissima ostentazione di fatica, forse di noia, mi considerava con la strana espressione di simpatia distaccata, oggettiva, che in lui, lo sapevo, era il segno del massimo interesse per gli altri del quale fosse capace. Mi sorrideva scoprendo i grandi incisivi della famiglia materna: troppo grandi e forti per quel suo volto lungo e pallido, e per le stesse gengive che li sormontavano, non meno esangui del volto.

« Vuoi sentire un po' di musica? », propose, accennando a un radiogrammofono posto in un angolo dello studio a lato dell'ingresso. « È un Philips, davvero ottimo. »

Fece l'atto di alzarsi nuovamente dalla poltrona, ma lo trattenni.

« No, aspetta » dissi, « magari dopo. »

Mi guardavo attorno.

« Che dischi hai? »

« Oh, un po' di tutto: Monteverdi, Scarlatti, Bach, Mozart, Beethoven. *Dispongo* anche di parecchio *jazz*, però, non spaventarti: Armstrong, Duke Ellington, Fats Waller, Benny Goodman, Charlie Kunz... »

Continuò a elencare nomi e titoli, cortese ed equanime come d'abitudine ma con indifferenza: né più né meno che se mi desse da scegliere in una lista di vivande che lui, per parte sua, si sarebbe guardato bene dall'assaggiare. Si animò soltanto, moderatamente, per illustrarmi le virtù del *suo* Philips. Era – disse – un apparecchio abbastanza eccezionale, e ciò per merito di certi particolari « marchingegni » che, da lui stesso studiati, erano stati poi messi in opera da un bravo tecnico milanese. Tali modifiche interessavano soprattutto la qualità del suono, che veniva emesso non già da un singolo altoparlante, ma da quattro distinte sorgenti sonore. C'era difatti l'altoparlante riservato ai suoni bassi, quello dei medi, quello degli alti, e quello degli altissimi: di modo che attraverso l'altoparlante destinato, mettiamo, ai suoni altissimi, anche i fischi – e ridacchiò – « venivano » alla perfezione. E non pensassi mica che fossero stati stipati tutti e quattro vicini, gli altoparlanti, per carità! *Dentro* il mobiletto del radiogrammofono non se ne trovavano che due: l'altoparlante dei suoni medi, e quello degli alti. Quello degli altissimi lui aveva avuto l'idea di nasconderlo là in fondo, presso la finestra, mentre il quarto, dei bassi, l'aveva piazzato proprio sotto il divano su cui sedevo io. E tutto questo allo scopo che fosse raggiunto anche un certo effetto stereofonico.

Entrò in quel momento la Dirce, in camice di tela azzurra e grembiale bianco, stretto alla cintura, trascinandosi dietro il carrello del tè.

Vidi apparire sul volto di Alberto un'espressione di lieve contrarietà. Anche la ragazza dovette accorgersene.

« È stato il professore a comandare che lo portassi subito » disse.

« Fa niente. Intanto ne prenderemo una tazza noi. »

Bionda e riccia, con le guance arrossate delle venete delle Prealpi, la figlia di Perotti preparò in silenzio e a ciglia abbassate le tazze, le posò sul tavolino, infine si ritirò. Nell'aria della stanza rimase un buon odore di sapone e di borotalco. Anche il tè, così mi parve, ne sapeva leggermente.

Mentre bevevo, continuavo a guardarmi intorno. Ammiravo l'arredamento della stanza, così razionale, funzionaie, moderno, così diverso da quello del resto della casa, e tuttavia non capivo perché mai fossi invaso da un senso via via crescente di disagio, di oppressione.

« Ti piace come ho messo su lo studio? » chiese Alberto.

Sembrava ansioso a un tratto del mio consenso: che io non gli lesinai, naturalmente, diffondendomi in lodi sulla semplicità del mobilio (alzatomi in piedi, ero andato a esaminare da vicino un grande tavolo da disegnatore, posto di traverso vicino alla finestra e sormontato da una perfetta lampada snodabile, di metallo), e specialmente sulle luci indirette che – dissi – trovavo non solo molto riposanti, ma adattissime per lavorare.

Mi lasciava dire e pareva contento.

« Li hai disegnati tu, i mobili? »

« Beh, no. Li ho copiati un po' da *Domus* e da *Casabella*, e un po' da *Studio*, sai, quella rivista inglese... A farmeli è stato un falegnamino di via Coperta. »

Sentirmi approvare i suoi mobili – aggiunse – non poteva non riempirlo di soddisfazione. Per stare o per lavorare, infatti, che bisogno c'era di circondarsi di brutta roba o magari di anticaglie? Quanto a Giampi Malnate (si imporporò un tantino, nominandolo), quanto a Giampi Malnate, aveva un bell'insinuare, lui, che lo studio così arredato assomigliasse più a una *garçonnière* che a uno studio, sostenendo inoltre, da buon comunista, che le *cose* possono offrire al massimo dei palliativi, dei surrogati, lui essendo per principio contrario a surrogati e palliativi di qualsiasi genere, e contrario perfino alla tecnica, anche, ogni qualvolta la tecnica abbia l'aria di affidare a un cassetto a chiusura perfetta, tanto per fare un esempio, la risoluzione di tutti i problemi dell'individuo, compresi quelli morali e politici. Lui, comunque – e si toccò il petto con un dito – rimaneva di parere diverso. Pur rispettando le opinioni del Giampi (era comunista, eccome: non lo sapevo?), trovava la vita già abbastanza confusa e noiosa perché lo fossero anche mobili e suppellettili, questi nostri muti e fedeli compagni di camera.

Fu la prima e l'ultima volta che lo vidi accalorarsi, prendere partito per certe idee invece che per certe altre. Bevemmo una seconda tazza di tè, ma la conversazione adesso languiva, tanto che fu necessario ricorrere alla musica.

Ascoltammo un paio di dischi. Tornò la Dirce, portando un vassoio di pasticcini. Finalmente, verso le sette, il telefono posto sopra una scrivania accanto al tavolo da disegnatore cominciò a squillare.

« Vuoi vedere che è il Giampi » borbottò Alberto, accorrendo.

Prima di sollevare il microfono esitò un attimo: come il giocatore che, avute le carte, ritardi il momento di guardare in faccia la fortuna.

Ma era proprio Malnate, come capii subito.

« E allora, che cosa fai? Non vieni? » diceva Alberto deluso, con un lagno quasi infantile nella voce.

L'altro parlò abbastanza a lungo (incollato all'orecchio di Alberto, il ricevitore vibrava sotto l'urto della sua grossa, calma pronuncia lombarda). Da ultimo distinsi un « ciao », e la comunicazione fu interrotta.

« Non viene » disse Alberto.

Tornò lento verso la poltrona, vi si lasciò calare, si stirò, sbadigliò.

« Pare che sia trattenuto in fabbrica » soggiunse, « e che ne abbia ancora per due o tre ore. Si scusa. Mi ha detto di salutare anche te. »

## 4

Più che il generico « a presto » che avevo scambiato con Alberto accomiatandomi da lui, fu una lettera di Micòl, arrivata qualche giorno dopo, a persuadermi a ritornare.

Si trattava di una letterina spiritosa, né troppo lunga né troppo corta, scritta sulle quattro facciate di due fogli di carta azzurra che una calligrafia impetuosa e insieme leggera aveva riempito rapidamente, senza incertezze né correzioni. Micòl esordiva con lo scusarsi: era partita all'improvviso, non mi aveva nemmeno detto ciao, e questo da parte sua non era stato elegante, prontissima ad ammetterlo. Prima di partire, però – aggiungeva – aveva tentato di telefonarmi; inoltre aveva raccomandato ad Alberto che nel possibile caso che io non mi facessi più vivo fosse lui a ripescarmi. Se così era andata, l'aveva poi mantenuto, Alberto, il giuramento di recuperarmi « a costo della vita »? Lui, con la sua famosa flemma, finiva sempre col lasciar cadere tutti i contatti, e invece ne aveva talmente bisogno, di contatti, lo sciagurato! La lettera tirava avanti per altre due pagine e mezzo, discorrendo della tesi ormai « veleggiante verso il traguardo finale », accennando a Venezia che d'inverno faceva « semplicemente piangere », e chiudendo a sorpresa con la traduzione in versi di una poesia di Emily Dickinson.

Questa:

Morii per la Bellezza; e da poco ero
discesa nell'avello,
che, caduto pel Vero, uno fu messo
nell'attiguo sacello.

« Perché sei morta? », mi chiese sommesso.
Dissi: « Morii pel Bello ».
« Io per la Verità: dunque è lo stesso
– disse – son tuo fratello. »

Da tomba a tomba, come due congiunti
incontratisi a notte,
parlavamo così; finché raggiunti
l'erba ebbe nomi e bocche.

Seguiva un poscritto, che diceva testualmente: « *Alas, poor Emily*. Ecco il genere di compensi su cui è costretto a puntare l'abbietto zitellaggio! ».

Mi piacque la traduzione, ma fu soprattutto il poscritto a colpirmi. A chi dovevo riferirlo? Alla « *poor Emily* », o non, piuttosto, a una Micòl in fase depressiva, di autocommiserazione?

Rispondendo, ebbi cura una volta di più di nascondermi dietro fitte cortine fumogene. Dopo aver accennato alla mia prima visita a casa sua, tacendo su quanto di delusivo avesse avuto per me e promettendo che l'avrei ben presto ripetuta, mi tenni stretto prudentemente alla letteratura. Stupenda la poesia della Dickinson – scrissi – ma ottima anche la traduzione che lei ne aveva fatto, e proprio perché d'un gusto un po' sorpassato, un po' « alla Carducci ». Mi era piaciuta oltre tutto per la sua fedeltà. Vocabolario alla mano, l'avevo messa a confronto col testo inglese, non trovandola discutibile altro che in un punto, forse, e cioè là dove lei aveva tradotto *moss*, che significava propriamente « muschio, muffa, borraccina », con « erba ». Intendiamoci, seguitai: anche allo stato attuale la sua traduzione funzionava assai bene, in questa materia essendo sempre da preferirsi una bella infedeltà a una bruttezza pedissequa. Il difetto che le segnalavo era comunque rimediabilissimo. Sarebbe bastato aggiustare l'ultima strofa così:

Da tomba a tomba, come due congiunti
incontratisi a notte,
parlavamo; finché il muschio raggiunti
ebbe i nomi, le bocche.

Micòl rispose di lì a due giorni con un telegramma nel quale mi ringraziava « di tutto cuore, davvero! » dei miei consigli letterari, e quindi, l'indomani, con un biglietto postale contenente due nuove redazioni dattiloscritte della traduzione. Io, a mia volta, mandai una epistola d'una decina di facciate che confutava parola per parola il biglietto postale. Tutto considerato, per lettera eravamo molto più impacciati e spenti che non al telefono, tanto che in breve cessammo di scriverci. Nel frattempo, però, io avevo ripreso a frequentare lo studio di Alberto, e adesso con regolarità, più o meno tutti i giorni.

Ci veniva anche Giampiero Malnate, assiduo e puntuale quasi ugualmente. Conversando, discutendo, spesso litigando (odiandoci e insieme amandoci, insomma, fin dal primo momento), fu così che potemmo conoscerci a fondo, e passare molto presto al tu.

Ricordavo come si era espressa Micòl a proposito del suo « fisico ». Anch'io lo trovavo grosso e opprimente, il Malnate; anche io, come lei, provavo assai spesso una forma di vera insofferenza per quella sincerità, per quella lealtà, per quell'eterna protesta di schiettezza virile, per quella pacata fiducia in un futuro lombardo e comunista che traluceva dai suoi troppo umani occhi grigi. Ciò nondimeno, a partire dalla prima volta che m'ero seduto dinanzi a lui, nello studio di Alberto, avevo avuto un desiderio solo: che mi stimasse, che non mi considerasse un intruso fra sé e Alberto, che infine non giudicasse mal assortito il trio quotidiano nel quale, certo non per sua iniziativa, si era trovato imbarcato. Credo che l'adozione anche da parte mia della pipa risalga proprio a quell'epoca.

Parlavamo di molte cose, tra noi due (Alberto preferiva stare ad ascoltare), ma, è ovvio, soprattutto di politica. Erano i mesi immediatamente successivi al patto di Mo-

naco, e questo, appunto, il patto di Monaco e le sue conseguenze, era l'argomento che tornava più di frequente nei
nostri discorsi. Che cosa avrebbe fatto, Hitler, ora che la
regione dei Sudeti era stata incorporata nel Grande Reich?
In quale direzione avrebbe colpito? Io, per me, non ero
pessimista, e una volta tanto Malnate mi dava ragione.
Secondo me, l'accordo che Francia e Inghilterra erano state
forzate a sottoscrivere al termine della crisi del settembre
scorso, non sarebbe durato a lungo. Sì. Hitler e Mussolini
avevano indotto Chamberlain e Daladier ad abbandonare la
Cecoslovacchia di Benes al suo destino. Ma poi? Cambiando
magari Chamberlain e Daladier con uomini più giovani e più
decisi (ecco il vantaggio del sistema parlamentare! esclama-
vo), tra breve Francia e Inghilterra sarebbero state in grado
di puntare i piedi. Il tempo non poteva non giocare a loro
favore.

Bastava tuttavia che il discorso cadesse sulla guerra di
Spagna oramai agli sgoccioli, o ci si riferisse in qualche modo
all'URSS, perché l'atteggiamento di Malnate nei confronti
delle democrazie occidentali, e di me, nella fattispecie,
considerato ironicamente loro rappresentante e paladino,
diventasse subito meno flessibile. Lo vedo ancora sporgere
in avanti la grande testa bruna dalla fronte lustra di sudore,
figgere gli sguardi nei miei nel solito insopportabile tentativo
di ricatto, tra morale e sentimentale, a cui ricorreva così
volentieri, mentre la sua voce assumeva toni bassi, caldi,
suadenti, pazienti. Chi erano stati, per favore – chiedeva –
chi erano stati i veri responsabili della rivolta franchista?
Non erano state per caso le destre francesi e inglesi, le quali
l'avevano non soltanto tollerata, all'inizio, ma poi, in seguito, addirittura appoggiata e applaudita? Proprio come il
comportamento anglo-francese, corretto nella forma, in
realtà ambiguo, aveva permesso a Mussolini, nel '35, di fare
un solo boccone dell'Etiopia, anche in Ispagna era stata
soprattutto la colpevole incertezza dei Baldwin, dei Halifax,
e dello stesso Blum, a far pendere la bilancia della fortuna
dalla parte di Franco. Inutile dar la colpa all'URSS e alle
Brigate Internazionali – insinuava sempre più dolcemente –

inutile imputare alla Russia, diventata la comoda testa di turco a portata di tutti gli imbecilli, se gli avvenimenti, laggiù, stavano ormai precipitando. Altra, la verità: soltanto la Russia aveva capito fin dall'inizio chi fossero il Duce e il Führer, lei sola aveva previsto con chiarezza l'inevitabile intesa dei due, e agito per tempo di conseguenza. Le destre francesi e inglesi, al contrario, sovversive dell'ordine democratico come tutte le destre di tutti i paesi e di tutti i tempi, avevano sempre guardato all'Italia fascista e alla Germania nazista con malcelata simpatia. Ai reazionari di Francia e d'Inghilterra il Duce e il Führer potevano sembrare dei tipi certo un po' scomodi, un tantino maleducati e eccessivi, però da preferirsi sotto ogni aspetto a Stalin, giacché Stalin, si sa, era sempre stato il diavolo. Dopo aver aggredito e annesso Austria e Cecoslovacchia, la Germania cominciava già a premere sulla Polonia. Ebbene, se Francia e Inghilterra erano ridotte a stare a vedere e a subire, la responsabilità della loro attuale impotenza bisognava accollarla proprio a quei bravi, degni, decorativi galantuomini in cilindro e stiffelius (così adatti a corrispondere almeno nel modo di vestire alle nostalgie ottocentesche di *tanti* letterati decadenti...) che ancora adesso le governavano.

Ma la polemica di Malnate si faceva anche più viva ogni qualvolta si venisse a parlare della storia italiana degli ultimi decenni.

Era evidente, diceva: per me, e per lo stesso Alberto, in fondo, il fascismo non era stato altro che la malattia improvvisa e inspiegabile che attacca a tradimento l'organismo sano, oppure, per usare una frase a Benedetto Croce, « vostro comune maestro » (a questo punto Alberto non mancava mai di mettersi a scuotere desolato il capo, in segno di diniego, ma lui non gli dava retta), l'invasione degli Hyksos. Per noi due, insomma, l'Italia liberale dei Giolitti, dei Nitti, degli Orlando, e perfino quella dei Sonnino, dei Salandra e dei Facta, era stata tutta bella e tutta santa, il prodotto miracoloso di una specie di età dell'oro a cui, potendo, sarebbe stato opportuno tornare pari pari. Senonché noi sbagliavamo, eccome se sbagliavamo! Il male non era affatto sopraggiunto improvviso. Veniva da molto lontano, invece, e cioè dagli anni del primissimo Risorgimento, caratterizzati da un'assenza diciamo pure totale di partecipazione di popolo, di popolo vero, alla causa della Libertà e dell'Unità. Giolitti? Se Mussolini aveva potuto superare la crisi seguita al delitto Matteotti, nel '24, quando tutto attorno a lui sembrava sfaldarsi e perfino il re tentennava, noi dovevamo ringraziare di ciò proprio il *nostro* Giolitti, e Benedetto Croce, anche, ambedue disposti a mandar giù qualsiasi rospo purché l'avanzata delle classi popolari incontrasse impedimenti e ritardi. Erano stati proprio loro, i liberali dei nostri sogni, a concedere a Mussolini il tempo necessario perché riprendesse fiato. Nemmeno sei mesi dopo, il Duce li aveva ripagati del servizio sopprimendo la libertà di stampa e sciogliendo i partiti. Giovanni Giolitti si era ritirato dalla vita politica, riparando nelle sue campagne, in Piemonte; Benedetto Croce era tornato ai prediletti studi filosofici e letterari. Ma c'era stato chi, di gran lunga meno colpevole, anzi incolpevole del tutto, aveva pagato molto più duramente. Amendola e Gobetti erano stati bastonati a morte; Filippo Turati si era spento in esilio, lontano da quella sua Milano dove pochi anni prima aveva sepolto la povera signora Anna; Antonio Gramsci aveva preso la via delle patrie galere (era morto l'anno scorso, in carcere: non lo sapevamo?); gli operai e i contadini italiani, insieme coi loro capi naturali, avevano perduto ogni effettiva speranza di riscatto sociale e di dignità umana, e ormai da quasi vent'anni vegetavano e morivano in silenzio.

Non era facile a me contrappormi a queste idee, e per varie ragioni. In primo luogo perché la cultura politica di Malnate, che il socialismo e l'antifascismo li aveva respirati in famiglia fin dall'infanzia più tenera, soverchiava la mia. In secondo luogo perché il ruolo al quale lui pretendeva inchiodarmi (il ruolo del letterato decadente o «ermetico», come diceva, formatosi in politica sui libri di Benedetto Croce), mi sembrava inadeguato, non rispondente, e quindi da rifiutarsi prima ancora che fosse avviata tra noi qualsiasi discussione. Fatto si è che preferivo tacere, atteggiando il volto a un sorriso vagamente ironico. Subivo, e tacevo.

Quanto ad Alberto, anche lui stava zitto: un po' per la ragione che al solito non aveva nulla da obiettare, ma principalmente per dar modo all'amico di infierire contro di me, e pago soprattutto di questo. Fra le persone chiuse per giorni e giorni a discutere in una stanza, è quasi fatale che due di esse finiscano col far fronte comune contro la terza. Pur d'andare d'accordo col Giampi, di dimostraglisi solidale, Alberto pareva pronto ad accettare tutto, da lui, compreso il fatto che lui, il Giampi, lo mettesse spesso in un solo fascio con me. Era vero: Mussolini e compari stavano accumulando contro gli ebrei italiani infamie e soprusi d'ogni genere, diceva per esempio Malnate; il famigerato Manifesto della Razza del luglio scorso, redatto da dieci cosiddetti « studiosi fascisti », non si sapeva come considerarlo, se più vergognoso o più ridicolo. Ma ammesso ciò – soggiungeva – gli sapevamo dire, noialtri, quanti erano stati prima del '38 in Italia gli « israeliti »antifascisti? Ben pochi, temeva, un'esigua minoranza, se anche a Ferrara, come Alberto gli aveva detto più volte, il numero di loro iscritti al Fascio era sempre stato altissimo. Io stesso nel '36 avevo partecipato ai Littorali della Cultura. Leggevo già, a quell'epoca, la *Storia d'Europa « del »* Croce? Oppure avevo aspettato, per calarmici dentro, l'anno successivo, l'anno dell'*Anschluss* e delle prime avvisaglie di un razzismo italiano?

Subivo e sorridevo, talora ribellandomi, ma più spesso no, ripeto, conquistato mio malgrado dalla sua franchezza e sincerità, certo un po' troppo rozze e impietose, un po' troppo da *goi* – mi dicevo – ma in fondo veramente pietose perché veramente uguaglianti, fraterne. E se Malnate passava a un certo punto a maltrattare Alberto, magari accusando nemmeno tanto per scherzo lui e la sua famiglia di essere « dopo tutto » degli sporchi agrari, dei biechi latifondisti, e degli aristocratici, per giunta, ovviamente nostalgici del feudalesimo medioevale, ragion per cui non era « dopo tutto » così ingiusto che adesso pagassero in qualche maniera il fio dei privilegi da loro goduti fino a questo momento (piegato in due come per difendersi dalle raffiche di un uragano, Alberto rideva fino alle lacrime, e intanto accennava col capo di sì, lui per conto proprio avrebbe pagato più che volentieri), non era senza segreto compiacimento che lo ascoltavo tuonare contro l'amico. Il bambino degli anni anteriori al '29, quello che, camminando a fianco della mamma lungo i vialetti del cimitero, l'aveva sempre udita definire la solitaria tomba monumentale dei Finzi-Contini « un vero orrore », insorgeva d'un tratto dal più profondo di me ad applaudire malignamente.

Poteva per altro succedere, a volte, che Malnate sembrasse quasi dimenticarsi della mia presenza. E questo in genere gli capitava quando si metteva a rievocare con Alberto « i tempi » di Milano, le comuni amicizie maschili e femminili di allora, i ristoranti che avevano avuto l'abitudine di frequentare assieme, le serate alla *Scala*, le partite di calcio all'*Arena* o a San Siro, le gite di fine settimana in montagna e in Riviera. Avevano entrambi fatto parte di un « gruppo » – si era degnato di spiegarmi una sera – che esigeva unanime dagli aderenti un solo requisito: l'intelligenza. Grandi tempi, quelli là, davvero! aveva sospirato. Caratterizzati dal disprezzo per qualsiasi forma di provincialismo e di retorica, avrebbero potuto essere definiti, oltre che della loro più bella gioventù, anche i tempi della Gladys, una ballerina del *Lirico* che era stata per qualche mese amica sua (sul serio niente male, la Gladys: allegra, « di compagnia », in fondo disinteressata, convenientemente puttana..., e poi, essendosi incapricciata senza fortuna di Alberto, aveva finito col piantarli in asso tutti e due).

« Non ho mai capito perché Alberto l'abbia sempre respinta, povera Gladys » aveva soggiunto con un lieve ammicco.

Quindi rivolto ad Alberto:

« Coraggio. Da allora sono passati più di tre anni, ci troviamo a quasi trecento chilometri di distanza dal luogo del delitto. Vogliamo finalmente metterle, le carte in tavola? »

Senonché Alberto si era schermito, arrossendo: e della Gladys non si parlò mai più.

Gli piaceva il lavoro che l'aveva condotto dalle nostre parti, ripeteva di frequente; anche Ferrara gli piaceva, come città, sembrandogli a dir poco assurdo che io e Alberto potessimo considerarla una specie di tomba o di carcere. La nostra situazione poteva dirsi senza dubbio particolare. Noi però avevamo il torto di ritenerci membri dell'unica minoranza che in Italia fosse perseguitata. Figuriamoci! Gli operai dello stabilimento dove lui lavorava, cosa credevamo che fossero, dei bruti senza sensibilità? Lui avrebbe potuto nominarcene parecchi che non soltanto non avevano mai preso la tessera, ma, socialisti o comunisti, e per questo motivo picchiati e « oliati » più volte, continuavano imperterriti a rimanere attaccati alle loro idee. Era stato a qualcuna delle loro riunioni clandestine, con la lieta sorpresa di trovarci, oltre che operai e contadini venuti apposta, magari in bicicletta, addirittura da Mésola e da Goro, anche tre o quattro avvocati dei più noti in città: prova questa che anche qui, a Ferrara, non tutta la borghesia stava dalla parte del fascismo, non tutti i settori di essa avevano tradito. Ci era mai capitato, a noi, di sentir parlare di Clelia Trotti? No? Ebbene, si trattava di una ex maestra elementare, di una vecchietta che da giovane, gli avevano raccontato, era stata l'anima del socialismo ferrarese, e continuava tuttora ad esserlo, eccome!, se a settant'anni suonati non si teneva riunione alla quale vispa e allegra non partecipasse. Lui l'aveva incontrata appunto così. Sul suo socialismo di tipo umanitario, alla Andrea Costa, meglio passarci sopra, non se ne sarebbe ovviamente cavato granché. Eppure quanto ardore, in lei, quanta fede, quanta speranza! Gli aveva ricordato anche nel fisico, specie negli occhi azzurrini da ex bionda, la signora Anna, la compagna di Filippo Turati che lui aveva conosciuto da ragazzo a Milano intorno al '22. Suo padre, avvocato, aveva fatto nel '98 insieme con la coppia Turati quasi un anno di prigione. Intimo di tutti e due, era rimasto dei pochi che la domenica pomeriggio osassero continuare a

132

visitarli nel loro modesto appartamento in Galleria. E spesso lui ce lo accompagnava.

No, per carità, Ferrara non era per niente quella galera che uno a starci a sentire poteva pensare che fosse. Certo, a guardarla dalla Zona industriale, chiusa come appariva nella cerchia delle sue vecchie mura, soprattutto nei giorni di cattivo tempo la città era facile che desse un'impressione di solitudine, di isolamento. Attorno a Ferrara c'era tuttavia la campagna, ricca, viva, operosa, e in fondo alla campagna, lontano nemmeno quaranta chilometri, il mare, con spiagge deserte orlate di stupende selve di lecci e di pini: il mare, già, che è sempre una gran risorsa. Ma a parte questo, la città stessa, a entrarci dentro come lui aveva deciso di fare, a osservarla da vicino senza prevenzioni, racchiudeva nel suo seno, come ogni altra, tali tesori di rettitudine, d'intelligenza, di bontà, e anche di coraggio, che solamente dei ciechi e dei sordi, oppure degli aridi, avrebbero potuto ignorarli o misconoscerli.

# 5

Nei primi tempi Alberto non faceva altro che annunciare la propria imminente partenza per Milano. Poi, a poco a poco, smise di parlarne, e quella della sua tesi di laurea finì per diventare una questione imbarazzante da girarci attorno con cautela. Lui non ne discorreva, e, si capiva, desiderava che anche noi lasciassimo perdere.

Come ho già accennato, i suoi interventi nelle nostre discussioni erano rari e sempre irrilevanti. Stava dalla parte di Malnate, su questo non c'erano dubbi, lieto se trionfava, preoccupato se, viceversa, ero io a profilarmi vincitore. Ma per lo più taceva. Usciva al massimo in qualche esclamazione ogni tanto (« Ah, questa è bella, poi!... »; « Eh, però, sotto certi aspetti... »; « Un momento: vediamo con calma... »), facendola magari seguire da qualche breve risata, da qualche sommessa raschiatina di gola.

Perfino fisicamente tendeva a defilarsi, a cancellarsi, a sparire. Io e Malnate sedevamo in genere di fronte, al centro della stanza, uno sul divano e l'altro su una delle due poltrone: col tavolino in mezzo, e stando tutti e due bene in luce. Ci alzavamo solamente per passare nel piccolo bagno contiguo alla camera da letto, oppure per andare a scrutare il tempo attraverso i vetri del largo finestrone che si apriva sul parco. Alberto, al contrario, preferiva rimanere laggiù in fondo, al riparo dietro la doppia barricata della scrivania e del tavolo da disegnatore. Le volte che si tirava su, lo vedevamo girare qua e là per la stanza in punta di piedi, i gomiti stretti ai fianchi. Sostituiva uno dopo l'altro i dischi del radiogrammofono, attento sempre che il volume del suono non soverchiasse le nostre voci, sorvegliava le ceneriere, provvedendo quando erano colme a vuotarle in bagno, regolava l'intensità delle luci indirette, chiedeva sottovoce se avessimo voglia di un altro po' di tè, rettificava la posizione di certi oggetti. Aveva insomma l'aria indaffarata e discreta del padrone di casa preoccupato di una cosa sola: che agli importanti cervelli dei propri ospiti sia consentito di funzionare nelle migliori condizioni ambientali possibili.

Sono persuaso tuttavia che a diffondere nella stanza quel senso di vaga oppressione che vi si respirava fosse proprio lui col suo ordine meticoloso, con le sue caute iniziative imprevedibili, coi suoi stratagemmi. Bastava, non so, che nelle pause della conversazione cominciasse a illustrare le virtù della poltrona sulla quale sedevo, il cui schienale « garantiva » alle vertebre la posizione « anatomicamente » più corretta e vantaggiosa; oppure, offrendomi aperta la piccola borsa di pella scura del tabacco da pipa, che mi ricordasse le varie qualità di trinciato a suo parere indispensabili perché dalle nostre Dunhill e GBD si ricavasse l'ottimo dei rendimenti (tanto di dolce, tanto di forte, tanto di Maryland); ovvero che per motivi non mai ben chiari, noti a lui solo, annunciasse con un vago sorriso, alzando il mento verso il radiogrammofono, la temporanea esclusione del suono di qualcuno degli altoparlanti: in ciascuna di tali o simili circostanze lo scatto di nervi era da parte mia sempre in agguato, sempre lì lì per scoppiare.

Una sera non mi riuscì di trattenermi. Certo, gridai, rivolto a Malnate: il suo atteggiamento dilettantesco, in fondo da turista, gli dava modo di assumere nei riguardi di Ferrara un tono di longanimità e di indulgenza che gli invidiavo. Ma come lo vedeva, lui che parlava tanto di tesori di rettitudine, bontà, eccetera, un caso successo a me, proprio a me, appena poche mattine avanti?

Avevo avuto la bella idea – cominciai a raccontare – di trasferirmi con carte e libri nella sala di consultazione della Biblioteca Comunale di via Scienze: un posto che bazzicavo fino dagli anni del ginnasio, e dove mi sentivo un po' come a casa. Tutti molto gentili, con me, fra quelle vecchie pareti. Dopo che mi ero iscritto a Lettere, il direttore dottor Ballola aveva cominciato a considerarmi del mestiere. Gli bastava slumarmi, e subito veniva a sedermisi a fianco per mettermi a parte dei progressi di certe sue ormai decennali ricerche attorno al materiale biografico dell'Ariosto custodito nel suo studiolo particolare, ricerche con le quali si proclamava sicuro di « superare decisamente i pur cospicui risultati raggiunti in questo campo dal Catalano ». Quanto poi ai vari inservienti, costoro agivano nei miei confronti con tale confidenza e famigliarità da dispensarmi non solamente dalla noia di riempire i moduli per i libri, ma da lasciarmi addirittura fumare di tanto in tanto una sigaretta.

Dunque, come dicevo, quella mattina mi era venuta la bella idea di passarla in biblioteca. Senonché avevo avuto appena il tempo di sedermi a un tavolo della sala di consultazione e di tirar fuori quanto mi occorreva, che uno degli inservienti, tale Poledrelli, un tipo sui sessant'anni, grosso, gioviale, celebre mangiatore di pastasciutta e incapace di mettere insieme due parole che non fossero in dialetto, mi si era avvicinato per intimarmi d'andarmene, e subito. Tutto impettito, facendo rientrare il pancione e riuscendo persino a esprimersi in lingua, l'ottimo Poledrelli aveva spiegato a voce alta, ufficiale, come il signor direttore avesse dato in proposito ordini tassativi: ragione per cui – aveva ripetuto – facessi senz'altro il piacere di alzarmi e di sgomberare. Quella mattina la sala di consultazione risultava particolarmente affollata di ragazzi delle Medie. La scena era stata seguita, in un silenzio sepolcrale, da non meno di cinquanta paia d'occhi e da altrettante paia d'orecchie. Ebbene, anche per questo motivo – seguitai – non era stato affatto piacevole per me tirarmi su, raccogliere dal tavolo la mia roba, rimettere tutto quanto nella cartella, e quindi raggiungere, passo dopo passo, il portone a vetri d'entrata. Va bene: quel disgraziato di Poledrelli non aveva eseguito che degli ordini. Però stesse molto attento, lui, Malnate, se per caso gli fosse capitato di conoscerlo (chissà che anche Poledrelli non appartenesse alla cerchia della maestra Trotti!), stesse molto attento, lui, a non lasciarsi fregare dalla falsa apparenza di bonarietà di quel suo faccione plebeo. Dentro quel petto vasto come un armadio albergava un cuoricino grande così: ricco di linfa popolare, d'accordo, ma per niente fidato.

E poi, e poi! – incalzai –. Non era perlomeno fuori di posto che lui venisse adesso a fare la predica non dico ad Alberto, la famiglia del quale si era sempre tenuta in disparte dalla vita associata cittadina, ma a me che, al contrario, ero nato e cresciuto in un ambiente perfino troppo disposto ad aprirsi, a mescolarsi con gli altri in tutto e per tutto? Mio padre, volontario di guerra, aveva preso la tessera del Fascio nel '19; io stesso ero appartenuto fino a ieri al GUF. Siccome dunque eravamo sempre stati della gente molto normale, noialtri, anzi addirittura banale nella sua normalità, sarebbe stato davvero assurdo che adesso, di punto in bianco, si pretendesse proprio da noi un comportamento al di fuori della norma. Convocato in Federazione per sentirsi annunciare la propria espulsione dal partito, espulso quindi dal Circolo dei Negozianti come indesiderabile: sarebbe stato veramente strano che mio padre, poveretto, opponesse a un simile trattamento un volto meno angosciato e smarrito di quello che gli conoscevo. E mio fratello Ernesto, che se aveva voluto entrare all'università aveva dovuto emigrare in Francia, iscrivendosi al Politecnico di Grenoble? E Fanny, mia sorella, appena tredicenne, costretta a proseguire il ginnasio nella scuola israelitica di via Vignatagliata? Anche da loro, strappati bruscamente ai compagni di scuola, agli amici d'infanzia, ci si aspettava per caso un comportamento d'eccezione? Lasciamo perdere! Una delle forme più odiose di antisemitismo era appunto questa: lamentare che gli ebrei non fossero abbastanza *come* gli altri, e poi, viceversa, constatata la loro pressoché totale assimilazione all'ambiente circostante, lamentare che fossero tali e quali come gli altri, nemmeno un poco diversi dalla media comune.

Mi ero lasciato trasportare dalla rabbia, uscendo alquanto dai termini del dibattito, e Malnate, che era rimasto ad ascoltarmi con attenzione, non mancò alla fine di farmelo notare. Antisemita lui? borbottava: era la prima volta, francamente, che gli toccava di sentirsi rivolgere un'accusa simile! Tuttora eccitato, stavo già per ribattere, per rincarare la dose. Ma in quell'attimo, mentre passava dietro le spalle del mio avversario con la scomposta rapidità di un uccello spaventato, Alberto mi lanciò un'occhiata implorante. « Basta ti prego! », diceva il suo sguardo. Che lui, di soppiatto dall'amico del cuore, facesse una volta tanto appello a quanto di più segreto c'era tra noi due, mi colpì come un evento straordinario. Non replicai, non dissi altro. Immediatamente, le prime note di un quartetto di Beethoven suonato dai Busch si levarono nell'atmosfera fumosa della stanza a suggellare la mia vittoria.

Ma la serata non fu importante soltanto per questo. Verso le otto si mise a piovere con tale violenza che Alberto, dopo una rapida consultazione telefonica in gergo, forse con la madre, ci propose di rimanere a cena.

Malnate si dichiarò ben lieto di accettare. Cenava quasi sempre da *Giovanni* – raccontò – « solo come un cane ». Non gli pareva vero di poter passare una serata « in famiglia ».

Anch'io accettai. Chiesi però di telefonare a casa.

« Naturalmente! » esclamò Alberto.

Mi sedetti dove d'abitudine sedeva lui, dietro la scrivania, e formai il numero. Aspettando, guardavo di lato, attraverso i vetri della finestra le masse degli alberi si distinguevano appena. Di là dal nero intervallo del parco, chissà dove, baluginava un piccolo lume.

Rispose alla fine la voce lamentosa di mio padre.

« Ah, sei tu? » disse. « Cominciavamo a stare in pena. Di dove telefoni? »

« Rimango fuori a cena » risposi.

« Con questa pioggia! »

« Appunto. »

« Sei ancora dai Finzi-Contini? »

« Sì. »

« A qualsiasi ora torni a casa, passa un momento da me, mi raccomando. Tanto non riesco a prendere sonno, lo sai... »

Misi giù il ricevitore e alzai gli occhi. Alberto mi guardava.

« Fatto? » chiese.

« Fatto. »

Uscimmo tutti e tre nel corridoio, attraversammo varie sale e salette, discendemmo per uno scalone ai cui piedi, in giacca e guanti bianchi, attendeva Perotti, e di qui passammo direttamente nella sala da pranzo.

Il resto della famiglia vi si trovava già. C'erano il professor Ermanno, la signora Olga, la signora Regina, e uno degli zii di Venezia, il tisiologo, il quale, visto entrare Alberto, si alzò, gli venne incontro, lo baciò su entrambe le gote, dopodiché, mentre gli abbassava distrattamente col dito l'orlo di una palpebra inferiore, cominciò a raccontargli per quale ragione si trovasse lì. Era dovuto andare a Bologna per un consulto – diceva – e poi, sulla via del ritorno, aveva pensato bene di fermarsi a cena, fra un treno e l'altro. Quando entrammo, il professor Ermanno, la moglie, e il cognato, sedevano davanti al camino acceso, con Jor sdraiato ai loro piedi per quanto era lungo. La signora Regina sedeva invece a tavola, proprio sotto il lampadario centrale.

È inevitabile che il ricordo della mia prima cena a casa Finzi-Contini (eravamo ancora in gennaio, mi pare) tenda un poco a confondersi in me coi ricordi delle molte altre cene a cui partecipai nel corso del medesimo inverno alla *magna domus*. Rammento tuttavia con strana precisione che cosa mangiammo quella sera: e cioè una minestra di riso in brodo e fegatini, polpettone di tacchino in gelatina, lingua salmistrata con contorno di olive nere e di gambi di spinaci in aceto, una torta di cioccolata, frutta fresca e frutta secca, noci, nocciole, uvetta, pinoli. Rammento altresì che quasi subito, non appena ci fummo seduti a tavola, Alberto prese l'iniziativa di riferire la storia della mia recente estromissione dalla Biblioteca Comunale, e che una volta di più mi colpì lo scarso stupore suscitato nei quattro vecchi da tale notizia. I successivi commenti sulla situazione generale, e quelli sul duo Ballola-Poledrelli richiamato ogni tanto in causa per tutta la durata del pranzo, non furono infatti, da parte loro, neanche molto amari, ma, al solito, elegantemente sarcastici, quasi allegri. E allegro, decisamente allegro e soddisfatto, era più tardi il tono di voce con cui il professor Ermanno, presomi sottobraccio, mi propose di approfittare d'allora in poi liberamente, come e quando volessi, dei quasi ventimila libri di casa, un notevole numero dei quali – mi disse – riguardava la letteratura italiana del pieno e tardo Ottocento.

Ma ciò che più mi colpì, fin da quella prima sera, fu senza dubbio la sala da pranzo, in sé, coi suoi mobili di legno rossastro, in stile floreale, col suo vasto camino dalla bocca arcuata e sinuosa, quasi umana, con le sue pareti foderate di cuoio tranne quella, interamente a vetri, inquadrante la buia, silenziosa tempesta del parco come l'oblò del *Nautilus*: così intima, così riparata, starei per dire così sepolta, e soprattutto così adatta al me stesso d'allora, adesso lo capisco!, a proteggere quella specie di pigra brace che è tante volte il cuore dei giovani.

Varcandone la soglia, sia io sia Malnate eravamo stati ricevuti con grande amabilità, e non soltanto dal professor Ermanno, gentile, gioviale e vivace come sempre, ma perfino dalla signora Olga. Era stata lei a distribuire i posti a tavola. A Malnate era toccato quello alla sua destra; a me, dall'altro capo del tavolo, quello alla destra del marito; al fratello Giulio il posto alla sua sinistra, fra lei stessa, sorella, e la vecchia madre. Anche quest'ultima, frattanto, bellissima nelle sue guance rosee, nei suoi candidi capelli di seta più folti e più luminosi che mai, si guardava attorno benigna e divertita.

Il coperto di fronte al mio, completo di piatti, bicchieri e posate, sembrava lì in attesa di un settimo convitato. Mentre Perotti stava ancora girando con la zuppiera del riso in brodo, avevo domandato sottovoce al professor Ermanno a chi fosse riservata la sedia alla sua sinistra. E lui, non meno sottovoce, mi aveva risposto che quella sedia non aspettava « presumibilmente » più nessuno (controllò l'ora al suo grosso Omega da polso, scosse il capo, sospirò), essendo appunto la sedia che occupava di solito Micòl: « Micòl mia », come disse per l'esattezza.

# 6

Il professor Ermanno non aveva venduto fumo. Fra i quasi ventimila libri di casa, moltissimi dei quali di argomento scientifico, o storico, o variamente erudito (in tedesco, i più di questi ultimi), ce n'erano sul serio parecchie centinaia che appartenevano alla Letteratura della Nuova Italia. Di quanto poi era uscito dall'ambiente letterario carducciano di fine secolo, nei decenni in cui il Carducci aveva insegnato a Bologna, si può dire che non mancasse nulla. C'erano i volumi in verso e in prosa non soltanto del Maestro, ma quelli di Panzacchi, di Severino Ferrari, di Lorenzo Stecchetti, di Ugo Brilli, di Guido Mazzoni, del giovane Pascoli, del giovane Panzini, del giovanissimo Valgimigli: prime edizioni, in genere, quasi tutte recanti dediche autografe alla baronessa Josette Artom di Susegana. Riuniti in tre isolate scansie a vetri che occupavano tutta una parete di un vasto salone del primo piano attiguo allo studio personale del professor Ermanno, diligentemente catalogati, non c'è dubbio che questi libri rappresentassero nel loro insieme una collezione di cui qualsiasi pubblica biblioteca, compresa quella bolognese dell'*Archiginnasio*, avrebbe ambito fregiarsi. Dalla raccolta non erano assenti nemmeno i quasi introvabili volumetti di prose liriche di Francesco Acri, il famoso traduttore di Platone, a me noto fino allora esclusivamente come traduttore: non così « santo », dunque, come ci garantiva in quinta ginnasio il professor Meldolesi (perché era stato scolaro anche dell'Acri, Meldolesi), se le sue dediche

141

alla nonna di Alberto e Micòl risultavano nel coro forse le più galanti, le più maschilmente consapevoli dell'altera bellezza alla quale si riferivano.

Potendo disporre di una intera biblioteca specializzata, e oltre a ciò stranamente avido di ritrovarmi ogni mattina là, nella grande, calda, silenziosa sala che prendeva luce da tre alti finestroni addobbati con mantovane di seta bianca a strisce rosse verticali, e al cui centro, ricoperto da una fodera color topo, si allungava il tavolo da biliardo, nei due mesi e mezzo che seguirono mi riuscì di portare a termine la mia tesi sul Panzacchi. Se proprio l'avessi voluto, chi lo sa, forse sarei riuscito a finirla anche prima. Ma era davvero questo che avevo cercato? O non avevo cercato, piuttosto, di conservare il più a lungo possibile il diritto di presentarmi a casa Finzi-Contini *anche* di mattina? Certo è che circa a metà marzo (era sopraggiunta frattanto la notizia della laurea di Micòl: centodieci su centodieci), io continuavo ancora a restare attaccato torpidamente a quel mio povero privilegio d'uso anche mattutino della casa dalla quale lei insisteva a tenersi lontana. Non ci separavano ormai che pochi giorni dalla Pasqua cattolica, quell'anno pressappoco coincidente con *Pésah*, la Pasqua ebraica. Sebbene la primavera fosse alle porte, una settimana avanti era nevicato con straordinaria abbondanza, dopodiché il freddo era tornato intenso. Sembrava quasi che l'inverno non volesse più andarsene. E anche io, il cuore abitato da un oscuro, misterioso lago di paura, mi aggrappavo alla scrivanietta che il professor Ermanno dal gennaio scorso aveva fatto collocare per me sotto la finestra di mezzo del salone del biliardo, come se, così facendo, mi fosse dato di arrestare l'inarrestabile progresso del tempo. Mi alzavo, mi accostavo alla finestra, guardavo giù, nel parco. Sepolto sotto una coltre di neve alta mezzo metro, tutto bianco, il Barchetto del Duca appariva trasformato in un paesaggio da saga nordica. A volte mi sorprendevo a sperare appunto questo: che neve e gelo non si sciogliessero più, che durassero eterni.

Per due mesi e mezzo le mie giornate erano state all'incirca le stesse. Puntuale come un impiegato, uscivo di casa nel freddo delle otto e mezzo, quasi sempre in bicicletta ma talvolta anche a piedi. Dopo venti minuti al massimo, eccomi a suonare al portone in fondo a corso Ercole I d'Este, e quindi attraversare il parco, pervaso intorno agli inizi di febbraio dal delicato odore dei gialli fiori del calicantus. Alle nove ero già al lavoro nel salone del biliardo, dove mi trattenevo fino all'una, e dove tornavo verso le tre del pomeriggio. Più tardi, sulle sei, passavo da Alberto, sicuro di trovarci anche Malnate. E infine, come ho già detto, entrambi venivamo di frequente invitati a cena. A questo proposito, anzi, era ben presto diventato per me così normale restare a cena fuori, che a casa non telefonavo nemmeno più. Avevo magari detto alla mamma, uscendo: « Credo che stasera rimarrò a cena là ». Là: e non c'era stato bisogno di altre precisazioni.

Lavoravo per ore e ore senza che nessuno si facesse vivo, tranne Perotti, attorno alle undici, recante sopra un vassoietto d'argento una tazzina di caffè. Anche questo, del caffè delle undici, era diventato quasi subito un rito quotidiano, un'abitudine acquisita sulla quale non valeva la pena che né io né lui spendessimo parole. Ciò di cui mi discorreva, Perotti, mentre aspettava che avessi finito di sorbire il caffè, era se mai dell'« andamento » della casa, a suo parere gravemente compromesso dall'assenza troppo prolungata della « signorina », che va bene, certo, aveva da diventare professoressa, per quanto... (e tale « per quanto », accompagnato da una smorfia dubitativa, poteva alludere a molte cose: alla nessuna necessità che i padroni, beati loro, avevano di guadagnarsi la vita, come anche alle leggi razziali che in ogni caso avrebbero reso i *nostri* diplomi di laurea dei puri pezzi di carta, privi della minima utilità pratica)... ma che però qualche scappata, dato che senza lei la casa stava andando rapidamente « *a ramengo* », qualche piccola scappata, magari una settimana sì e una no, avrebbe pure dovuto farla. Con me, Perotti trovava sempre il modo di lagnarsi dei padroni. In segno di sfiducia e disapprovazione, stringeva le labbra, ammiccava, scuoteva il capo. Quando si riferiva alla signora Olga, arrivava perfino a toccarsi la fronte col rozzo indice. Io non gli davo corda, naturalmente, fermissimo a non accettare questi suoi ricorrenti inviti a una complicità servile che, oltre a repugnarmi, mi feriva. E di lì a poco, di fronte ai miei silenzi, ai miei freddi sorrisi, a Perotti non restava altro da fare che andarsene, lasciarmi di nuovo solo.

Un giorno, in sua vece, si presentò la figlia minore, la Dirce. Anche lei attese di fianco alla scrivania che avessi finito di bere il caffè. Bevevo, e la sogguardavo.

« Com'è che si chiama? » le domandai, restituendole la tazzina vuota, col cuore che intanto si era messo a battere a precipizio.

« Dirce » sorrise, e il volto le si ricoprì di rossore.

Indossava il suo solito camice di grossa tela azzurra, curiosamente odoroso di *nursery*. Scappò via, evitando di rispondere al mio sguardo che cercava di incontrarsi col suo. E un attimo dopo già mi vergognavo di ciò che era accaduto (ma che cosa era accaduto, poi?), come del più vile, del più sordido dei tradimenti.

L'unico della famiglia che ogni tanto comparisse era il professor Ermanno. Con siffatta precauzione apriva laggiù in fondo la porta dello studio, e poi, in punta di piedi, veniva avanti attraverso il salone, che il più delle volte mi accorgevo di lui solo quando era già lì, di fianco, chino rispettosamente sulle carte e sui libri che avevo dinanzi.

« Come va? » chiedeva compiaciuto. « Mi sembra che procediamo a gonfie vele! »

Accennavo ad alzarmi.

« No, no, continua pure a lavorare » esclamava. « Vado via subito. »

Di solito non restava più di cinque minuti, durante i quali trovava sempre il modo di manifestarmi tutta la simpatia e tutta la considerazione che la mia tenacia nel lavoro gli ispiravano. Mi guardava con occhi ardenti, brillanti: come se da me, dal mio futuro di letterato, di studioso, si aspettasse chissà che cosa, come se contasse su di me per qualche suo disegno segreto che trascendeva non solamente lui ma anche me stesso... E ricordo a tale proposito che questo suo atteggiamento nei miei riguardi, pur lusingandomi, un poco mi addolorava. Perché mai non pretendeva altrettanto da Alberto – mi chiedevo – che pure era suo figlio? Per qual motivo, da lui, accettava senza proteste o rimpianti che avesse rinunciato a laurearsi? E Micòl? A Venezia, Micòl stava facendo la stessa, identica cosa che facevo qua io: stava finendo di scrivere la sua tesi. Eppure non c'era mai caso che lui la nominasse, Micòl, o, se vi accennava, non ne sospirasse. Aveva l'aria di dire: «È una ragazza, e le donne è meglio che pensino alla casa, altro che alla letteratura!». Ma dovevo proprio credergli?

Una mattina si trattenne a conversare più a lungo del consueto. Gira gira, venne a parlare una volta di più delle lettere del Carducci e dei propri «lavoretti» di argomento veneziano: tutta roba – disse, accennando al suo studio, dietro le mie spalle – da lui custodita «di là». Sorrideva misteriosamente, frattanto, il volto atteggiato a un'espressione furbesca e invitante. Era chiaro: voleva condurmi «di là», e voleva al tempo stesso che fossi io a proporre di esservi condotto.

Mi affrettai a esaudirlo.

Ci trasferimmo così nello studio, il quale era una stanza poco meno vasta del salone del biliardo, ma impiccolita, resa anzi angusta, da una incredibile congerie di oggetti disparati.

Di libri, per cominciare, ce n'erano anche qui moltissimi. Quelli di argomento letterario mescolati con quelli di scienza (matematica, fisica, economia, agricoltura, medicina, astronomia, eccetera); quelli di storia patria, ferrarese o veneziana, con quelli di «antichità giudaiche»: i volumi stipavano senza ordine, a caso, le solite scansie a vetri, occupavano buona parte del gran tavolo di noce di là dal quale, sedendo, il professor Ermanno non riusciva probabilmente a emergere che con la sommità del berretto, si ammonticchiavano in pile pericolanti sopra le sedie, si accatastavano perfino per terra, in cumuli sparsi un po' dovunque. Un grosso mappamondo, poi, un leggìo, un microscopio, mezza dozzina di barometri, una cassaforte d'acciaio verniciata di rosso scuro, un candido lettino da ambulatorio medico, varie clessidre di diversa misura, un timpano d'ottone, un piccolo pianoforte verticale tedesco sormontato da due metronomi chiusi nei loro astucci a piramide, e molti altri oggetti, oltre a questi, di dubbio impiego e che non ricordo, conferivano all'ambiente un'aria da gabinetto faustiano della quale lui, il professor Ermanno, fu il primo a sorridere e a scusarsi come di una debolezza sua personale, privata: quasi come di un residuo di ubbie giovanili. Dimenticavo però di dire che di quadri, qui, a differenza che in tutte le altre stanze della casa, generalmente sovraccariche di pittura, non se ne vedeva che uno: un enorme ritratto a grandezza naturale del Lenbach, incombente come una pala d'altare dalla parete dietro il tavolo. La splendida dama bionda in esso effigiata, dritta in piedi, nude le spalle, il ventaglio nella mano guantata, e col serico strascico dell'abito bianco riportato in avanti a dare risalto alla lunghezza delle gambe e alla pienezza delle forme, altra non era, ovviamente, che la baronessa Josette Artom di Susegana. Che fronte di marmo, che occhi, che labbro sdegnoso, che petto! Pareva davvero una regina. Il ritratto della madre fu l'unica cosa, fra le innumerevoli presenti nello studio, di cui il professor Ermanno non sorridesse né quella mattina, né mai.

Quella mattina stessa, comunque, venni finalmente gratificato dei due opuscoli veneziani. In uno di essi – mi spiegò il professore – erano raccolte e tradotte tutte quante le iscrizioni del cimitero israelitico del Lido. Il secondo invece trattava di una poetessa ebrea vissuta a Venezia nella prima metà del Seicento, e tanto nota, ai suoi tempi, quanto adesso, « purtroppo », risultava dimenticata. Si chiamava Sara Enriquez (o Enriques) Avigdòr. Nella sua casa in Ghetto Vecchio aveva tenuto aperto per qualche decennio un importante salotto letterario, assiduamente frequentato, oltre che dal dottissimo rabbino ferrarese-veneziano Leone da Modena, da molti letterati di primo piano dell'epoca, e non solo italiani. Aveva composto una quantità considerevole di « ottimi » sonetti che tuttora aspettavano la persona capace di rivendicarne la bellezza; durante oltre quattro anni aveva corrisposto brillantemente per lettera col famoso Ansaldo Cebà, un gentiluomo genovese autore di un poema epico

146

sulla regina Ester, il quale si era messo in testa di convertirla al cattolicesimo, ma poi, alla fine vista inutile ogni insistenza, aveva dovuto rinunziarvi. Una gran donna, in conclusione: onore e vanto dell'ebraismo italiano in piena Controriforma, e in qualche modo anche della « famiglia » – aggiunse il professor Ermanno mentre si sedeva a scrivermi due righe di dedica – giacché sua moglie, da parte di madre, pareva assodato che discendesse appunto da lei.

Si alzò, girò attorno al tavolo, mi prese sottobraccio, e mi condusse nel vano della finestra.

C'era tuttavia una cosa – continuò, abbassando la voce come se temesse che qualcuno potesse udire – di cui sentiva l'obbligo di avvertirmi. Se, in futuro, fosse capitato anche a me di occuparmi di questa Sara Enriquez, o Enriques, Avigdòr (e l'argomento era di quelli da meritare uno studio ben altrimenti accurato e approfondito di quanto lui in gioventù non avesse potuto fare), a un certo punto, fatalmente, avrei dovuto vedermela con qualche voce contraria... discorde... insomma con certi scritti di letterati di quart'ordine per lo più contemporanei alla poetessa (libellacci traboccanti d'invidia e di antisemitismo), i quali tendevano a insinuare che non tutti i sonetti in circolazione con  la sua firma, e neppure tutte le lettere da lei scritte al Cebà, fossero... ehm... farina del suo sacco. Orbene lui, stendendo la sua memoria, non aveva certo potuto ignorare l'esistenza di tali dicerie, e infatti, come avrei visto, le aveva puntualmente registrate. Ad ogni modo...

Si interruppe per scrutarmi in viso, dubbioso delle mie reazioni.

Ad ogni modo – riprese – anche se io, « in un domani », avessi pensato... ehm... mi fossi deciso a tentare una rivalutazione... una revisione... lui mi consigliava fin d'ora di non dare eccessivo credito a malignità magari pittoresche, magari gustose, ma dopo tutto fuorvianti. In fondo cos'è che ha da fare l'ottimo storico? Proporsi, sì, come ideale, il raggiungimento della verità, senza però mai smarrire per istrada il senso dell'opportunità e della giustizia. Non ero d'accordo?

Chinai il capo in segno d'assenso, e lui, sollevato, mi batté leggermente sulla schiena col palmo della mano.

Ciò fatto, si staccò da me, attraversò curvo lo studio, si chinò ad armeggiare attorno alla cassaforte, l'aprì, traendone quindi fuori un cofanetto ricoperto di velluto azzurro.

Si volse, tornò tutto sorridente verso la finestra, e prima ancora di aprire il cofanetto disse che lui indovinava che io avevo indovinato: lì dentro erano appunto conservate le famose lettere carducciane. Ammontavano a quindici: e non tutte – soggiunse – le avrei forse giudicate di grande interesse, giacché ben cinque delle quindici trattavano dell'unico soggetto di una certa salama da sugo « delle nostre campagne » che il poeta, ricevutala in dono, aveva mostrato di apprezzare « altamente ». Ciò nondimeno ne avrei trovato una che mi avrebbe colpito di sicuro. Era una lettera dell'autunno del '75, scritta cioè quando già cominciava a profilarsi all'orizzonte la crisi della Destra Storica. Nell'autunno del '75 la posizione politica del Carducci appariva la seguente: come democratico, come repubblicano, come rivoluzionario, affermava di non poter schierarsi che con la Sinistra di Agostino Depretis. D'altra parte « l'irto vinattier di Stradella », e le « turbe » dei suoi amici, gli parevano gente volgare, « ometti ». Costoro non sarebbero mai stati in grado di restituire l'Italia alla sua missione, di fare dell'Italia una Nazione grande, degna dei Padri antichi...

Restammo a parlare insieme fino ad ora di pranzo. Col seguente risultato, tirate tutte le somme: che a partire da quella mattina la porta di comunicazione fra la sala del biliardo e lo studio attiguo, anziché sempre chiusa, rimase spesso aperta. La maggior parte del tempo ciascuno continuava a passarla nella rispettiva stanza. Però ci vedevamo assai più di frequente che non prima, il professor Ermanno venendo da me ed io recandomi da lui. Attraverso la porta, quando era aperta, ci scambiavamo perfino qualche frase: « Che ora è? », « Come va il lavoro? », e simili. Qualche anno più tardi, durante la primavera del '43, in carcere, le frasi che avrei scambiato con un ignoto vicino di cella, gridandole in alto verso lo spiraglio della bocca di lupo, sarebbero state di questo tipo: dette così, soprattutto per il bisogno di sentire la propria voce, di sentirsi vivi.

# 7

A casa nostra, quell'anno, la Pasqua venne celebrata con una cena sola.

Era stato mio padre a volere così. Data anche l'assenza di Ernesto – aveva detto – una Pasqua tipo quelle degli anni passati dovevamo scordarcela. E poi, a parte questo, in che modo avremmo potuto? Loro, i *miei* Finzi-Contini, una volta di più si erano dimostrati bravissimi. Con la scusa del giardino erano riusciti a tenersi tutte quante le serve, dalla prima all'ultima, facendole passare per contadine addette alla coltivazione degli ortaggi. Ma noi? Da quando eravamo stati costretti a licenziare l'Elisa e la Mariuccia, e a prendere al loro posto quella specie di pesce lesso della vecchia Cohèn, noi in pratica non disponevamo più di nessuno. In simili condizioni, i miracoli non sarebbe stata capace di farli nemmeno nostra madre.

« Non è vero, angelo mio? »

L'angelo mio non nutriva per la sessantenne signorina Ricca Cohèn, distinta pensionata della Comunità, sentimenti molto più caldi di quelli di mio padre. Oltre a gioire, come sempre, quando sentiva uno di noi parlar male della poveretta, la mamma aveva aderito con sincera gratitudine all'idea di una Pasqua in tono minore. Bene, aveva approvato: una cena e basta, quella della prima sera, che cosa ci voleva a prepararla? Lei e Fanny se la sarebbero sbrigata quasi da sole, senza che « quella là » – e accennava intanto col mento alla Cohèn, chiusa in cucina – avesse da metter su

uno dei suoi soliti musi. Ecco, magari: giusto perché « quella
là » non fosse obbligata a troppe spole con piatti e scodelle, a
rischio fra l'altro, male in gambe come era, di combinare
qualche disastro, ci sarebbe stata da fare se mai una cosa:
piuttosto che nel salone, così distante dalla cucina, e quest'anno, data la neve, più freddo d'una Siberia, piuttosto che
nel salone apparecchiare qui, in tinello...

Non fu una cena allegra. Al centro del tavolo, il canestro
che custodiva insieme coi « bocconi » rituali la terrina del
haròset, i cespi d'erba amara, il pane àzzimo, e l'uovo sodo
riservato a me, il primogenito, troneggiava inutilmente sotto
il fazzoletto di seta bianco e azzurro che la nonna Ester aveva
ricamato con le sue mani quarant'anni prima. Nonostante
ogni cura, anzi proprio per questo, il tavolo aveva assunto un
aspetto assai simile a quello che offriva le sere del Kippùr,
quando lo si preparava solo per Loro, i morti famigliari, le cui
ossa giacevano nel cimitero in fondo a via Montebello, e
tuttavia erano ben presenti, qui, in ispirito e in effige. Qui, ai
loro posti, stasera sedevamo noi, i vivi. Ma ridotti di numero
rispetto a un tempo, e non più lieti, ridenti, vocianti, bensì
tristi e pensierosi come dei morti. Io guardavo mio padre e
mia madre, entrambi in pochi mesi molto invecchiati. Guardavo Fanny, che aveva ormai quindici anni, ma come se un
arcano timore ne avesse arrestato lo sviluppo non ne dimostrava più di dodici. Guardavo in giro ad uno ad uno zii e
cugini, gran parte dei quali di lì a qualche anno sarebbero
stati inghiottiti dai forni crematori tedeschi, e certo non lo
immaginavano che sarebbero finiti così, né io stesso lo
immaginavo, ma ciò nondimeno già allora, quella sera,
anche se li vedevo tanto insignificanti nei loro poveri visi
sormontati dai cappellucci borghesi o incorniciati dalle borghesi permanenti, anche se li sapevo tanto ottusi di mente,
tanto disadatti a valutare la reale portata dell'oggi e a
leggere nel domani, già allora mi apparivano avvolti della
stessa aura di misteriosa fatalità statuaria che li avvolge
adesso, nella memoria. Guardavo la vecchia Cohèn, le rare
volte che si azzardava ad affacciarsi dalla porta di cucina:
Ricca Cohèn, la distinta zitella sessantenne uscita dall'Ospi-

zio di via Vittoria per andare a far la serva in una casa di correligionari benestanti, ma di niente altro desiderosa che di ritornarci, nell'Ospizio, e, prima che i tempi ancora peggiorassero, di morirvi. Guardavo infine me, riflesso dentro l'acqua opaca della specchiera di fronte, anch'io già un po' canuto, preso anche io nel medesimo ingranaggio, però riluttante, non ancora rassegnato. Io non ero morto – mi dicevo – io ero ancora ben vivo! Ma allora, se ancora vivevo, perché mai restavo lì insieme con gli altri, a che scopo? Perché non mi sottraevo subito a quel disperato e grottesco convegno di spettri, o almeno non mi turavo le orecchie per non sentir più parlare di « discriminazioni », di « meriti patriottici », di « certificati d'anzianità », di « quarti di sangue », per più non udire la gretta lamentela, la monotona, grigia, inutile trenodia che parenti e consanguinei intonavano sommessi attorno? La cena si sarebbe trascinata così, fra discorsi rimasticati, chissà per quante ore, con mio padre ogni poco rievocante, amaro e deliziato, i vari « affronti » che aveva dovuto subire nel corso di quegli ultimi mesi, a cominciare da quando, in Federazione, il Segretario Federale, console Bolognesi, gli aveva annunciato con occhi colpevoli, addolorati, di essere costretto a « cancellarlo » dalla lista degli iscritti al partito, per finire a quando, con occhi non meno rattristati, il presidente del Circolo dei Negozianti lo aveva convocato per comunicargli di dover considerarlo « dimissionario ». Ne avrebbe avute, da raccontare! Fino a mezzanotte, fino all'una, fino alle due! E poi? Poi ci sarebbe stata la scena ultima, quella degli addii. Già la vedevo. Eravamo scesi tutti in gruppo giù per le scale buie, come un gregge oppresso. Giunti nel portico, qualcuno (forse io) era andato avanti, a socchiudere il portone di strada, ed ora, per l'ultima volta, prima di separarci, si rinnovavano da parte di tutti, me compreso, i buonanotte, gli auguri, le strette di mano, gli abbracci, i baci sulle gote. Senonché, improvvisamente, dal portone rimasto mezzo aperto, là, contro il nero della notte, ecco irrompere dentro il portico una raffica di vento. È vento d'uragano, e viene dalla notte. Piomba nel portico, lo attraversa, oltrepassa fischiando i cancelli che separano il portico dal giardino, e intanto ha disperso a forza chi ancora voleva trattenersi, ha zittito di botto, col suo urlo selvaggio, chi ancora indugiava a parlare. Voci esili, gridi sottili, subito sopraffatti. Soffiati via, tutti: come foglie leggere, come pezzi di carta, come capelli di una chioma incanutita dagli anni e dal terrore... Oh, Ernesto in fondo era stato fortunato a non poter fare l'università in Italia. Scriveva da Grenoble che soffriva la fame, che delle lezioni del Politecnico, col poco francese che sapeva, non gli riusciva di capire quasi niente. Ma felice lui che soffriva la fame e temeva di non farcela con gli esami. Io ero rimasto qui, e per me che ero rimasto, e che ancora una volta avevo scelto per orgoglio e aridità una solitudine nutrita di vaghe, nebulose, impotenti speranze, per me in realtà non c'era più speranza, *nessuna* speranza.

Ma chi può mai prevedere?

Verso le undici, infatti, mentre mio padre, allo scopo evidente di dissipare la musoneria generale, aveva appena cominciato a cantare l'allegra filastrocca del *Caprét ch'avea comperà il signor Padre* (era la sua preferita: il suo « cavallo di battaglia », come diceva), mi accadde a un certo punto, levando per caso gli occhi alla specchiera di fronte, di notare la porta dello sgabuzzino del telefono socchiudersi pian piano dietro le mie spalle. Attraverso lo spiraglio spuntò, cauto, il viso della vecchia Cohèn. Guardava me, proprio me; e pareva quasi che chiedesse aiuto.

Mi alzai, mi avvicinai.

« Che cosa c'è? »

Accennò al ricevitore del telefono penzolante dal filo, e sparì dall'altra parte, attraverso l'uscio che metteva nell'ingresso.

Rimasto solo, nel buio più assoluto, prima ancora di accostare il ricevitore all'orecchio riconobbi la voce di Alberto.

« Sento cantare » gridava, stranamente festoso « A che punto siete? »

« Al *Caprét ch'avea comperà il signor Padre*. »

« Ah, bene. Noi abbiamo già finito. Perché non ti fai vedere? »

« Adesso! » esclamai, stupito.

« Perché no. Qui la conversazione comincia a languire, e tu, con le tue ben note risorse, potresti senz'altro tirarla su. »

Ridacchiò.

« E poi... » soggiunse, « ti abbiamo preparato una sorpresa. »

« Una sorpresa? E in che cosa consisterebbe? »

« Vieni e vedrai. »

« Quanti misteri. »

Il cuore mi batteva furiosamente.

« Carte in tavola. »

« Su, non farti pregare. Ti ripeto: vieni e vedrai. »

Passai subito nell'ingresso, presi cappotto, sciarpa e cappello, misi la testa in cucina raccomandando sottovoce alla Cohèn di dire, se per caso mi avessero cercato, che ero dovuto uscire un momento, e due minuti dopo ero già per istrada.

Splendida notte di luna, gelida, limpidissima. Per le vie non passava nessuno o quasi, e corso Giovecca e corso Ercole I d'Este, lisci, sgombri, e d'un biancore quasi salino, mi si aprivano dinanzi come due grandi piste. Pedalavo al centro della strada, in piena luce, con le orecchie indolenzite dal gelo; ma a cena avevo bevuto parecchi bicchieri di vino, e il freddo non lo sentivo, anzi sudavo. La gomma della ruota anteriore frusciava appena nella neve indurita, e l'asciutto polverio che sollevava mi riempiva d'un senso di gioia spericolata, come se stessi sciando. Andavo in fretta, senza paura di sbandare. Intanto pensavo alla sorpresa che, secondo le parole di Alberto, avrebbe dovuto aspettarmi a casa Finzi-Contini. Era forse tornata Micòl? Strano, però. Per qual motivo non era venuta lei, al telefono? E perché, prima di cena, nessuno al Tempio l'aveva vista? Se al Tempio ci fosse stata, l'avrei già saputo. Mio padre, a tavola, facendo la solita rassegna dei presenti alla funzione (l'aveva fatta anche per me: per rimproverarmi indirettamente di non essere intervenuto), non si sarebbe certo dimenticato di nominarla. Li aveva nominati uno per uno tutti, Finzi-Contini e Herrera, ma lei no. Possibile che fosse arrivata per conto proprio all'ultimo momento, col direttissimo delle nove e un quarto?

In un chiarore anche più intenso di neve e di luna mi inoltrai attraverso il Barchetto del Duca. A metà strada, poco prima che infilassi il ponte sul canale Panfilio, mi si parò dinanzi all'improvviso un'ombra gigantesca. Era Jor. Lo riconobbi con un attimo di ritardo, quando già stavo per gridare. Ma non appena l'ebbi riconosciuto, lo spavento si tramutò, in me, in un senso quasi altrettanto paralizzante di presagio. Dunque era vero, mi dicevo: Micòl era tornata. Avvertita dal campanello di strada, si era alzata da tavola, era scesa da basso, e adesso, mandatomi incontro Jor, mi aspettava sulla soglia della porticina secondaria che serviva esclusivamente ai famigliari e agli intimi. Poche pedalate ancora, e quindi Micòl, proprio lei, figuretta bruna incisa su uno sfondo di luce bianchissima, da centrale elettrica, e lambita alle spalle dall'alito protettore del calorifero. Ancora qualche secondo, e avrei udito la sua voce, il suo « ciao ».

« Ciao » disse Micòl, ferma sulla soglia. « Che bravo, a venire. »

Avevo previsto tutto con molta esattezza: tutto, tranne che l'avrei baciata. Ero sceso di sella, avevo risposto: « Ciao, da quando sei qui? » lei aveva avuto ancora il tempo di dire: « Da oggi pomeriggio, ho fatto viaggio con gli zii », e poi... poi l'avevo baciata sulla bocca. Era accaduto d'un tratto. Ma come? Stavo tuttora col viso nascosto nel collo tiepido e profumato di lei (un profumo strano: un odore misto di pelle infantile e di borotalco), e già me lo chiedevo. Come era potuto succedere? L'avevo abbracciata, lei aveva compiuto un debole tentativo di resistenza, infine mi aveva lasciato fare. Era andata così? Forse era andata così. Ma adesso?

Mi staccai lentamente. Adesso lei era lì, il viso a venti centimetri dal mio. La fissavo senza parlare né muovermi, incredulo, già incredulo. Addossata allo stipite della porta, le spalle coperte da uno scialle di lana nero, anche lei mi fissava in silenzio. Mi guardava negli occhi, e il suo sguardo entrava in me dritto, sicuro, duro: con la limpida inesorabilità di una spada.

Fui io il primo a distogliere gli occhi.

« Scusa » mormorai.

« Perché scusa? Forse sono stata io che ho sbagliato a venirti incontro. La colpa è mia. »

Scosse il capo. Poi abbozzò un sorriso buono, affettuoso.

« Quanta bella neve! » fece, accennando col capo al giardino. « Pensa, a Venezia mai, neanche un centimetro. Se lo sapevo che qui ne era venuta tanta... »

Terminò con un gesto della mano: della mano destra. L'aveva tirata fuori da sotto lo scialle, e subito notai un anello.

Le presi il polso.

« Cos'è? » domandai, toccando l'anello con la punta dell'indice.

Fece una smorfia, come di disprezzo.

« Mi sono *fidanzata*, non lo sai? »

Immediatamente dopo scoppiò in una gran risata.

« Ma no, su... » fece, « non vedi che scherzo? È un anellino da niente. Guarda. »

Se lo tolse con un gran movimento dei gomiti, me lo dette, ed era davvero un anellino da niente: un cerchietto d'oro con una piccola turchese. Glielo aveva regalato la nonna Regina molti anni prima – spiegò – nascondendoglielo dentro un « ovetto » di Pasqua.

Riavuto l'anello, tornò a infilarselo, quindi mi prese per mano.

« Adesso vieni » sussurrò, « che se no, di sopra, sono capaci » – e rise – « di stare in pensiero. »

Durante il tragitto, sempre tenendomi per mano (sulle scale si fermò, mi scrutò alla luce le labbra, concludendo l'esame con un disinvolto: « *Ottimo!* »), non smise un momento solo di parlare.

Sì, diceva: la faccenda della tesi era andata meglio di quanto mai avesse osato sperare. In sede di discussione di laurea, aveva « tenuto banco » per un'ora buona, « concionando per dritto e per traverso ». Alla fine l'avevano mandata fuori, e lei, da dietro la porta a vetri smerigliati dell'Aula Magna, aveva potuto ascoltare comoda comoda tutto

155

quello che il collegio dei professori aveva detto sul suo conto. La maggioranza propendeva per la lode, ma ce n'era uno, il professore di tedesco (un nazista della più bell'acqua!), che non voleva sentir ragioni. Era stato quanto mai esplicito, il « degno messere ». Secondo lui, la lode non avrebbe potuto esserle conferita senza provocare un gravissimo scandalo. Ma come! gridava. La signorina era ebrea, per giunta non risultava nemmeno discriminata, e si parlava addirittura di lodarla! Ohibò! Di grazia che le fosse stato concesso di laurearsi... Il relatore, quello d'inglese, appoggiato anche da altri, aveva controbattuto con molta energia che la scuola era la scuola, che intelligenza e preparazione (bontà sua!) non avevano niente da spartire coi gruppi sanguigni, eccetera eccetera. Quando però era arrivato il momento di tirare le somme, ovvio, scontato trionfo del nazista. E a lei non era rimasta altra soddisfazione, a parte le scuse che più tardi, rincorrendola giù per le scale di *Ca' Foscari*, il professore d'inglese le aveva fatto (poveretto: gli tremava il mento, aveva le lacrime agli occhi...), a lei non era rimasta altra soddisfazione all'infuori di quella d'accogliere il verdetto col più impeccabile dei saluti romani. Nell'atto di nominarla dottore, il preside della facoltà aveva alzato il braccio. Come avrebbe dovuto comportarsi, lei? Limitarsi a un vezzoso cenno del capo? Eh, no!

Rideva allegrissima, e anch'io ridevo, elettrizzato, raccontandole a mia volta, con lusso di particolari comici, del mio sfratto dalla Biblioteca Comunale. Ma quando le chiesi per qual motivo, dopo essersi laureata, fosse rimasta a Venezia un altro mese ancora (a Venezia – aggiunsi – dove a sentir lei non soltanto non ci si era mai trovata bene come città, ma dove non poteva contare su nessun amico, né femmina né maschio), a questo punto si fece seria, ritirò la mano dalla mia, gettandomi per tutta risposta una rapida occhiata laterale.

Un anticipo della lieta accoglienza che avremmo ricevuto in sala da pranzo ci venne dato da Perotti, in attesa nel vestibolo. Non appena ci vide scendere dallo scalone, seguiti da Jor, ci rivolse un sorriso straordinariamente compiaciuto, quasi complice. In altra occasione il suo comportamento mi avrebbe urtato, me ne sarei sentito offeso. Ma da qualche minuto mi trovavo in una disposizione di spirito tutta particolare. Soffocando dentro me stesso ogni motivo d'inquietudine, andavo avanti ricco di una strana leggerezza, come trasportato da ali invisibili. In fondo Perotti era un brav'uomo, pensavo. Era contento anche lui che la « signorina » fosse tornata a casa. Gli si poteva dar torto, povero vecchio? D'ora in poi avrebbe certamente smesso di brontolare.

Ci presentammo affiancati sulla soglia della sala da pranzo, e alla nostra apparizione fu dedicata, come dicevo, la più schietta delle feste. I volti di tutti i commensali erano rosei, accesi; tutti gli sguardi, appuntandosi su di noi, esprimevano simpatia e benevolenza. Ma anche la stanza, così come mi si mostrò d'un tratto quella sera, mi parve di gran lunga più accogliente del solito, in certo modo rosea essa pure nel biondo legno levigato dei suoi mobili, dai quali la fiamma alta e linguggiante del camino suscitava teneri riflessi color carne. Non l'avevo mai vista così illuminata. A parte il bagliore che si sprigionava dai ceppi ardenti, sul tavolo, coperto da una bella tovaglia bianchissima (piatti e stoviglie erano stati portati già via, evidentemente), la grossa corolla capovolta del lampadario centrale rovesciava una vera e propria cateratta di luce.

« Avanti, avanti! »

« Benarrivato! »

« Cominciavamo a credere che non ti saresti fatto persuadere! »

Era stato Alberto a pronunciare quest'ultima frase, ma lo sentivo, la mia venuta lo riempiva di contentezza autentica. Tutti mi guardavano: chi, come il professor Ermanno, girandosi completamente indietro; chi accostandosi col petto all'orlo del tavolo, o invece respingendolo da sé, a braccia rigide; chi, infine, come la signora Olga, seduta da sola là di fronte col fuoco del camino alle spalle, sporgendo il viso e socchiudendo le palpebre. Mi osservavano, mi esaminavano, mi squadravano da capo a piedi, e sembravano tutti assai soddisfatti di me, della figura che facevo accanto a Micòl. Il sólo Federico Herrera, l'ingegnere delle ferrovie, rimasto sorpreso, come perplesso, tardò a uniformarsi al compiacimento generale. Ma fu questione di un attimo. Assunte informazioni dal fratello Giulio (li vidi brevemente confabulare dietro le spalle della vecchia madre, avvicinando l'una all'altra le teste calve), moltiplicò subito nei miei confronti le dimostrazioni di simpatia. Oltre a fare con la bocca una smorfia che gli scoprì i grandi incisivi superiori, alzò addirittura un braccio in un gesto, più che di saluto, di solidarietà, di incitamento quasi sportivo.

Il professor Ermanno insistette perché sedessi alla sua destra. Era il mio posto solito, spiegò a Micòl, che si era seduta frattanto alla sua sinistra, dirimpetto a me: quello che occupavo « di norma » io quando rimanevo a cena. Giampiero Malnate – aggiunse poi – l'amico di Alberto, sedeva invece « dall'altra parte, là », alla destra della mamma. E Micòl stava a sentire con un'aria curiosa, fra piccata e sardonica: come se le dispiacesse dover prendere atto che in sua assenza la vita della famiglia aveva battuto strade da lei non esattamente prevedute, e insieme lieta che le cose fossero andate appunto in quel modo.

Sedetti, e soltanto allora, stupito di avere osservato male, mi resi conto che la tovaglia non era affatto sgombra. Nel mezzo del tavolo c'era un vassoio d'argento, basso, circolare, e piuttosto ampio, e al centro del vassoio, contornato a due palmi di distanza da una raggera di pezzetti di cartoncino bianco, ciascuno dei quali recava una lettera dell'alfabeto scritta a lapis rosso, spiccava solitario un calice da *champagne*.

« E quello, cos'è? » chiesi ad Alberto.

« Ma è la *grande* sorpresa che ti avevo detto! » esclamò Alberto. « È semplicemente formidabile. Basta che tre o quattro persone in circolo mettano il dito sul suo orlo, e subito lui, su e giù, una lettera dopo l'altra, risponde. »

« Risponde?! »

« Certo! Scrive adagio adagio tutte quante le risposte. E sensate, sai, non puoi nemmeno immaginare come sensate. »

Da tempo non avevo visto Alberto così euforico, così eccitato.

« E da dove viene » domandai, « la bella novità? »

« Non è che un gioco » interloquì il professor Ermanno, posandomi una mano sul braccio e scuotendo il capo. « Roba che Micòl ha portato giù da Venezia. »

« Ah, allora sei tu la responsabile! » feci, rivolto a Micòl. « E legge anche nel futuro, il tuo bicchiere? »

« Come no! » esclamò lei, ridendo. « Ti dirò anzi che la *sua* specialità è precisamente questa. »

Entrò in quel momento la Dirce, che teneva alto, in equilibrio su una mano sola, un tondo di legno scuro, stracolmo di dolcetti di Pasqua (anche le guance della Dirce erano rosee, lustre di salute e di buon umore).

Come ospite, e ultimo arrivato, fui servito per primo. I dolcetti, i così chiamati *zucarìn*, fatti di pasta frolla mescolata con chicchi d'uva passa, avevano l'aria d'essere all'incirca uguali a quelli che avevo assaggiato di malavoglia mezz'ora avanti, a casa. Tuttavia gli *zucarìn* di casa Finzi-Contini mi parvero subito molto migliori, molto più gustosi: e lo dichiarai, anche, rivolto alla signora Olga, la quale, impegnata a scegliere dal piatto che la Dirce le porgeva, non sembrò accorgersi del mio complimento.

Intervenne quindi Perotti, con le grosse mani da contadino afferrate ai bordi di una seconda guantiera (di peltro, questa), che aveva, sopra, un fiasco di vino bianco e parecchi bicchieri. E mentre, successivamente, continuavamo a sedere composti attorno al tavolo, ciascuno bevendo Albana a piccoli sorsi e sbocconcellando *zucarìn*, Alberto veniva illustrando a me in particolare le « virtù divinatorie del nappo », che adesso stava in silenzio, è vero, ma che fino a poco fa, a loro che l'avevano interrogato, aveva risposto con una « *verve* » eccezionale, ammirevole.

Domandai che cosa gli avessero chiesto.

« Oh, di tutto un po'. »

Gli avevano chiesto, per esempio – continuò – se lui un giorno o l'altro ci sarebbe riuscito a prendere la laurea in ingegneria; e il calice, pronto, aveva ribattuto con un secchissimo « no ». Poi Micòl aveva voluto sapere se si sarebbe sposata, e quando; e qui il calice era stato molto meno perentorio, anzi piuttosto confuso, dando un responso da vero oracolo classico, passibile, cioè, delle più opposte interpretazioni. Perfino sul campo di tennis, l'avevano interrogato, « povero santo d'un calice! », cercando di appurare se il papà l'avrebbe piantata con quella sua eterna manfrina di rimandare di anno in anno l'inizio dei lavori di sistemazione. E a questo proposito, dando prova di una buona dose di pazienza, « la Pizia » era tornata di bel nuovo esplicita, assicurando che le sospirate migliorie sarebbero state effettuate « subito », insomma dentro il corrente anno.

Ma era stato soprattutto in materia di politica che il calice aveva compiuto meraviglie. Presto, tra pochi mesi, aveva sentenziato, sarebbe scoppiata la guerra: una guerra lunga, sanguinosa, dolorosa per *tutti*, tale da sconvolgere il mondo intero, ma che alla fine si sarebbe conclusa, dopo molti anni di incerte battaglie, con la vittoria completa delle forze del bene. « Del bene? », aveva chiesto a questo punto Micòl, che era sempre speciale, lei, per le *gaffes*. « E quali sarebbero, per favore, le forze del bene? » Al che il calice, lasciando ogni presente di stucco, aveva replicato con una sola parola: « Stalin ».

« Te lo immagini » esclamò Alberto, fra le risate generali, « te lo immagini come sarebbe rimasto contento, il Giampi, se fosse stato della partita? Voglio scriverglielo. »

« Non è a Ferrara? »

« No. Ci ha lasciati l'altro ieri. È andato a passar Pasqua a casa. »

Alberto seguitò ancora abbastanza a lungo a riferire su ciò che aveva detto il calice, quindi il gioco venne ripreso. Anche io posi l'indice sull'orlo del « nappo », anche io feci domande e attesi risposte. Ma adesso, chissà perché, dall'oracolo non veniva più fuori nulla di comprensibile. Alberto aveva un bell'insistere, tenace e caparbio come mai. Niente.

Io, ad ogni modo, non me ne davo troppo per inteso. Più

che badare a lui e al gioco del calice, guardavo soprattutto Micòl: Micòl che di tanto in tanto, sentendosi addosso il mio sguardo, spianava la fronte accigliata di quando giocava a tennis per dedicarmi un rapido sorriso pensieroso, rassicurante.

Fissavo le sue labbra, tinte appena di rossetto. Le avevo baciate proprio io, sì, poco fa. Ma non era successo troppo tardi? Perché non l'avevo fatto sei mesi prima, quando tutto sarebbe stato ancora possibile, o almeno durante l'inverno? Quanto tempo avevamo perduto, io qui, a Ferrara, e lei a Venezia! Una domenica avrei potuto benissimo prendere il treno e andare a trovarla. Esisteva un diretto che partiva da Ferrara alle otto di mattina e arrivava a Venezia alle dieci e mezzo. Appena sceso dal treno le telefonavo, proponendole che mi portasse al Lido (così, fra l'altro – le dicevo – avrei finalmente visitato il famoso cimitero israelitico di San Niccolò). Verso l'una avremmo mangiato qualcosa assieme, sempre da quelle parti, e dopo, previa telefonata a casa degli zii per tener buona la *Fräulein* (oh il viso di Micòl mentre le telefonava, le sue boccacce, le sue smorfie buffonesche!), dopo andavamo a spasso lungo la spiaggia deserta. Anche per questo ci sarebbe stato tutto il tempo. Quanto poi a ripartire, avrei avuto a disposizione due treni: uno alle cinque e uno alle sette, l'uno e l'altro ottimi perché neanche i miei si accorgessero di niente. Eh già: a farlo allora, quando *dovevo*, tutto sarebbe stato ben facile. Uno scherzo.

Che ora era? L'una e mezzo, magari le due. Tra un po' sarei dovuto andare, e probabilmente Micòl mi avrebbe riaccompagnato giù, fino alla porta del giardino.

Forse era a questo che stava pensando anche lei, questo che l'inquietava. Stanza dopo stanza, corridoio dopo corridoio, avremmo camminato uno a fianco dell'altro senza aver più il coraggio né di guardarci né di scambiare una parola. Temevamo entrambi la stessa cosa, lo sentivo: il commiato, il punto sempre più vicino e sempre meno immaginabile del commiato, del bacio d'addio. E tuttavia, nel caso che Micòl avesse rinunciato ad accompagnarmi, lasciando sbrigare la faccenda ad Alberto o addirittura a Perotti, con quale animo avrei potuto affrontarlo, io, il resto della notte? E l'indomani?

Ma forse no; già tornavo a sognare, testardo e disperato: alzarsi da tavola si sarebbe forse dimostrato inutile, non necessario. Quella notte non sarebbe finita mai.

# IV

## 1

Subito, l'indomani stesso, cominciai a rendermi conto che mi sarebbe stato molto difficile ristabilire con Micòl gli antichi rapporti.

Dopo lungo esitare, verso le dieci provai a telefonarle. Mi venne risposto (dalla Dirce) che i « signorini » erano ancora in camera, e che fossi tanto gentile di richiamare « sul mezzogiorno ». Per ingannare l'attesa mi buttai sul letto. Avevo preso un libro a caso. *Le Rouge et le Noir*, ma per quanto cercassi non riuscivo a concentrarmi. E se a mezzogiorno non le avessi telefonato? In breve però cambiai idea. D'un tratto mi era sembrato di desiderare da Micòl un'unica cosa, ormai: la sua amicizia. Piuttosto che sparire – mi dicevo – era molto meglio che mi regolassi come se la sera avanti non fosse accaduto nulla. Lei avrebbe compreso. Colpita dal mio tatto, pienamente rassicurata, ben presto mi avrebbe restituito intera la sua fiducia, la sua cara confidenza di un tempo.

A mezzogiorno in punto mi diedi coraggio e composi per la seconda volta il numero di casa Finzi-Contini.

Mi toccò attendere a lungo, più a lungo del solito.

« Pronto » dissi alla fine, con la voce rotta dall'emozione.

« Ah, sei tu? »

Era proprio la voce di Micòl.

Sbadigliò.

« Che cosa c'è? »

Sconcertato, vuoto di argomenti, non trovai niente di

163

meglio da dire che avevo telefonato già una volta, due ore prima. Era stata la Dirce – aggiunsi balbettando – a suggerirmi di richiamare verso mezzogiorno.

Micòl stette ad ascoltare. Cominciò quindi a lagnarsi della giornata che le stava di fronte, con tante cose da mettere a posto dopo mesi e mesi di lontananza, valige da disfare, carta di tutti i tipi da riordinare, eccetera, e con la prospettiva finale, per lei non proprio allettante, di una seconda « àgape ». Ecco il guaio di ogni distacco, brontolò: che poi, a rimettersi in carreggiata, a ripigliare il solito *tran-tran*, uno impiegava una fatica anche maggiore di quella già notevole che aveva dovuto affrontare per « togliersi di mezzo ».

Le domandai se si sarebbe fatta vedere più tardi al Tempio.

Rispose che non lo sapeva. Forse sì, ma forse anche no. Adesso come adesso non si sentiva affatto di garantirmelo.

Riagganciò senza invitarmi a tornare da loro la sera, e senza stabilire come e quando ci saremmo riveduti.

Quel giorno evitai di richiamarla, e perfino d'andare al Tempio. Ma verso le sette, passando da via Mazzini, e notando la Dilambda grigia dei Finzi-Contini ferma dietro l'angolo di via Scienze dalla parte dei sassi, con Perotti in berretto e divisa da autista seduto al volante in attesa, non resistetti alla tentazione di appostarmi all'imbocco di via Vittoria e di aspettare. Aspettai a lungo, nel freddo pungente. Era l'ora del più intenso passeggio serale, quello che precede la cena. Lungo i due marciapiedi di via Mazzini, ingombri di neve sporca e già mezzo sfatta, la folla si affrettava in entrambe le direzioni. Alla fine fui premiato. Ad un tratto, sia pure di lontano, la vidi improvvisamente sbucare dal portone del Tempio e sostare sola sulla soglia. Indossava una corta pelliccia di leopardo, stretta alla vita da una cintura di cuoio. I capelli biondi splendenti della luce delle vetrine, guardava di qua e di là come se cercasse qualcuno. Era me che cercava? Stavo per uscire dall'ombra e farmi avanti, quando i famigliari, che evidentemente l'avevano seguita a distanza giù per le scale, sopraggiunsero in gruppo

164

alle sue spalle. C'erano tutti, la nonna Regina compresa. Girando sui tacchi, mi allontanai a rapidi passi giù per via Vittoria.

Il giorno dopo e i successivi insistetti nelle telefonate, non riuscendo tuttavia a parlarle che assai di rado. All'apparecchio veniva quasi sempre qualcun altro, o Alberto, o il professor Ermanno, o la Dirce, o anche Perotti, i quali, ad eccezione della sola Dirce, breve e passiva come una centralinista, e imbarazzante e raggelante proprio per questo, mi invischiavano tutti in lunghe, inutili conversazioni. A un certo punto Perotti lo interrompevo. Ma con Alberto e col professore la cosa mi tornava meno facile. Li lasciavo parlare. Speravo sempre che fossero loro a nominare Micòl. Invano. Come se si fossero proposti di evitarlo, e anzi ne avessero discorso insieme, era a me che padre e fratello abbandonavano ogni iniziativa al riguardo. Col risultato che molto spesso riattaccavo il ricevitore senza aver trovato la forza di chiedere che mi mettessero in comunicazione.

Ripresi allora le visite: sia di mattina, con la scusa della tesi, sia al pomeriggio, andando a trovare Alberto. Non facevo mai nulla per segnalare a Micòl la mia presenza in casa. Ero sicuro che lo sapesse, e che un giorno o l'altro sarebbe stata lei a mostrarsi.

La tesi, in realtà, sebbene l'avessi finita, mi restava ancora da ricopiarla. Mi portavo perciò dietro la macchina da scrivere, il cui ticchettio, non appena ruppe per la prima volta il silenzio del salone del biliardo, richiamò immediatamente il professor Ermanno sulla soglia del suo studio.

« Cosa combini? Stai già ricopiando? » gridò allegro.

Mi raggiunse, e volle vedere la macchina. Si trattava di una portatile italiana, una Littoria, che mio padre mi aveva regalato qualche anno prima, quando avevo superato l'esame di maturità. Il nome della marca non provocò il suo sorriso, come avevo temuto. Anzi. Constatando che « anche » in Italia si producessero ormai delle macchine da scrivere che, come la mia, avevano l'aria di funzionare alla perfezione, parve compiacersene. Loro in casa ne avevano tre – disse – una usata da Alberto, una da Micòl, e una da lui: tutte e tre americane, marca Underwood. Quelle dei ragazzi erano delle portatili senza dubbio molto robuste, ma non certo così leggere come questa (intanto la soppesava, tenendola dal manico). La sua invece era di tipo normale: da ufficio, se vogliamo. Però...

Ebbe una specie di piccolo soprassalto.

Lo sapevo quante copie permetteva di tirare, volendo? soggiunse, e ammiccava. Fino a sette.

Mi condusse nello studio e me la mostrò, sollevando non senza sforzo un nero, lugubre cofano forse metallico di cui prima d'allora non mi ero mai accorto. Dinanzi a un simile pezzo da museo, evidentemente assai di rado adoperato anche da nuovo, scossi la testa. No, grazie, dissi. Servendomi della mia Littoria non sarei riuscito a tirare più di tre copie, due delle quali in velina. Tuttavia preferivo continuare così.

Battevo sui tasti capitolo dopo capitolo, ma la mente era altrove. E mi sfuggiva altrove anche quando, al pomeriggio, mi ritrovavo giù, nello studio di Alberto. Malnate era tornato da Milano una settimana abbondante dopo Pasqua, pieno d'indignazione per ciò che stava accadendo in quei giorni (la caduta di Madrid: ah, ma non era finita!; la conquista dell'Albania: che vergogna, che pagliacciata!). Riguardo a quest'ultimo avvenimento, riferiva quanto gli avevano detto certi amici milanesi comuni a lui e ad Alberto. Più che dal « Duce » – raccontava – l'impresa albanese era stata voluta da « Ciano Galeazzo », il quale, geloso di von Ribbentrop, con quella schifosa vigliaccata aveva inteso far vedere al mondo di non essere da meno del tedesco in materia di diplomazia-lampo. Ci credevamo? Sembrava che perfino il cardinale Schuster si fosse espresso in proposito deplorando e ammonendo; e sebbene ne avesse parlato fra intimissimi, l'intera città l'aveva poi saputo. Diceva anche altre cose di Milano, il Giampi: di una rappresentazione alla *Scala* del *Don Giovanni* di Mozart, a cui per fortuna non era mancato; di una mostra di quadri di un « gruppo nuovo », in via Bagutta; e della Gladys, proprio lei, incontrata per caso in Galleria tutta coperta di visone e a braccetto di un noto industriale dell'acciaio: la quale Gladys, come sempre simpaticissima, gli aveva rivolto nell'incrociarlo un piccolo cenno col dito, significante senza il minimo dubbio « Telefonami » o « Ti telefonerò ». Peccato solo che lui fosse dovuto rientrare subito « in Ditta »! Un paio di corna, al noto industriale dell'acciaio profittatore di guerra « prossimo venturo », gliele avrebbe messe molto volentieri... Parlava, parlava, al solito rivolgendosi in prevalenza a me, ma, in fondo, un po' meno didattico e perentorio dei mesi scorsi: come se dalla sua corsa a Milano, compiuta per riabbracciare famiglia e amici, avesse attinto una nuova disposizione all'indulgenza nei confronti degli altri e delle loro opinioni.

Con Micòl, già l'ho detto, non facevo che rare conversazioncelle per telefono, durante le quali evitavamo ambedue di alludere a niente di troppo intimo. Ma alcuni giorni dopo che l'avevo attesa per oltre un'ora davanti al Tempio non seppi resistere alla tentazione di lagnarmi della sua freddezza.

« Sai » dissi, « la seconda sera di Pasqua ti ho poi veduta. »

« Ah sì? Eri al Tempio anche tu? »

« No. Passsavo da via Mazzini, ho notato la vostra macchina, ma ho preferito aspettarti fuori. »

« Che idea. »

« Eri molto elegante. Vuoi che ti racconti come vestivi? »

« Ti credo, ti credo sulla parola. Dove *stazionavi*? »

« Sul marciapiede di fronte, all'angolo di via Vittoria. A un certo punto ti sei messa a guardare verso di me. Di' la verità: mi hai riconosciuto? »

« E dài. Perché dovrei dirti una cosa per un'altra? Ma tu, piuttosto, non capisco per qual motivo... Non potevi *avanzare il piè*, scusa? »

« Stavo. Poi, quando mi sono reso conto che non eri sola, ho lasciato perdere. »

« Bella scoperta che non ero sola! Però sei uno strano tipo. Potevi venire a salutarmi lo stesso, trovo. »

« Certo, sì, ragionando. Il male è che non sempre uno riesce a ragionare. E poi, ti avrebbe fatto piacere? »

« Dio mio, quante storie! » sospirò.

La volta seguente che mi riuscì di parlarle, non meno di una dozzina di giorni più tardi, mi disse che era malata, con addosso un gran raffreddore e qualche linea di febbre. Che noia! Perché non andavo mai a trovarla? L'avevo proprio dimenticata.

« Sei... sei a letto? » balbettai sconcertato, sentendomi vittima di una ingiustizia enorme.

« Sicuro che ci sono, e per giunta sotto le lenzuola. Confessa: ti rifiuti di venire per paura dell'influenza. »

« No, no, Micòl » risposi amaramente. « Non farmi più fifone di quello che sono. Mi meravigliava soltanto che tu mi accusassi di averti dimenticata, quando invece... Non so se ti ricordi » seguitai, con la voce che mi si velava, « ma prima che tu partissi per Venezia telefonarti era facilissimo, mentre adesso, devi ammetterlo, è diventata una specie d'impresa. Lo sai che sono venuto diverse volte a casa tua, in questi giorni? Te l'hanno detto? »

« Sì. »

« E allora! Se volevi vedermi, sapevi benissimo dove trovarmi: la mattina nella sala del biliardo, e il pomeriggio giù da tuo fratello. La verità è che non ne avevi nessuna voglia. »

« Che stupidaggini! Da Alberto non mi è mai piaciuto andarci, specie, poi, quando riceve degli amici. Quanto a venire da te la mattina, non stai lavorando? Se c'è una cosa che *detesto* è proprio quella di disturbare la gente quando è lì che lavora. Ad ogni modo, se davvero ci tieni, domani o dopodomani passerò un attimo a salutarti. »

L'indomani mattina non venne, ma il pomeriggio, mentre mi trovavo da Alberto (saranno state le sette: Malnate si era bruscamente accomiatato da qualche minuto), entrò Perotti che portava un suo messaggio. La « signorina » avrebbe gradito che io salissi di sopra un momento, annunciò impassibile, ma, mi parve, di malumore. Si scusava. Era ancora a letto, altrimenti sarebbe scesa giù lei. Che cosa preferivo: andare su subito, oppure rimanere a cena, e salire dopo? La signorina avrebbe preferito subito, dato che aveva un po' di mal di testa e voleva spegnere la luce molto presto. Nel caso però che decidessi di rimanere...

« No, per carità » dissi, e guardavo Alberto. « Vengo immediatamente. »

Mi alzai, disponendomi a seguire Perotti.

« Non fare complimenti, mi raccomando » diceva intanto Alberto, accompagnandomi premuroso verso la porta. « Credo che a tavola questa sera io e il papà saremo soli. Anche la nonna è a letto con l'influenza, e la mamma non si allontana dalla sua camera nemmeno per un minuto. Dunque, se ti va di prendere qualcosa con noi, e d'andare di sopra da Micòl dopo... Il papà lo farai felice. »

Risposi che non potevo, che alle nove dovevo incontrarmi « in Piazza » con un « persona », e corsi dietro a Perotti che aveva già raggiunto il fondo del corridoio.

Senza scambiare una parola arrivammo in breve alla base della lunga scala elicoidale che portava in cima in cima, fino alla torretta-lucernario. L'appartamento di Micòl, lo sapevo, era quello della casa situato più in alto, solamente mezza rampa al di sotto dell'ultimo pianerottolo.

Non essendomi accorto dell'ascensore, mi avviai per salire a piedi.

« Va ben che Lei è giovane » sogghignò Perotti, « però centoventitré gradini sono tanti. Non vuole che pigliamo l'ascensore? Funziona, sa. »

Aprì il cancello della nera gabbia esterna, quindi la porta scorrevole della cabina, infine si tirò da parte perché passassi.

Varcare la soglia della cabina, che era un antidiluviano scatolone tutto lucidi legni color vino, scintillanti lastre di cristallo adorne di una M, di una F, e di una C elaboratamente intrecciate, essere preso alla gola dall'odore pungente, un po' soffocante, tra di muffa e di acqua ragia, che impregnava l'aria racchiusa in quell'angusto spazio, e avvertire d'un tratto un immotivato senso di calma, di tranquillità fatalistica, di distacco addirittura ironico, fu una cosa sola. Dove l'avevo sentito un odore del genere? mi chiedevo. Quando?

La cabina cominciò a sollevarsi adagio su per la tromba delle scale. Fiutavo l'aria, e intanto guardavo dinanzi a me Perotti, la sua schiena rivestita di rigatino. Il vecchio aveva lasciato a mia completa disposizione il sedile coperto di soffice velluto. In piedi a due palmi di distanza, assorto, teso, con una mano afferrata alla maniglia d'ottone della porta scorrevole, e con l'altra appoggiata alla bottoniera dei comandi, fulgida anche questa di ben lustrati ottoni, Perotti era tornato a chiudersi in un silenzio gravido di tutti i significati possibili. Ma fu qui che ricordai e compresi. Perotti taceva non già perché disapprovasse, come a un certo punto m'era passato per la testa, che Micòl mi ricevesse in camera sua, bensì perché l'opportunità che gli si offriva di manovrare l'ascensore (un'opportunità forse rara), lo colmava di una soddisfazione tanto più intensa quanto più intima, più segreta. L'ascensore non gli era meno caro della carrozza giù in rimessa. Su queste cose, su queste venerande testimonianze di un passato ormai anche suo, lui sfogava il suo combattuto amore per la famiglia che serviva da quando era ragazzo, la sua rabbiosa fedeltà da vecchio animale domestico.

« Va su bene » esclamai. « Di che marca è? »

« È americano » rispose, volgendo il viso a metà, e storcendo la bocca nella tipica smorfia di disprezzo dietro la quale i contadini mascherano spesso l'ammirazione. « *El gà* più di quaranta anni, ma tirerebbe ancora su un reggimento ».

« Sarà un Westinghouse » azzardai, a caso.

« Mah, *sogio mì...* » borbottò. « Uno di quei nomi là. »

Di qui partì per raccontarmi come e quando l'impianto fosse stato « messo su ». Senonché la cabina, fermandosi di botto, lo costrinse con evidente dispiacere a interrompersi quasi subito.

## 2

Nello stato d'animo in cui mi trovavo in quel momento, di provvisoria serenità senza illusioni, l'accoglienza di Micòl mi sorprese come un dono imprevisto, immeritato. Avevo temuto che mi trattasse male, con la medesima crudele indifferenza degli ultimi tempi. Mi bastò invece entrare nella sua stanza (dopo avermi introdotto, Perotti aveva richiuso discretamente la porta dietro le mie spalle), per vedere che mi sorrideva benigna, gentile, amica. Ancor più dell'esplicito invito a venire avanti, fu quel suo sorriso luminoso, pieno di tenerezza e di perdono, che mi persuase a staccarmi dal fondo buio della camera e ad avvicinarmi.

Mi accostai dunque al letto, appoggiando entrambe le mani alla ringhiera. Due guanciali a sostegno della schiena, Micòl rimaneva fuori dalle coperte con tutto il busto. Indossava un accollato pullover verde-scuro, dalle maniche lunghe. In cima al petto, la mediaglietta d'oro dello *sciaddài* scintillava sopra la lana della maglia... Quando ero entrato stava leggendo: un romanzo francese, come avevo subito capito, riconoscendo di lontano il tipo della copertina bianca e rossa; ed era stata la lettura, probabilmente, più che il raffreddore, a metterle sotto gli occhi un segno di stanchezza. No, era sempre bella – mi dicevo ora, contemplandola – forse non era mai stata così bella e attraente.

Di fianco al letto, all'altezza del capezzale, c'era un carrello di legno di noce a due ripiani, quello di sopra occupato da una lampada snodabile accesa, dal telefono, da una teiera di coccio rosso, da una coppia di tazze di porcellana bianca con l'orlo dorato, e da un termos di alpacca. Micòl si allungò per posare il libro sul ripiano inferiore, quindi si girò, alla ricerca della peretta della luce elettrica pendente dal lato opposto della testiera. Povera anima – diceva intanto fra i denti –: non era proprio il caso che mi tenesse in un mortorio simile! E l'aumento della luce, non appena conseguito, venne da lei salutato con un grosso « aah » di soddisfazione.

Continuò poi a parlare: dello « squallido » raffreddore che la costringeva a letto da ben quattro giorni; delle pastiglie di aspirina con le quali di nascosto dal papà, non meno dello zio Giulio acerrimo nemico dei sudoranti (danneggiavano il cuore, a sentir loro, ma non era vero niente!), aveva invano tentato di affrettare la risoluzione del malanno; della noia delle interminabili ore di degenza senza voglia nemmeno di leggere. Eh, leggere! Una volta, all'epoca delle famose influenze con febbre da cavallo dei suoi tredici anni, lei era capacissima di divorare in pochi giorni tutto *Guerra e Pace* o l'intero ciclo dei *Moschettieri* di Dumas, mentre adesso, durante il corso di un miserabile raffreddore sia pure di testa, doveva dir grazie se le riusciva di « far fuori » qualche romanzetto francese di quelli stampati radi radi. Conoscevo *Les enfants terribles* di Cocteau? chiese, riprendendo il libro dal carrello e porgendomelo. Non era male, era divertente e « *chic* ». Ma volevo mettere *I tre moschettieri*, *Vent'anni dopo*, e *Il Visconte di Bragelonne*? Quelli sì che erano romanzi! Parliamoci chiaro: anche « dal lato sciccheria » funzionavano « moltissimo meglio ».

D'un tratto si interruppe.

« Beh, perché resti là impalato? » esclamò. « Santo Dio benedetto, sei proprio peggio di un bimbo piccolo! Prendi quella poltroncina » (intanto me la indicava), « e vieni a sederti più avanti. »

Mi affrettai a ubbidire ma non bastava. Adesso *dovevo* bere qualcosa.

« C'è niente che posso offrirti? » diceva. « Vuoi del tè? »

« No, grazie » risposi, « prima di cena non mi va. Sciacqua lo stomaco, e mi fa andar via l'appetito. »

« Forse un po' di *Skiwasser*? »

« Idem come sopra. »

« È bollente, sai! Se non sbaglio, tu ne hai assaggiato solamente la versione estiva, quella ghiacciata, in fondo *eretica*: l'*Himbeerwasser*. »

« No, no, grazie. »

« Dio mio » piagnucolò. « Vuoi che suoni il campanello e ti faccia portare un aperitivo? Noi non ne prendiamo mai, ma credo che in casa ci sia da qualche parte una bottiglia di Bitter Campari. Perotti, *honni soit*, sa certamente dove trovarla... »

Scossi il capo.

« Non vuoi proprio niente! » esclamò delusa. « Che razza di tipo! »

« Preferisco di no. »

Dissi « preferisco di no » e lei scoppiò in una gran risata.

« Perché ridi? » domandai, un po' offeso.

Mi osservava come se ravvisasse le mie vere fattezze per la prima volta.

« Hai detto "preferisco di no" come Bartleby. Con la stessa faccia. »

« Bartleby? E chi sarebbe, questo signore? »

« Sta' a vedere che non hai letto i racconti di Melville. »

Di Melville – dissi – conoscevo soltanto *Moby Dick*, tradotto da Cesare Pavese. Allora lei volle che mi alzassi, andassi a prendere dalla scansia là di fronte, quella fra le due finestre, il volume dei *Piazza Tales*, e glielo portassi. Mentre cercavo fra i libri, veniva raccontandomi la trama del racconto. Bartleby era uno scrivano, diceva: uno scrivano assunto da un noto avvocato di New York (un ottimo professionista, quest'ultimo: attivo, capace, « liberale », « uno di quegli americani dell'Ottocento nei cui panni Spencer Tracy sta tanto bene ») perché gli ricopiasse pratiche d'ufficio, comparse conclusionali, e così via. Ora lui, Bartleby, finché lo mettevano a scrivere, ci dava dentro a sgobbare coscienziosamente. Ma se a Spencer Tracy veniva in testa di affidargli qualche lavoretto supplementare, come quello di collazionare una copia sul testo originale, o di fare un salto dal tabaccaio all'angolo della strada per comperare un francobollo, lui niente: si limitava a sorridere evasivo, e a rispondere con educata fermezza: « *I prefer not to* ».

« E per quale motivo, poi? » chiesi, tornando col libro in mano.

« Perché non gli andava di far altro che lo scrivano. Lo scrivano e basta. »

« Però scusa » obbiettai. « Immagino che Spencer Tracy gli passasse un regolare stipendio. »

« Certo » rispose Micòl. « Ma cosa significa? Lo stipendio paga il lavoro, mica la *persona* che lo compie. »

« Non capisco » insistetti. « Bartleby, nello studio, Spencer Tracy l'aveva preso senza dubbio come copista, ma anche, suppongo, perché aiutasse a mandare avanti la baracca in generale. Che cosa gli chiedeva, in fondo? Un *di più* che, magari, era un *di meno*. Per uno obbligato a star sempre seduto, il salto dal tabaccaio all'angolo della strada può rappresentare l'utile diversivo, la pausa necessaria: in ogni caso una magnifica occasione per sgranchire un po' le gambe. No, mi dispiace. Secondo me Spencer Tracy aveva tutte le ragioni di pretendere che il tuo Bartleby non stesse lì a far tanto la pittima, ed eseguisse prontamente ciò che gli si richiedeva. »

Discutemmo abbastanza a lungo sul povero Bartleby e su Spencer Tracy. Lei mi rimproverava di non capire, di essere « *un* » banale, il solito inveterato conformista. Conformista? Seguitava a scherzare. Sta il fatto tuttavia che prima, con aria di commiserazione, mi aveva paragonato a Bartleby. Adesso, al contrario, vedendo che stavo dalla parte degli « abbietti datori di lavoro », si era messa a esaltare in Bartleby l'« inalienabile diritto di ogni essere umano alla non-collaborazione », cioè alla libertà. Continuava a criticarmi, insomma, ma per motivi del tutto opposti.

A un certo punto squillò il telefono. Telefonavano dalla cucina, per sapere se e quando avrebbero dovuto portare di sopra il vassoio della cena. Micòl dichiarò che per ora non aveva fame, e che avrebbe richiamato lei, più tardi. Se le andava la minestrina in brodo? rispose, con una smorfia, a

174

una precisa domanda che le venne dal microfono. Naturalmente. Comunque non stessero a preparargliela fin da adesso, per favore: la « roba lunga » lei non l'aveva mai potuta soffrire.

Posato che ebbe il ricevitore, si volse verso di me. Mi fissava con occhi insieme dolci e gravi, e per qualche secondo non disse niente.

« Come va? » domandò infine, a voce bassa.

Inghiottii.

« Così così. »

Sorrisi e volsi gli occhi in giro.

« È strano » continuai. « Ogni particolare di questa stanza corrisponde esattamente a come me l'ero immaginato. Ecco là la Récamier, per esempio. È come se l'avessi già vista. Ma del resto *l'ho* vista. »

Le raccontai del sogno che avevo fatto sei mesi avanti, la notte prima che lei partisse per Venezia. Indicai le schiere dei làttimi, baluginanti in penombra sui palchi dei loro scaffali: gli unici oggetti, lì dentro – dissi – che nel sogno mi fossero apparsi diversi da quel che erano nella realtà. Spiegai sotto che forma li avevo veduti, e lei stava ad ascoltarmi seria, attenta, senza mai interrompermi.

Quando ebbi finito, mi sfiorò la manica della giacca con una lieve carezza. Allora mi inginocchiai di fianco al letto, l'abbracciai, la baciai sul collo, sugli occhi, sulle labbra. E lei mi lasciava fare, però sempre fissandomi, e, con piccoli spostamenti del capo, cercando sempre di impedirmi che la baciassi sulla bocca.

« No... no... » non faceva che dire. « Smettila... ti prego... Sii buono... No, no... può venire qualcuno... No. »

Inutile. Piano piano, prima con una gamba poi con l'altra, montai sul letto. Ora le gravavo addosso con tutto il peso. Continuavo a baciarla ciecamente sul volto, non riuscendo tranne che di rado a incontrare le sue labbra, né mai ottenendo che abbassasse le palpebre. Infine le nascosi il viso nel collo. E mentre il mio corpo, quasi per proprio conto, si agitava convulso sopra quello di lei, immobile sotto le coperte come una statua, di colpo, in uno schianto subitaneo e terribile di tutto me stesso, ebbi il senso preciso che stavo perdendola, che l'avevo perduta.

Fu lei la prima a parlare.

« Alzati, per piacere » udii che diceva, vicinissima al mio orecchio. « Così non respiro. »

Ero annientato, letteralmente. Scendere da quel letto mi appariva come un'impresa al di sopra delle mie forze. Ma non avevo altra scelta.

Mi tirai su in piedi. Feci qualche passo per la stanza, vacillando. Infine mi lasciai cadere di nuovo nella poltroncina a fianco del letto, e mi nascosi il viso fra le mani. Le guance mi scottavano.

« Perché fai così » disse Micòl. « Tanto, è inutile. »

« Inutile perché » chiesi, alzando vivamente gli occhi. « Si può sapere perché? »

Mi guardava, con un'ombra di sorriso aleggiante attorno alla bocca.

« Non vuoi andare un momento di là? » disse, accennando all'uscio a muro del bagno. « Sei tutto rosso, rosso *impizà*. Làvati la faccia. »

« Grazie, sì. Forse è meglio. »

Mi alzai di scatto e mi diressi verso il bagno. Ma ecco, proprio in quel momento, la porta che dava sulle scale venne scossa da un urto vigoroso. Sembrava che qualcuno cercasse d'entrare a forza di spallate.

« Cosa c'è? » bisbigliai.

« È Jor » rispose calma Micòl. « Va' ad aprirgli. »

# 3

Dentro lo specchio ovale che sormontava il lavandino vedevo riflessa la mia faccia.

La esaminavo attentamente come se non fosse mia, come se appartenesse a un'altra persona. Benché l'avessi tuffata più volte nell'acqua fredda, appariva ancora tutta rossa, rossa *impizàda* – come aveva detto Micòl – con macchie più cupe fra il naso e il labbro superiore, in cima e attorno agli zigomi. Scrutavo con minuziosa oggettività quel grande volto illuminato, lì, davanti a me, attratto via via dal battito delle arterie sotto la pelle della fronte e delle tempie, dalla fitta rete di venuzze scarlatte che, a spalancare gli occhi, sembrava stringere d'una specie di assedio i dischi azzurri delle iridi, dai peli della barba più fitti sul mento e lungo le mascelle, da un foruncoletto appena distinguibile... Non pensavo a nulla. Attraverso la sottile parete divisoria udivo Micòl parlare al telefono. Con chi? Col personale di cucina, era da supporre, per avvertire che le portassero di sopra la cena. Bene. Il prossimo commiato sarebbe riuscito molto meno imbarazzante. Per tutti e due.

Entrai che abbassava il ricevitore, e di nuovo, non senza meraviglia, compresi che contro di me non aveva niente.

Si sporse dal letto per riempire di tè una tazza.

« Adesso per piacere siediti » disse, « e bevi qualcosa. »

Ubbidii in silenzio. Bevevo adagio, a lente sorsate, senza levare gli sguardi. Sdraiato sul *parquet* alle mie spalle, Jor dormiva. Il suo greve rantolo di accattone ubriaco riempiva la stanza.

Posai la tazza.

E fu ancora Micòl a cominciare a parlare. Senza affatto riferirsi a ciò che era successo poco prima, esordì dicendo come da molto tempo, da molto più tempo, forse, di quanto io non immaginassi, si fosse proposta di discorrermi francamente della situazione che a poco a poco era venuta creandosi fra noi. Non ricordavo mica quella volta – proseguì – nell'ottobre scorso, quando per non bagnarci eravamo finiti nella rimessa, andando poi a sederci dentro la carrozza? Ebbene, proprio a cominciare da quella volta là lei si era accorta della brutta piega che stavano prendendo i nostri rapporti. L'aveva capito subito, lei, che tra noi era nato qualcosa di falso, di sbagliato, di molto pericoloso: e la colpa maggiore era stata sua, dispostissima ad ammetterlo, se la frana era poi rotolata ancora per un bel pezzo giù per la china. Che cosa avrebbe dovuto fare? Semplice, prendermi in disparte, e parlarmi schiettamente allora, subito. Invece macché: da vera vigliacca, aveva scelto il partito peggiore, scappando. Eh, sì, tagliare la corda è facile. Ma a cosa porta, quasi sempre, specie in materia di « situazioni morbide »? Novantanove volte su cento la brace continua a covare sotto la cenere, col magnifico risultato che più tardi, quando si rivedono, parlarsi tranquillamente, da buoni amici, è diventato difficilissimo, pressoché impossibile.

Anche io capivo – interloquii a questo punto – e in fin dei conti le ero molto grato della sua sincerità.

C'era però un fatto che avrei voluto che lei mi spiegasse. Era scappata via da un giorno all'altro senza nemmeno salutarmi, dopodiché, appena arrivata a Venezia, non aveva avuto che una preoccupazione: quella di assicurarsi che io non smettessi di vedere suo fratello Alberto.

« Come mai? » chiesi. « Se proprio volevi, come dici, che io ti dimenticassi (scusa il frasario, non scoppiare a ridermi in faccia!), non potevi lasciarmi perdere completamente? Era difficile, certo. Ma non era neanche impossibi-

le che per mancanza d'alimento, diciamo, la brace finisse
pian piano con lo spegnersi del tutto, da sé. »

Mi guardò senza dissimulare un moto di sorpresa, meravi-
gliata forse che trovassi la forza di passare al contrattacco,
anche se, tutto sommato, con così poca convinzione.

Non avevo torto – consentì quindi, pensierosa, scuotendo il capo – non avevo affatto torto. Comunque mi pregava
di crederle. Agendo come aveva agito, in lei non c'era stata
la minima intenzione di pescare nel torbido. Teneva alla mia
amicizia, ecco tutto, in maniera anche un po' troppo posses-
siva. E poi, sul serio, ancora più che a me aveva pensato ad
Alberto, il quale, tranne che con Giampiero Malnate, era
rimasto qua senza nessuno con cui scambiare ogni tanto due
chiacchiere. Povero Alberto! sospirò. Non mi ero accorto
anche io, frequentandolo nei mesi passati, quanto bisogno
avesse di compagnia? Per uno che come lui si era ormai
abituato a svernare a Milano, con teatri, cinema, e tutto il
resto a disposizione, la prospettiva di bloccarsi qui, a Ferrara,
chiuso in casa per mesi e mesi, e non avendo per giunta quasi
niente da fare, non era mica una prospettiva allegra, dovevo
convenirne. Povero Alberto! ripeté. Lei, al confronto, era
molto più forte, molto più autonoma: capace di sopportare,
all'occorrenza, le solitudini più feroci. E d'altronde le pareva
di avermelo già detto: Venezia, riguardo a squallore, d'inverno era forse anche peggio di Ferrara, e la casa dei suoi zii
non meno triste e tagliata fuori di questa.

« Questa qui non è affatto triste » dissi d'un tratto com-
movendomi.

« Ti piace? » domandò vivacemente. « E allora ti confes-
serò una cosa (ma tu poi non sgridarmi, veh, non venire ad
accusarmi di ipocrisia, o magari di ambiguità). Desideravo
moltissimo che tu la vedessi. »

« E perché? »

« Perché non so. Non saprei proprio dirtelo, perché. Per
la stessa ragione, suppongo, per la quale da bambina, al
Tempio, avrei tirato tanto volentieri anche te sotto il *talèd*
del papà... Ah, se avessi potuto! Ti vedo ancora là, sotto il
*talèd* del tuo, di papà, nel banco davanti al nostro. Che pena

mi facevi. È assurdo, lo so: eppure, a guardarti, provavo la stessa pena che se tu fossi stato orfano, privo di padre e di madre. »

Tacque per qualche istante, gli occhi fissi al soffitto. Quindi, appoggiatasi col gomito al guanciale, riprese a parlarmi: ma seria, adesso, grave.

Disse che le dispiaceva darmi un dolore, che le dispiaceva moltissimo. D'altra parte bisognava pure che me ne convincessi: non era assolutamente il caso che sciupassimo, come stavamo rischiando, i bei ricordi d'infanzia che avevamo in comune. Metterci a far l'amore noi due! Mi pareva davvero possibile?

Domandai perché le sembrasse tanto impossibile.

Per infinite ragioni – rispose – ma soprattutto perché il pensiero di far l'amore con me la sconcertava, l'imbarazzava: tale e quale come se avesse immaginato di farlo con un fratello, toh, con Alberto. Era vero, da bambina lei aveva avuto per me un piccolo « striscio »: e chissà, forse era proprio questo che adesso la bloccava talmente nei miei riguardi. Io... io le stavo « di fianco », capivo?, non già « di fronte », mentre l'amore (così almeno se lo figurava lei) era roba per gente decisa a sopraffarsi a vicenda, uno sport crudele, feroce, ben più crudele e feroce del tennis!, da praticarsi senza esclusione di colpi e senza mai scomodare, per mitigarlo, bontà d'animo e onestà di propositi.

> Maudit soit à jamais le rêveur inutile
> qui voulut le premier, dans sa stupidité,
> s'éprenant d'un problème insoluble et stérile,
> aux choses de l'amour mêler l'honnêteté!

aveva ammonito Baudelaire, che se ne intendeva. E noi? Stupidamente onesti entrambi, uguali in tutto e per tutto come due gocce d'acqua (« e gli uguali non si combattono, credi a me! »), avremmo mai potuto sopraffarci l'un l'altro, noi, desiderare davvero di « sbranarci »? No, per carità. Visto come il buon Dio ci aveva fabbricati, la faccenda non sarebbe stata né augurabile né possibile.

Ma anche ammettendo per pura ipotesi che fossimo stati diversi da quelli che eravamo, che ci fosse stata insomma tra noi una possibilità anche minima di un rapporto di tipo « cruento », come avremmo dovuto comportarci? « Fidanzarci », per caso, con contorno di scambi d'anello, di visite di genitori, eccetera? Che storia edificante! Se fosse stato ancora vivo e ne fosse venuto a conoscenza, garantito che Israele Zangwill medesimo ne avrebbe tratto un succoso codicillo da aggiungere ai suoi *Sognatori del ghetto*. E che soddisfazione, che « pia » soddisfazione, in tutti, quando saremmo apparsi assieme a Scuola italiana, il prossimo *Kippùr*: un po' smunti in viso per colpa del digiuno, ma belli, ciò nonostante, degnissimamente assortiti! Non sarebbe certo mancato chi, a vederci, avrebbe benedetto le leggi razziali, proclamando che dinanzi alla realtà di una così bella unione restava una sola cosa da dire: tutto il male non vien per nuocere. E chissà che perfino il Segretario Federale non se ne intenerisse, da viale Cavour! Pur se in segreto, non era infatti rimasto un gran filosemita, quella brava persona del console Bolognesi? Puah!

Tacevo, oppresso.

Lei ne approfittò per alzare il ricevitore e dire in cucina che le portassero pure la cena: ma tra una mezzoretta, non prima, giacché – tornò a ripetere – quella sera non aveva « niente fame ». L'indomani soltanto, ripensando a tutto, mi sarei ricordato di quando ero chiuso nel bagno e l'avevo sentita parlare al telefono. Dunque m'ero sbagliato, mi sarei detto l'indomani. Poteva stare parlando con chiunque, di casa (e anche di fuori), ma *non* con la cucina.

Adesso ero immerso in tutt'altri pensieri. Quando Micòl ebbe deposto il ricevitore sollevai il capo.

« Hai detto che noi due siamo uguali » dissi. « In che senso? »

Ma sì, ma sì – esclamò – e nel senso che anch'io, come lei, non disponevo di quel gusto istintivo delle cose che caratterizza la gente normale. Lo intuiva benissimo: per me, non meno che per lei, più del presente contava il passato, più del possesso il ricordarsene. Di fronte alla memoria, ogni posses-

so non può apparire che delusivo, banale, insufficiente...
Come mi capiva! La mia ansia che il presente diventasse
« subito » passato perché potessi amarlo e vagheggiarlo a
mio agio era anche sua, tale e quale. Era il « nostro » vizio,
questo: d'andare avanti con le teste sempre voltate all'indietro. Non era così?

Era così – non potei fare a meno di riconoscere dentro me
stesso – era proprio così. Quand'è che l'avevo abbracciata?
Al massimo un'ora prima. E tutto era già tornato irreale e
favoloso come sempre: un evento da non crederci, o da
averne paura.

« Chi lo sa » risposi. « Forse è più semplice. Forse non ti
piaccio fisicamente. Tutto lì. »

« Non dire scemenze » protestò. « Che cosa c'entra? »

« Eccome se c'entra! »

« *You are fishing for compliments*, e lo sai benissimo. Ma
questa soddisfazione non voglio dartela, non te la meriti. E
poi, anche se adesso provassi a ripeterti tutto il bene che ho
sempre pensato dei tuoi famosi occhi glauchi (e non soltanto
degli occhi), quale risultato otterrei? Saresti tu il primo a
giudicarmi male, un'ipocritona maledetta. Penseresti eccola
là, dopo il bastone la carota, il contentino... »

« A meno che... » '

« A meno che cosa? »

Esitavo, ma infine mi decisi.

« A meno che » ripresi, « non ci sia di mezzo qualcun
altro. »

Fece di no col capo, fissandomi.

« Non c'è di mezzo nessunissimo altro » rispose. « E chi
dovrebbe esserci? »

Le credevo. Ma ero disperato, e volevo ferirla.

« A me, lo chiedi? » dissi, sporgendo le labbra. « Tutto
può essere. Chi mi garantisce che durante quest'inverno, a
Venezia, tu non abbia conosciuto qualcuno? »

Scoppiò a ridere: una risata allegra, fresca, cristallina.

« Che idee » esclamò. « Se non ho fatto che sgobbare
tutto il tempo attorno alla tesi! »

« Non vorrai mica sostenere che in questi cinque anni di

università non hai mai fatto l'amore con nessuno! Andiamo, su: ci sarà pure stato qualche tizio, a scuola, che ti veniva dietro! »

Ero sicuro che avrebbe negato. Ma m'ingannavo.

« Sì, dei morosi ne ho avuti » ammise.

Fu come se una mano mi afferrasse lo stomaco e me lo torcesse.

« Molti? » riuscii a chiedere.

Sdraiata supina come stava, gli occhi fissi al soffitto, sollevò appena un braccio.

« Mah... non saprei » disse. « Lascia che ci pensi. »

« Ne hai avuti tanti, dunque? »

Mi sbirciò di traverso con un'espressione furba, decisamente canagliesca, che non le conoscevo e che mi atterrì.

« Beh... diciamo tre o quattro. Anzi cinque, per la precisione... Ma tutti piccoli *flirts*, intendiamoci, cose molto innocue... e anche abbastanza barbose. »

« *Flirts* come? »

« Ma sì... gran passeggiate al Lido... due o tre Torcelli... qualche bacio ogni tanto... molta mano nella mano... e *molto* cinematografo. *Orge* di cinematografo. »

« Sempre con dei compagni di scuola? »

« Più o meno. »

« Cattolici, immagino. »

« Naturalmente. Ma mica per principio, però. Capirai: uno è costretto a fare con quello che trova. »

« Ma con...? »

« No. Con dei *judìm* direi proprio di no. Non che a scuola non ce ne fosse qualcuno. Ma erano talmente seri e brutti! »

Si volse di nuovo a guardarmi.

« Comunque, quest'inverno niente » soggiunse sorridendo: « potrei anche giurartelo. Non ho fatto altro che studiare e fumare, tanto che era la signorina Blumenfeld, proprio lei, a spronarmi a uscire ».

Tirò fuori da sotto il guanciale un pacchetto di Lucky Strike, intatto.

« Ne vuoi una? Come vedi, ho cominciato dal genere forti. »

Indicai in silenzio la pipa che tenevo infilata nel taschino della giacca.

« Anche tu! » rise, straordinariamente divertita. « Ma quel *vostro* Giampi gli scolari li semina! »

« E tu che ti lamentavi di non avere amici a Venezia! » deplorai. « Quante bugie. Sei anche tu come tutte le altre, va' là. »

Scosse il capo, non so se per compatire me o se stessa.

« Nemmeno i *flirts*, anche quelli piccoli, sono cose che si imbastiscono con degli amici » disse malinconica; « e perciò, a parlarti di amici, devi riconoscere che ti mentivo fino a un certo punto. Però hai ragione. Sono anche io come tutte le altre: bugiarda, traditora, *infedele*... Non molto diversa da un'Adriana Trentini qualsiasi, in fondo. »

Aveva detto « infedele » spiccando al solito le sillabe, ma con in più una specie di amaro orgoglio. Proseguendo, aggiunse che se io avevo avuto un torto era sempre stato quello di sopravvalutarla un po' troppo. Con questo, non è che avesse la minima intenzione di scagionarsi, figuriamoci. Tuttavia lei aveva sempre letto nei miei occhi tanto « idealismo » da sentirsi in qualche modo forzata ad apparire migliore di quanto non fosse in realtà.

Non rimaneva molto altro da dire. Di lì a poco, quando la Gina entrò con la cena (erano ormai le nove passate), mi alzai in piedi.

« Scusa, ma adesso vado » dissi, tendendole la mano.

« Conosci la strada, non è vero? O preferisci che la Gina ti accompagni? »

« No, non occorre. Ci riesco da solo. »

« Prendi l'ascensore, mi raccomando. »

« Ma sì. »

Sulla soglia mi voltai. Stava già portando il cucchiaio alle labbra.

« Ciao » dissi.

Mi sorrise.

Ciao Domani ti telefono. »

# 4

Ma il peggio cominciò soltanto una ventina di giorni dopo quando fui ritornato dal viaggio in Francia che feci nella seconda quindicina di aprile.

C'ero andato, in Francia, a Grenoble, per un motivo molto preciso. Le poche centinaia di lire mensili che era consentito spedire a mio fratello Ernesto attraverso le vie legali, non gli bastavano, come lui stesso ripeteva di continuo nelle sue lettere, che per pagare la stanza d'affitto dove dormiva, a Place Vaucanson. Urgeva dunque rifornirlo di altro denaro. Ed era stato mio padre, una notte che ero rincasato più tardi del solito (mi aveva atteso sveglio apposta per parlarmi), a insistere perché andassi io, a portargliene di persona. Perché non approfittavo dell'occasione? Respirare qualche boccata d'aria che fosse diversa da « questa qua », vedere un po' di mondo, svagarmi: ecco quello che dovevo fare! Ne avrei tratto giovamento sia nel fisico sia nel morale.

Così ero partito. Mi ero fermato due ore a Torino, quattro a Chambéry, infine avevo raggiunto Grenoble. Nella pensione dove Ernesto si trasferiva a consumare i pasti avevo subito conosciuto vari studenti italiani, tutti nelle medesime condizioni di mio fratello e tutti iscritti al Politecnico: un Levi di Torino, un Segre di Saluzzo, un Sorani di Trieste, un Cantoni di Mantova, un Castelnuovo di Firenze, una ragazza Pincherle di Roma. Non avevo legato con nessuno. Durante la dozzina di giorni che ero rimasto, la maggior parte del tempo l'avevo passata alla Biblioteca Municipale, a sfogliare manoscritti di Stendhal. Faceva freddo, a Grenoble, pioveva. Le montagne a ridosso dell'abitato lasciavano di rado intravedere le cime nascoste dalla nebbia e dalle nuvole, mentre, la sera, esperimenti d'oscuramento totale scoraggiavano a uscire. Ferrara mi sembrava lontanissima: come se non dovessi tornarci mai più. E Micòl? Da quando ero partito, avevo avuto continuamente all'orecchio la sua voce, la voce della volta che mi aveva detto: « Perché fai così? Tanto, è inutile ». Un giorno però era accaduto qualcosa. Essendomi capitato di leggere in uno dei taccuini stendhaliani queste parole isolate: *All lost, nothing lost,* di colpo, come per miracolo mi ero sentito libero, guarito. Avevo preso una cartolina, ci avevo scritto sopra la riga di Stendhal, quindi l'avevo spedita a lei, Micòl, tale e quale, senza metterci niente nemmeno la firma, ne pensasse pure quello che volesse. Tutto perduto, niente perduto. Come era vero! mi dicevo. E respiravo.

Mi ero illuso. Ai primi di maggio, rientrando in Italia, avevo trovato la primavera in pieno sboccio, i prati fra Alessandria e Piacenza macchiati vastamente di giallo, le strade della campagna emiliana percorse da ragazze in bicicletta con braccia e gambe nude, i grandi alberi delle mura di Ferrara carichi di foglie. Ero arrivato di domenica, verso mezzogiorno. Non appena a casa avevo fatto un bagno, pranzato in famiglia, risposto con sufficiente pazienza a una quantità di domande. Ma l'improvvisa frenesia dalla quale ero stato preso nello stesso istante in cui, dal treno, avevo visto spuntare all'orizzonte le torri e i campanili di Ferrara, non mi aveva poi consentito altri indugi. Alle due e mezzo già filavo in bicicletta lungo la Mura degli Angeli, gli occhi fissi all'immobile rigoglio vegetale del Barchetto del Duca via via più vicino sulla sinistra. Ogni cosa era tornata come prima, quasi che gli ultimi quindici giorni li avessi passati dormendo.

Stavano giocando, laggiù nel campo di tennis, Micòl contro un giovanotto in bianchi calzoni lunghi nel quale non mi fu difficile ravvisare Malnate; e ben presto fui notato

e riconosciuto, perché i due, smesso di palleggiare, cominciarono a sbracciarsi in grandi gesti con le racchette
levate. Non erano soli, tuttavia, c'era anche Alberto.
Emergendo oltre il margine del fogliame, lo vidi accorrere
in mezzo al campo, guardare verso di me, quindi portare le
mani alla bocca. Fischiò due, tre volte. Si poteva sapere
quello che facevo in cima alla Mura? sembrava domandare
ciascuno, a suo modo. E perché diavolo non entravo
subito in giardino, razza di tipo che non ero altro? Ormai
mi dirigevo verso lo sbocco di corso Ercole I d'Este, ormai,
pedalando lungo il muro di cinta, ero giunto in vista del
portone, e Alberto faceva tuttora risuonare il suo « olifante ». « Bada, non svignartela! » dicevano adesso i suoi
fischi sempre potentissimi, ma diventati nel frattempo in
qualche modo bonari, appena ammonitori.

« Salve! » gridai come sempre, uscendo all'aperto dalla
galleria delle roselline rampicanti.

« Micòl e Malnate avevano ripreso a giocare e, senza
fermarsi, risposero insieme con un altro « Salve ». Alberto
si alzò in piedi, mi venne incontro.

« Vuoi dirci dove ti sei nascosto durante tutti questi
giorni? » chiese. « Ho telefonato parecchie volte a casa
tua, ma non c'eri mai. »

« È stato in Francia » rispose per me Micòl, dal campo.

« In Francia! » esclamò Alberto, gli occhi pieni di uno
stupore che mi parve sincero. « E a fare cosa? »

« Sono stato a trovare mio fratello a Grenoble. »

« Ah, già, è vero, tuo fratello studia a Grenoble. E come
sta? Come se la cava? »

Frattanto avevamo preso posto su due sedie a sdraio,
collocate una di fianco all'altra di fronte all'ingresso laterale del campo in ottima posizione per poter seguire lo
svolgimento del gioco. Diversamente dall'autunno scorso,
Micòl non era in *shorts*. Portava una gonna di lana bianca
pieghettata, molto vecchio-stile, una camicetta anche essa
bianca con le maniche rimboccate, e strane calze lunghe
di filo candido, quasi da crocerossina. Tutta sudata, rossa
in viso, si accaniva a lanciare le palle negli angoli più

remoti del campo, forzando i colpi. Ma il Malnate, sebbene ingrassato e sbuffante, le teneva testa con impegno.

Una palla, rotolando, venne a fermarsi a poca distanza da noi. Micòl si avvicinò per raccoglierla, e per un attimo il mio sguardo si incrociò col suo.

La vidi fare una smorfia. Chiaramente indispettita, si volse di scatto verso Malnate.

« Vogliamo provare un *set*? » gridò.

« Proviamo pure » borbottò l'altro. « Quanti *games* di vantaggio potrei avere? »

« Neanche uno ribatté Micòl, accigliata. « Posso concederti al massimo il vantaggio del servizio. Servi, su! »

Buttò la palla al di là della rete, e andò a mettersi in posizione per rispondere alla battuta dell'avversario.

Per qualche minuto io e Alberto li osservammo giocare. Mi sentivo pieno di malessere e di infelicità. Il « tu » di Micòl a Malnate, il suo ostentato ignorarmi, mi davano a un tratto la misura del lungo tempo che ero rimasto lontano. Quanto ad Alberto, lui al solito non aveva occhi che per il Giampi. Ma una volta tanto, notai, invece che ammirarlo e lodarlo non cessava un momento di criticarlo.

Ecco là un tipo – si confidava bisbigliando, e ciò era a tal punto sorprendente che, quantunque angosciato, non perdevo una sillaba delle sue parole – ecco là un tipo che se anche avesse preso lezioni di tennis tutti i santi giorni da un Nüsslein o da un Martin Plaa non sarebbe mai potuto diventare un giocatore nemmeno passabile. Che cosa gli mancava per progredire? Vediamo. Gambe? Gambe no di certo, altrimenti non sarebbe stato quel discreto alpinista che senza dubbio era. Fiato? Fiato neppure, per la stessa ragione. Forza muscolare? Ne aveva da vendere, bastava che ti stringesse la mano. E allora? La realtà è che il tennis – sentenziò con straordinaria enfasi – oltre che uno sport è anche un'arte, e siccome ogni forma d'arte esige un certo talento particolare, chi ne risulti privo rimarrà sempre una « scarpa », vita natural durante.

« Ma insomma! » gridò a un certo punto Malnate. « Volete stare un po' zitti, voi due? »

« Gioca, gioca » lo rimbeccò Alberto, « e cerca piuttosto di non farti mettere sotto da una donna! »

Non credevo alle mie orecchie. Possibile? Dove era finita tutta la mitezza di Alberto, tutta la sua sottomissione all'amico? Lo guardai attentamente. La sua faccia mi si rivelò all'improvviso smunta, emaciata, come raggrinzita da una vecchiaia precoce. Che fosse malato?

Fui tentato di chiederglielo, ma me ne mancò il coraggio. Gli domandai invece se quello fosse il primo giorno che avevano ripreso a giocare a tennis, e per qual motivo non fossero presenti come l'anno scorso Bruno Lattes, l'Adriana Trentini, e il resto della « *zòzga* ».

« Ma allora non sai proprio niente! » esclamò, scoprendo in una gran risata le gengive.

Circa una settimana avanti – passò subito a raccontare – constatata la bella stagione, lui e Micòl avevano deciso di fare una decina di telefonate in giro, al nobile scopo, per l'appunto, che fossero rinnovati i fasti tennistici dell'anno scorso. Avevano telefonato all'Adriana Trentini, a Bruno Lattes, al ragazzo Sani, al ragazzo Collevatti, e a diversi magnifici esemplari d'ambo i sessi delle più nuove leve giovanili ai quali l'autunno passato non era stato posto mente. Tutti quanti, « vecchi e giovani », avevano accettato l'invito con lodevole prontezza: tale da assicurare alla giornata d'apertura di sabato primo maggio un successo a dir poco trionfale. Non solamente si era giocato a tennis, chiacchierato, civettato, eccetera, ma si era addirittura ballato, là, nella *Hütte*, al suono del Philips « opportunamente installatovi ».

Successo anche maggiore – proseguì Alberto – aveva ottenuto la seconda « *session* » di domenica pomeriggio, due maggio. Senonché già da lunedì mattina, tre maggio, era cominciata a profilarsi la grana. Facendosi precedere da un sibillino biglietto da visita, ecco infatti verso le undici presentarsi in bicicletta l'avvocato Tabet, sì, proprio quel gran fascistone dell'avvocato Geremia Tabet in persona, il quale, dopo essersi chiuso insieme col papà nello studio, gli aveva trasmesso l'ordine tassativo del Segretario Federale di interrompere immediatamente lo scandalo dei quotidiani, provocatorî ricevimenti, privi fra l'altro di qualsiasi sano contenuto sportivo, che da diverso tempo si effettuavano in casa sua. Non era davvero ammissibile – faceva sempre il console Bolognesi, tramite il « comune » amico Tabet – non era davvero ammissibile che il giardino di casa Finzi-Contini venisse trasformandosi a poco a poco in una specie di club concorrente del Circolo del Tennis Eleonora d'Este, una istituzione, questa, tanto benemerita dello sport ferrarese. Dunque, alto là: a scanso di sanzioni ufficiali, « tipo soggiorno obbligato in Urbisaglia per un periodo di tempo da determinarsi », d'ora in poi nessun iscritto all'*Eleonora d'Este* avrebbe potuto essere distratto dal suo ambiente naturale.

« E tuo padre » domandai, « che cosa ha risposto? »

« Che cosa vuoi che rispondesse! » rise Alberto. « Non gli restava che comportarsi come Don Abbondio. Inchinarsi, e mormorare: "Disposto sempre all'obbedienza". Credo che più o meno si sia espresso così. »

« La colpa per me è di Barbicinti » gridò dal campo Micòl, a cui la distanza evidentemente non aveva impedito di tener dietro alla nostra conversazione. « Nessuno potrà mai cavarmi dalla testa che sia corso lui a lamentarsi in viale Cavour. Vedo la scena. Del resto bisogna capirlo, poveretto. Quando si è gelosi, si può diventare capaci di tutto... »

Sebbene pronunciate forse senza particolare intenzione, queste parole di Micòl mi colpirono dolorosamente. Fui sul punto di alzarmi e di andarmene.

E chissà, magari ci sarei riuscito davvero, se proprio allora, mentre mi giravo verso Alberto quasi per invocarne la testimonianza e l'aiuto, non mi fossi di nuovo arrestato a considerare il grigio del suo viso, la magrezza patita delle sue spalle sperdute dentro un pullover diventato ormai troppo ampio (mi strizzava l'occhio come per invitarmi a non prendermela, e intanto discorreva già di altro: del campo di tennis, dei lavori per migliorarlo « dalla base » che, nonostante tutto, avrebbero avuto inizio entro la settimana...), e se in quell'attimo medesimo non avessi veduto apparire laggiù, ai margini della radura, le nere, dolenti figurette appaiate del professor Ermanno e della signora Olga, reduci dalla pomeridiana passeggiata nel parco e dirette lentamente alla nostra volta.

# 5

Il lungo periodo di tempo che seguì, fino ai fatali ultimi giorni dell'agosto del '39, cioè fino alla vigilia dell'invasione nazista della Polonia e della *drôle de guerre*, lo ricordo come una specie di lenta, progressiva discesa nell'imbuto senza fondo del Maelstrom. Padroni esclusivi del campo di tennis, che presto era stato ricoperto da una buona spanna di terra rossa di Imola, eravamo rimasti in quattro, io, Micòl, Alberto e Malnate (su Bruno Lattes, presumibilmente perduto dietro le tracce dell'Adriana Trentini, non c'era da contare). Variando le coppie, impiegavamo interi pomeriggi in lunghe partite di doppio, con Alberto, anche se a corto di fiato e stanco, sempre pronto chissà perché a ricominciare, a non darsi e a non darci mai tregua.

Per qual motivo mi ostinavo a ritornare ogni giorno in un luogo dove, lo sapevo, non avrei potuto raccogliere che umiliazioni e amarezza? Non saprei dirlo esattamente. Forse speravo in un miracolo, in un brusco cambiamento della situazione, o forse, magari, andavo proprio in cerca di umiliazioni e di amarezza... Giocavamo a tennis, oppure, sdraiati all'ombra su quattro *chaises longues*, dinanzi alla *Hütte*, discutevamo dei soliti argomenti d'arte e di politica. Ma quando poi proponevo a Micòl, rimasta in fondo gentile e talora perfino affettuosa, un giorno nel parco, era ben raro che lei dicesse di sì. Se acconsentiva, non mi veniva mai dietro volentieri, ma atteggiando ogni volta la faccia a un'espressione tra il disgusto e la pazienza che mi induceva subito a rimpiangere di averla trascinata lontano da Alberto e da Malnate.

Eppure non disarmavo, non mi rassegnavo. Diviso fra l'impulso di rompere, di sparire per sempre, e quello opposto di non rinunciare ad esserci, di non cedere a nessun prezzo, finivo in pratica col non mancare mai. A volte, è vero, era sufficiente uno sguardo di Micòl più freddo del solito, un suo gesto d'insopportazione, una sua smorfia di sarcasmo o di noia, perché credessi con piena sincerità di avere deciso, e troncato. Ma quanto resistevo a stare lontano? Tre, quattro giorni al massimo. Al quinto eccomi di nuovo là, ostentando il viso ilare e disinvolto di chi ritorna da un viaggio abbondantemente proficuo (parlavo sempre di viaggi, ricomparendo, viaggi a Milano, a Firenze, a Roma: e meno male che tutti e tre avessero abbastanza l'aria di credermi!), però col cuore esulcerato, e con gli occhi che già ricominciavano a cercare in quelli di Micòl una risposta impossibile. Era, quella, l'ora delle « scenate coniugali », come le chiamava lei. Nel corso di esse, quando se ne presentava l'occasione, tentavo anche di baciarla. E lei si adattava, non appariva mai sgarbata.

Una sera di giugno, tuttavia, circa a metà del mese, le cose andarono differentemente.

Ci eravamo seduti uno accanto all'altro sui gradini esterni della *Hütte*, e benché fossero circa le otto e mezzo ci si vedeva ancora. Guardavo Perotti, in distanza, affaccendato a smontare e arrotolare la rete del campo, il cui terreno, da quando era arrivata dalla Romagna la nuova polvere rossa, non gli sembrava mai curato a sufficienza. Malnate stava facendo la doccia all'interno della capanna (lo sentivamo alle nostre spalle soffiare rumorosamente sotto il getto dell'acqua calda); Alberto si era accomiatato poco prima con un melanconico « *bai-bai* ». Eravamo rimasti noi due soli, insomma, io e Micòl, e subito ne avevo approfittato per riattaccare col mio noioso, assurdo, eterno assedio. Insistevo come sempre nel tentativo di persuaderla che aveva torto a ritenere inopportuno fra noi un rapporto sentimentale; come sempre l'accusavo (in malafede) di avermi mentito

193

quando, nemmeno un mese avanti, mi aveva assicurato che fra me e lei non c'era di mezzo nessun altro. Secondo me qualcuno di mezzo c'era, invece; o perlomeno c'era stato, a Venezia, durante l'inverno.

« Ti ripeto per l'ennesima volta che ti sbagli » diceva Micòl sottovoce, « ma so che è inutile, so benissimo che domani tornerai alla carica con le stesse storie. Cosa vuoi che ti dica: che *tresco* in segreto, che ho una doppia vita? Se proprio non vuoi altro, posso anche accontentarti. »

« No, Micòl » rispondevo io a voce altrettanto bassa, ma più concitata. « Sarò tutto, tranne che un masochista. Se tu sapessi come sono normali, terribilmente banali le mie aspirazioni! Ridi pure. Se c'è una cosa che desidererei, sarebbe questa: sentirti *giurare* che quello che mi hai detto è vero, e crederti. »

« Per me te lo giuro subito. Ma mi crederesti? »

« No. »

« Tanto peggio per te, allora! »

« Certo, tanto peggio per me. Però, se *potessi* davvero crederti... »

« Che cosa faresti? Sentiamo. »

« Oh, cose sempre molto normali, banali, ecco il guaio! Queste, per esempio. »

Le afferrai le mani, e presi a coprirgliele di baci e di lacrime.

Per un po' mi lasciò fare. Nascondevo il viso contro i suoi ginocchi, e l'odore della sua pelle liscia e tenera, leggermente salata, mi stordiva. La baciai lì, sulle gambe.

« Adesso basta » disse.

Sfilò le mani dalle mie, e si alzò in piedi.

« Ciao, ho freddo » proseguì, « bisogna che rientri. Sarà già pronto in tavola, e devo ancora lavarmi e vestirmi. Alzati, su, non comportarti come un bambino. »

« Addio! » gridò poi, volgendosi verso la *Hütte*. « Io vado. »

« Addio » rispose dall'interno Malnate. « Grazie. »

« Arrivederci. Vieni, domani? »

« Domani non so. Vediamo. »

Divisi dalla bicicletta al cui manubrio mi aggrappavo spasmodicamente, ci incamminammo in direzione della *magna domus*, alta e scura nell'aria piena di zanzare e di pipistrelli del tramonto estivo. Tacevamo. Un carro colmo di fieno, tirato da un paio di buoi aggiogati, veniva in senso contrario al nostro. Seduto in cima c'era uno dei figli di Perotti, il quale, incrociandoci, si tolse il berretto e ci augurò la buona sera. Anche se accusavo Micòl senza crederci, avrei voluto lo stesso gridarle che la piantasse di fare la commedia, insolentirla, prenderla magari a schiaffi. Ma dopo? Che cosa ne avrei ricavato?

Sbagliai ugualmente.

« È inutile che neghi » dissi, « tanto so anche chi è la *persona*. »

Avevo appena finito di pronunciare queste parole che già me ne ero pentito.

Mi guardò seria, addolorata.

« Ecco » disse, « e adesso, secondo le tue previsioni, dovrei magari sfidarti a tirar fuori il nome e il cognome che hai in serbo nello stomaco, se pure ce li hai. Basta così, comunque. Non voglio sapere altro. Soltanto che, arrivati a questo punto, ti sarei grata se d'ora in poi tu fossi un po' meno assiduo... sì... se insomma tu venissi a casa nostra meno spesso. Te lo dico francamente: se non temessi di scatenare le chiacchiere della famiglia, come mai, perché mai, eccetera, ti pregherei di non venire più addirittura: mai più. »

« Scusami » mormorai.

« No, non posso scusarti » replicò lei, scuotendo il capo. « Se lo facessi, tra qualche giorno ricominceresti. »

Aggiunse che da molto tempo in qua il mio modo di condurmi non era dignitoso: né per me, né per lei. Lei me l'aveva detto e ripetuto mille volte che era inutile, che non cercassi di trasferire i nostri rapporti su un piano diverso da quello dell'amicizia e dell'affetto. Macché. Appena potevo, io, al contrario, le venivo addosso con baci e altro, come se non lo sapessi che in situazioni come la nostra non c'è niente di più antipatico e controindicato. Santo Iddio! Possibile che non riuscissi a trattenermi? Ci fosse stato fra noi in precedenza un legame fisico un po' più profondo che non quello determinato da qualche bacio, allora sì che lei avrebbe potuto capire che io... che lei mi fosse entrata per così dire nella pelle. Ma dati i rapporti che erano sempre intercorsi fra noi, la mia smania di abbracciarla, di strusciarmi contro di lei, non era il segno probabilmente che d'una cosa sola: della mia sostanziale aridità, della mia costituzionale incapacità a voler bene davvero. E poi, andiamo! Che cosa significavano le improvvise assenze, i bruschi ritorni, le occhiate inquisitorie o «tragiche», i silenzi immusoniti, gli sgarbi, le insinuazioni cervellotiche: tutto il repertorio di atti inconsulti e imbarazzanti che esibivo instancabilmente, senza il minimo pudore? Pazienza se le «scenate coniugali» le avessi riservate a lei sola, in separata sede. Ma che anche suo fratello e Giampi Malnate dovessero esserne spettatori, questo no, no e poi no.

«Mi pare che adesso esageri» dissi. «Quando mai ti ho fatto delle scene davanti a Malnate e Alberto?»

«Sempre, di continuo!» ribatté.

Ogni qualvolta tornavo dopo una settimana di assenza – proseguì – dichiarando, non so, che ero stato a Roma, e intanto giù a ridere, certe risate nervose, da pazzo, senza la minima ragione, m'illudevo forse che Alberto e Malnate non lo capissero che stavo raccontando delle balle, che a Roma non c'ero andato affatto, e che i miei scoppi d'ilarità «tipo *Cena delle beffe*» era a lei che li dedicavo? E nelle discussioni, quando saltavo su a berciare e a inveire come un ossesso, col risultato di creare ad ogni piè sospinto dei casi personali (un giorno o l'altro il Giampi avrebbe finito con l'arrabbiarsi, e non avrebbe avuto tutti i torti, poveretto anche lui!), pensavo forse che la gente non se ne accorgesse che era lei la causa sia pure incolpevole delle mie scalmane?

«Ho capito» dissi, chinando il capo. «Ho proprio capito che non vuoi più vedermi.»

«La colpa non è mia. Sei stato tu a diventare a poco a poco insopportabile.»

«Hai detto, però» balbettai dopo una pausa, «hai detto che posso tornare ogni tanto, anzi che devo. Non è vero?»

« Sì. »

« Beh... allora decidi tu. Come ho da regolarmi per non sbagliare? »

« Mah, non so » rispose, stringendosi nelle spalle. « Direi che, all'inizio, dovresti metterci di mezzo almeno una ventina di giorni. Poi ricomincia pure a venire, se ci tieni. Ma ti supplico, *anche dopo* non presentarti più di due volte alla settimana. »

« Il martedì e il venerdì, va bene? Come a lezione di pianoforte. »

« Stupido » borbottò, sorridendo suo malgrado. « Sei proprio uno stupido. »

# 6

Benché lo sforzo, soprattutto da principio, fosse durissimo, mi feci una sorta di punto d'onore di sottostare scrupolosamente ai divieti di Micòl. Basti dire che essendomi laureato il 29 di giugno, e avendo subito ricevuto dal professor Ermanno un caldo bigliettino di felicitazioni nel quale era contenuto, fra l'altro, un invito a cena, credetti opportuno rispondere di no, che mi dispiaceva ma non potevo. Scrissi che soffrivo di un po' di tonsillite, e che il papà mi proibiva di uscire la sera. Se avevo rifiutato, tuttavia, mi ci ero indotto soltanto perché dei venti giorni di separazione impostimi da Micòl non ne erano trascorsi che sedici.

Lo sforzo era durissimo. E quantunque sperassi che presto o tardi trovasse qualche compenso, la mia restava una speranza vaga, soddisfatto come mi sentivo di obbedire a Micòl, e, attraverso l'obbedienza, di ricongiungermi a lei e ai luoghi paradisiaci dai quali tuttora mi si escludeva. Se prima avevo sempre avuto qualcosa da rimproverarle, a Micòl, adesso più niente, l'unico colpevole ero io, solo io. Quanti sbagli avevo commesso! mi dicevo. Ripensavo a tutte le volte che, spesso con la violenza, mi era riuscito di baciarla sulle labbra, ma esclusivamente per dar ragione a lei che, pur respingendomi, mi aveva sopportato così a lungo, e per vergognarmi della mia libidine da satiro, mascherata di sentimentalità e di idealismo. Trascorsi i venti giorni, mi azzardai a riapparire, in seguito attenendomi disciplinatamente a due visite settimanali. Ma Micòl non discese per questo dal piedistallo di purezza e di superiorità morale su cui, da quando ero partito per l'esilio, l'avevo collocata. Lei continuò a rimanerci, lassù. Ed io mi consideravo fortunato di poter continuare ad ammirarne l'immagine lontana, bella di dentro non meno che di fuori. « *Come la verità – come essa triste e bella...* »: questi due primi versi di una poesia che non finii mai, sebbene scritti molto più tardi, a Roma, subito dopo la guerra, si riferiscono alla Micòl dell'agosto del '39, a come la vedevo allora.

Cacciato dal paradiso, aspettavo in silenzio di esservi riaccolto. Ma soffrivo: certi giorni atrocemente. Ed era stato allo scopo di alleviare in qualche modo il peso di una lontananza e di una solitudine spesso intollerabili che a una settimana circa dal mio ultimo, disastroso colloquio con Micòl, avevo avuto l'idea di andare in cerca di Malnate, di mantenere i contatti almeno con lui.

Sapevo dove trovarlo. Come una volta il professor Meldolesi, anche lui abitava nel quartiere di villini situato appena fuori dalla Porta San Benedetto, tra il Canile e la curva del Doro. A quei tempi, prima che la speculazione edilizia di questi ultimi quindici anni la stravolgesse, la zona, anche se un po' grigia e modesta, non appariva per nulla sgradevole Tutti a due piani, e dotato ognuno di un suo giardinetto, i villini appartenevano in genere a magistrati, insegnanti, funzionari, impiegati comunali, eccetera, che a capitare d'estate da quelle parti dopo le sei del pomeriggio non era difficile scorgere di là dalle sbarre di irte cancellate, intenti, talora in pigiama, a innaffiare, potare, sarchiare alacremente. Il padrone di casa di Malnate era appunto un giudice del Tribunale: un siciliano sui cinquant'anni, magrissimo, con una gran zazzera grigia. Non appena si accorse di me che senza scendere dalla bicicletta e afferrandomi con entrambe le mani alle lance del cancello, curiosavo dentro il giardino, posò per terra il tubo di gomma di cui si serviva per dar acqua alle aiuole.

« Desidera? » chiese, avvicinandosi.

« Sta qui il dottor Malnate? »

« Qui abita. Perché? »

« È in casa? »

« Chi lo sa. Ha un appuntamento? »

« Sono un suo amico. Passavo, e ho pensato di fermarmi un momento a salutarlo. »

In questo frattempo il giudice aveva finito di percorrere la decina di metri che ci separavano. Ora vedevo soltanto la parte superiore del suo volto ossuto, fanatico, i suoi occhi neri, pungenti come spilli, affioranti oltre l'orlo della lamiera che fasciava ad altezza d'uomo le lance del cancello. Mi scrutava con diffidenza. Tuttavia l'esame dovette concludersi a mio favore, perché quasi subito la serratura scattò e potei entrare.

« Vada pure da quella parte » disse infine il giudice Lalumìa, levando il braccio scheletrico, « e segua il marciapiede che gira dietro la villa. La piccola porta a pianterreno è quella dell'appartamento del dottore. Suoni il campanello. Può darsi che il dottore ci sia. Se non c'è, la porta le verrà aperta da mia moglie che in questo momento dovrebbe trovarsi appunto da basso, a preparargli il letto per la notte. »

Ciò detto mi volse le spalle, tornando senza più curarsi di me al suo tubo di gomma.

Invece che Malnate, sulla soglia della porticina indicatami comparve un maturo, biondo, straripante donnone in vestaglia.

« Buona sera » dissi. « Cercavo il dottor Malnate. »

« Ancora non è rientrato » rispose tutta gentile la signora Lalumìa, « comunque non dovrebbe tardare. Quasi ogni sera, appena uscito di fabbrica, va a giocare al tennis in casa dei signori Finzi-Contini, sa, quelli che stanno in corso Ercole I... Da un momento all'altro, però, come dico, dovrebbe essere qui. Prima di cena » sorrise, abbassando rapita le palpebre, « prima di cena passa sempre da casa a vedere se c'è della posta. »

Dissi che sarei ritornato più tardi, e feci per riprendere la bicicletta che avevo appoggiato al muro, di fianco alla porta. Ma la signora insistette perché rimanessi. Volle che entrassi, che mi accomodassi su una poltrona, e intanto, in piedi davanti a me, mi informava di essere ferrarese, « ferrarese puro sangue », di conoscere benissimo la mia famiglia, e mia madre, soprattutto, « la Sua mamma », della quale « qualcosa come quarant'anni fa » (così dicendo tornò a sorridere e ad abbassare dolcemente le palpebre) era stata compagna di classe alle elementari *Regina Elena*, quelle vicine alla chiesa di San Giuseppe, in Carlo Mayr. Come stava, la mamma? – domandò –. Non dimenticassi per favore di salutarla da parte dell'Edvige, l'Edvige Santini, che la mamma avrebbe capito di sicuro. Accennò alla guerra forse imminente, alluse con un sospiro e scuotendo il capo alle leggi razziali, aggiunse che essendo rimasta da qualche giorno priva dell'« ancella » aveva da pensare lei a tutto, cucina compresa, dopodiché, chiesto permesso, mi lasciò solo.

Uscita la signora, mi guardai attorno. Spaziosa ma col soffitto basso, la stanza, oltre che per dormirci, doveva servire anche da studio e da salottino. Erano le otto passate. Penetrando dalla larga finestra orizzontale, i raggi del tramonto illuminavano il pulviscolo dell'aria. Osservavo in giro la suppellettile: il divano-letto, mezzo letto e mezzo divano, come confermavano la grama coperta di cotone a fiori rossi dissimulante il materasso, e il grosso guanciale bianco, scoperto e isolato da una parte; il tavolino nero, d'un gusto vagamente orientale, messo fra il divano-letto e l'unica poltrona, uso pelle, sulla quale sedevo; i paralumi di finta pergamena collocati un po' dovunque; l'apparecchio telefonico color crema, che spiccava sul nero funebre di una malandata scrivania da avvocato, piena di cassetti; i quadrucci a olio appesi alle pareti. E sebbene mi dicessi che aveva un bel coraggio, il Giampi, a storcere il naso davanti ai mobili « Novecento » di Alberto (possibile che il suo moralismo, che lo faceva censore così rigoroso degli altri, gli consentisse poi tanta indulgenza nei riguardi di se stesso e delle proprie cose?), d'un tratto, sentendomi stringere improvvisamente il cuore dal pensiero di Micòl – ed era come se fosse stata lei stessa a stringermelo, con la sua mano – rinnovai il solenne proposito di essere buono, con Malnate, di non discutere più, di non litigare più. Quando ne fosse stata informata, Micòl avrebbe tenuto conto anche di questo.

Suonò, lontana, la sirena di uno degli zuccherifici di Pontelagoscuro. Subito dopo, un passo pesante fece scricchiolare la ghiaia del giardino.

La voce del giudice insorse vicinissima di là dalla parete.

« Ehi, dottore » diceva, con intonazione marcatamente nasale, « badi che in casa c'è un amico che l'aspetta. »

« Un amico? » fece Malnate, freddo. « E chi sarebbe? »

« Vada, vada... » lo incoraggiò l'altro. « Ho detto un amico. »

Alto, grosso, più alto e più grosso che mai forse per effetto del soffitto basso, Malnate apparve sulla soglia.

« Ma va'! » esclamò, sgranando gli occhi per lo stupore e aggiustandosi le lenti sul naso.

Venne avanti, mi strinse vigorosamente la destra, mi batté varie volte su una spalla, ed era molto strano per me, che da quando ci eravamo conosciuti l'avevo sempre avuto contro, ritrovarlo così gentile, premuroso, disposto a comunicare. Cosa stava succedendo? mi chiedevo confuso. Che anche da parte sua fosse maturata la decisione di cambiare radicalmente registro, nei miei confronti? Chissà. Certo è che adesso, a casa sua, in lui non c'era più nulla del duro contraddittore col quale, sotto gli attenti occhi di Alberto e Micòl, avevo tante volte battagliato. Mi era bastato vederlo, e avevo capito: fra noi due, fuori di casa Finzi-Contini (e pensare che negli ultimi tempi avevamo litigato al punto di offenderci e, quasi, di metterci le mani addosso!), ogni ragione di contrasto era destinata a cadere, a dissolversi come nebbia al sole.

Frattanto Malnate parlava: verboso e cordiale in modo incredibile. Mi domandò se attraversando il giardino avessi incontrato il padrone di casa, se costui, eventualmente, fosse stato cortese. Risposi che l'avevo incontrato, e descrissi ridendo la scena.

« Meno male. »

Seguitò informandomi del giudice e della moglie, senza darmi il tempo di avvertirlo che aveva scambiato frasi con entrambi: ottime persone – disse – pur se nel complesso un po' rompiscatole nella loro concorde pretesa di proteggerlo contro le insidie e i pericoli del « vasto mondo ». Benché nettamente antifascista (era un monarchico sfegatato), il signor giudice non voleva fastidi, e perciò stava di continuo all'erta, temendo, era chiaro, che lui, riconoscibile a fiuto come probabilissimo futuro cliente del Tribunale Speciale (così si era espresso più volte) non gli portasse in casa di nascosto dei tipi pericolosi: qualche ex confinato, qualche sorvegliato, qualche sovversivo. Quanto alla signora Edvige, anche lei stava sempre all'erta. Passava giornate intere appollaiata dietro le fessure delle persiane del primo piano, o capitandogli alla porta perfino di notte, dopo che l'aveva udito rincasare. Ma le sue ansie erano di tutt'altra natura. Da buona ferrarese (perché era ferrarese, la signora, nota Santini), lei lo sapeva molto bene, assicurava, come erano fatte le donne della città, sposate e nubili. A suo parere, un giovanotto solo, laureato, forestiero, fornito di appartamentino con ingresso indipendente, a Ferrara poteva dirsi rovinato: dài e dài, in poco tempo le donne gli avrebbero ridotto la colonna vertebrale un vero « *oss boeucc* ». E lui? Lui, s'intende, aveva sempre fatto del proprio meglio per rassicurarla, la padrona di casa. Però era evidente: soltanto quando fosse riuscita a trasformarlo in triste dozzinante in canottiera, pantaloni del pigiama e ciabatte, col naso eternamente sopra le pentole di cucina, soltanto allora « madama » Lalumìa avrebbe trovato pace.

« Beh, in fondo, perché no? » obbiettai. « Mi sembra di averti sentito spesso brontolare contro ristoranti e trattorie. »

« È vero » ammise con straordinaria arrendevolezza: un'arrendevolezza che non cessava di stupirmi. « D'altra parte è inutile. La libertà è senz'altro una gran bella cosa, ma se uno a un certo punto non trova dei limiti » (così dicendo mi strizzò l'occhio), « dove si va a finire? »

Cominciava a far buio. Malnate si alzò dal divano-letto su cui si era sdraiato lungo disteso, andò ad accendere la luce, quindi passò nel bagno. Si sentiva la barba un po' lunga, disse dal bagno. Gli davo il tempo di farsela? Dopo saremmo usciti in compagnia.

Continuammo a conversare così: lui dal bagno, io dalla camera.

Riferì che anche quel pomeriggio era stato a casa Finzi-Contini, che ne veniva proprio adesso. Avevano giocato per più di due ore: prima lui e Micòl, poi lui e Alberto, infine tutti e tre assieme. Mi piacevano le partite all'*americana*?

« Non molto » risposi.

« Capisco » convenne. « Per te che sai giocare, capisco che le *americane* non abbiano molto senso. Ma sono divertenti. »

« Chi ha vinto? »

« L'*americana*. »

« Sì. »

« Micòl, naturalmente! » ridacchiò. « Bravo chi la tiene, quella là. Anche in campo è un vero fulmine di guerra... »

Mi domandò poi perché da qualche giorno non mi fossi fatto più vivo. Cos'ero, partito?

Ed io, ricordando quello che Micòl mi aveva detto, e cioè che nessuno mi credeva quando, dopo ogni periodo di assenza, raccontavo d'essere stato via, in viaggio, risposi che mi ero seccato, che spesso, negli ultimi tempi, avevo avuto l'impressione di non essere gradito, soprattutto a Micòl, e che perciò avevo deciso di « girare un po' al largo ».

« Ma che cosa dici! » fece lui. « Secondo me Micòl non ha un bel niente, nei tuoi confronti. Sei sicuro di non sbagliarti? »

« Sicurissimo ».

« Mah » sospirò.

Non aggiunse altro, e anche io stetti zitto. Di lì a poco uscì dal bagno, sbarbato e sorridente. Si accorse che stavo esaminando i brutti quadri appesi alle pareti.

« E allora » chiese, « come ti sembra il mio trappolone? Non mi hai ancora esternato il tuo parere. »

Sogghignava alla vecchia maniera aspettando al varco la mia risposta, ma al tempo stesso, glielo leggevo negli occhi, deciso a non infierire.

« Ti invidio » risposi. « Potessi avere anche io un affare simile a disposizione! L'ho sempre sognato. »

Mi lanciò uno sguardo compiaciuto. D'accordo, assentì: anche lui si rendeva ben conto dei limiti dei coniugi Lalumìa in materia di arredamento. Però il loro gusto, tipico della piccola borghesia (« la quale non per niente » osservò tra parentesi « costituisce il nerbo, la spina dorsale della Nazione »), aveva pur sempre qualcosa di vivo, di vitale, di sano: e ciò probabilmente in ragione diretta della sua stessa banalità e volgarità.

« Dopo tutto gli oggetti non sono che oggetti » esclamò. « Perché farsene schiavi? »

Guardassi a questo proposito Alberto – continuò –. Cavolo! A forza di circondarsi di cose squisite, perfette, senza errori, anche lui un giorno o l'altro sarebbe finito col diventare...

Si avviò verso l'uscio, senza terminare il discorso.

« Come sta? » chiesi.

Mi ero alzato a mia volta, e l'avevo raggiunto sulla soglia.

« Chi, Alberto? » fece trasalendo.

Annuii.

« Eh già » seguitai. « Negli ultimi tempi mi è sembrato un po' stanco, un po' sciupato. Non trovi? Ho l'impressione che non stia bene. »

Si strinse nelle spalle, quindi spense la luce. Mi precedette fuori, nel buio, e non pronunciò più parola fino al cancello se non per rispondere a mezza strada al « Buona sera » della signora Lalumìa affacciata a una finestra, e per propormi, appunto sul cancello, di andare a cena con lui, da *Giovanni*.

# 7

Non mi illudevo, no. Malnate conosceva benissimo tutti i motivi, nessuno escluso (me ne rendevo perfettamente conto anche allora), che mi tenevano lontano da casa Finzi-Contini. Ciò nondimeno nei nostri discorsi l'argomento non tornava mai. Sul tema Finzi-Contini eravamo entrambi di un riserbo e di una delicatezza eccezionali, grato, io, in particolare, che lui fingesse di credere a quanto in proposito gli avevo detto la prima sera: grato che si prestasse al mio gioco, insomma, e che mi secondasse.

Ci vedevamo quasi ogni sera. Dai primi di luglio il caldo, divenuto a un tratto soffocante, aveva svuotato la città. Di solito ero io a andare da lui, fra le sette e le otto. Quando non lo trovavo in casa, lo aspettavo pazientemente, intrattenuto magari dalle chiacchiere della signora Edvige. Ma la maggior parte delle volte eccolo là, solo, sdraiato sopra il divano-letto in canottiera, le mani intrecciate dietro la nuca e gli occhi fissi al soffitto, oppure seduto a scrivere una lettera alla madre, alla quale era unito da un affetto profondo, un po' esagerato. Non appena mi scorgeva, si affrettava a chiudersi in bagno per radersi, dopodiché uscivamo assieme, essendo inteso che assieme avremmo anche cenato.

Andavamo dal solito *Giovanni*, prendendo posto fuori, di fronte alle torri del Castello alte sopra le nostre teste come pareti dolomitiche, e, come quelle, lambite sulle vette dall'ultima luce del giorno; oppure ai *Voltini*, una trattoria fuori Porta Reno, sedendo ai cui tavoli, allineati sotto un leggero porticato esposto a mezzogiorno e aperto allora sulla campagna, era possibile spingere lo sguardo fino agli immensi prati dell'aeroporto. Nelle sere più calde, tuttavia, invece che dirigerci verso la città, ce ne allontanavamo lungo la bella strada di Pontelagoscuro, superavamo il ponte di ferro sul Po, e pedalando appaiati in cima all'argine, col fiume sulla destra e con la campagna veneta sulla sinistra, raggiungevamo dopo altri quindici minuti, a mezza via tra Pontelagoscuro e Polesella, l'isolato casone della *Dogana Vecchia*, celebre per l'anguilla fritta. Mangiavamo sempre molto lentamente. Restavamo a tavola fino a tardi, bevendo Lambrusco e vinello di Bosco e fumando la pipa. Nel caso però che avessimo cenato in città, a un certo punto posavamo i tovaglioli, pagavamo ognuno il proprio conto, e quindi, tirandoci dietro le biciclette, cominciavamo a passeggiare lungo la Giovecca, su e giù dal Castello alla Prospettiva, oppure lungo viale Cavour, dal Castello fino alla stazione. Era poi lui, in genere sulla mezzanotte, a offrirsi di riaccompagnarmi a casa. Dava un'occhiata all'orologio, annunciava che era tempo di filare a dormire (anche se la sirena della fabbrica per loro « tecnici » non suonava che alle otto – soggiungeva spesso, solenne – i piedi giù dal letto bisognava sempre metterli alle sei e tre quarti « come minimo »...), e per quanto insistessi, a volte, per riaccompagnarlo io, non c'era mai modo che me lo permettesse. L'ultima immagine che mi rimaneva di lui era invariabilmente la medesima: fermo in mezzo alla strada a cavallo della bicicletta, stava lì ad aspettare che gli avessi chiuso ben bene il portone in faccia.

Dopo mangiato, due o tre sere finimmo sui bastioni di Porta Reno, dove, quell'estate, nello slargo sovrastante da una parte il Gazometro e dall'altra piazza Travaglio, aveva trovato posto un Luna Park. Si trattava di un Luna Park da quattro soldi, una mezza dozzina di baracche da tiro a segno raccolte attorno al fungo di bigia tela rappezzata di un piccolo circo equestre. Il luogo mi attirava. Mi attirava e mi commuoveva la malinconica società di povere prostitute, di giovinastri, di soldati, di miseri pederasti da periferia che abitualmente lo frequentavano. Citavo sottovoce Apollinaire, citavo Ungaretti. E sebbene Malnate, con l'aria un po' di chi è trascinato contro voglia, mi accusasse di « crepuscolarismo deteriore », in fondo piaceva anche a lui, dopo che avevamo cenato ai *Voltini*, salire lassù, nel piazzale polveroso, sostare a mangiare una fetta d'anguria presso la lampada ad acetilene di un cocomeraio, o fare una ventina di minuti di tiro a segno. Era un ottimo tiratore, il Giampi. Alto e corpulento, distinto nella ben stirata sahariana di tela color crema che gli avevo visto addosso fin dall'inizio dell'estate, calmissimo nel prendere la mira attraverso i grossi occhiali cerchiati di tartaruga, aveva di certo colpito la fantasia della dipinta e sboccata ragazza toscana – una specie di regina del posto – alla cui baracca, non appena spuntavamo fuori dalla scaletta di pietra che da piazza Travaglio portava in cima al bastione, eravamo imperiosamente invitati a fermarci. Mentre Malnate tirava, lei, la ragazza, non gli lesinava sarcastici complimenti a sfondo osceno, ai quali lui teneva testa con molto spirito, con la tranquilla disinvoltura che è tipica di chi ha trascorso parecchie ore della prima giovinezza nei postriboli.

Una sera d'agosto particolarmente afosa capitammo invece in un'arena all'aperto, dove, ricordo, davano un film tedesco con la Cristina Söderbaum. Eravamo entrati a spettacolo già cominciato, e senza dar retta a Malnate che mi ripeteva di stare attento, di piantarla di « *bausciare* », giacché, tanto, non ne valeva la pena, prima ancora che ci sedessimo mi ero messo a bisbigliare ironici commenti. Malnate aveva ragione da vendere. Difatti, levandosi a un tratto in piedi contro lo sfondo lattiginoso dello schermo, un tale della fila davanti mi intimò minaccioso di tacere. Ribattei con un insulto, l'altro gridò: « *Fóra, boia d'un ebrei!* », e contemporaneamente mi si buttò addosso, afferrandomi per il collo. E buon per me che Malnate, senza dire una parola, fosse pronto a ricacciare con uno spintone il mio assalitore nella sua sedia, e a trascinarmi via.

« Sei un vero cretino » mi sgridò, dopo che, in gran furia, avemmo recuperato le biciclette lasciate in deposito al posteggio. « E adesso *scià*, gamba, pregando il tuo Dio che quella carogna là abbia soltanto tirato a indovinare. »

Così, una dopo l'altra, impiegavamo le nostre serate, con l'aria sempre di congratularci a vicenda che adesso, a differenza di quando Alberto era presente, riuscissimo a conversare senza accapigliarci, e perciò non prendendo mai in considerazione l'eventualità che anche lui, Alberto, convocato con una semplice telefonata, potesse uscir di casa e venire in giro con noi.

I temi politici ormai li trascuravamo. Certissimi entrambi che Francia e Inghilterra, le cui missioni diplomatiche avevano raggiunto da tempo Mosca, avrebbero finito per intendersi con l'U.R.S.S. (l'accordo da noi ritenuto inevitabile avrebbe salvato tanto l'indipendenza della Polonia quanto la pace, provocando di riflesso, insieme con la fine del Patto d'Acciaio, la caduta almeno di Mussolini), ormai era di letteratura e di arte che parlavamo quasi sempre. Pur restando moderato nel tono, senza mai eccedere nella polemica (d'altronde lui, di arte – affermava – ne capiva fino a un certo punto, non era quello il suo mestiere), Malnate si manteneva rigido nel negare in blocco ciò che più amavo: Eliot come Montale, García Lorca come Esenin. Mi ascoltava declamare commosso *Non chiederci la parola che squadri da ogni lato*, o brani del *Lamento per Ignazio*, e invano io speravo ogni volta di averlo scaldato, di averlo convertito al mio gusto. Scuotendo il capo, dichiarava che no, che a lui il « *ciò che* non *siamo, ciò che* non *vogliamo* » di Montale lo lasciava freddo, indifferente, la vera poesia non potendo fondarsi sulla negazione (lasciassi stare Leopardi, per carità! Leopardi era un'altra cosa, e poi aveva scritto la *Ginestra*, non me ne dimenticassi...), ma, al contrario, sull'affermazione, sul *sì* che il Poeta in ultima analisi *non può* non levare contro la Natura ostile e la Morte. Neppure i quadri di Morandi lo persuadevano, diceva: cose fini, senza dubbio delicate, ma secondo lui troppo « soggettive » e « disancorate ». La paura della realtà, la paura di sbagliare: ecco ciò che esprimevano in fondo le nature morte di Morandi, i suoi famosi quadri di bottiglie e di fiorellini; e la paura, anche in arte, è sempre stata una pessima consigliera... Al che, non senza esecrarlo in segreto, io non trovavo mai argomento da opporre. Il pensiero che l'indomani pomeriggio, lui, il fortunato, avrebbe certamente veduto Alberto e Micòl, parlando forse di me con loro, bastava a farmi dimettere ogni velleità di ribellione, a costringermi dentro il mio guscio.

Ciò nonostante mordevo il freno.

« Beh, anche tu, dopo tutto » obbiettai una sera, « anche tu pratichi nei confronti della letteratura contemporanea, l'unica vivente, quella stessa negazione radicale che viceversa non sopporti quando lei, la *nostra* letteratura, la esercita nei confronti della vita. Ti pare giusto? I tuoi poeti ideali restano Victor Hugo e Carducci. Ammettilo. »

« Perché no? » rispose. « Secondo me le poesie repubblicane di Carducci, quelle precedenti alla sua conversione politica, o, meglio, al suo rimbambimento neoclassico e monarchico, sono tutte da riscoprire. Le hai rilette di recente? Prova e vedrai. »

Ribattei che non le avevo rilette, e che non avevo nessuna voglia di rileggerle. Per me rimanevano vuote « trombonate » anche quelle, gonfie di retorica patriottarda. Incomprensibili, addirittura. E divertenti se mai proprio per questo: perché incomprensibili, e, quindi, in fondo « surreali ».

Un'altra sera, tuttavia, non tanto perché ci tenessi a farmi bello, ma spinto forse dal vago bisogno di confessarmi, di vuotare il sacco, che da tempo sentivo urgermi dentro, cedetti alla tentazione di recitargli una mia poesia. L'avevo scritta in treno, tornando da Bologna dopo la discussione della tesi di laurea, e sebbene per qualche settimana avessi continuato a credere che riflettesse fedelmente la mia profonda desolazione di quei giorni, l'orrore che nei miei riguardi provavo allora, adesso, a mano a mano che la dicevo a Malnate, ne vedevo ben chiare, con disagio più che con sgomento, tutta la falsità, tutta la letterarietà. Camminavamo lungo la Giovecca, laggiù, dalle parti della Prospettiva, oltre la quale il buio della campagna appariva fitto, una specie di muraglia nera. Declamavo lentamente, sforzandomi di porre in evidenza il ritmo, caricando di pathos la voce nel tentativo di far passare per buona la mia povera merce avariata, ma sempre più convinto, via via che mi avvicinavo alla chiusa, dell'inevitabile fallimento della mia esibizione. Invece mi sbagliavo. Non appena ebbi finito, Malnate mi fissò con straordinaria serietà, quindi, lasciandomi a bocca aperta, garantì che la poesia gli era piaciuta molto, moltissimo. Mi chiese di recitargliela una seconda volta (cosa che subito feci). Dopodiché se ne uscì ad affermare che a suo modesto avviso la mia « lirica », da sola, valeva più di tutti i « penosi conati di Montale e di Ungaretti messi assieme ». Ci sentiva dentro un dolore vero, un « impegno morale » assolutamente nuovo, autentico. Era sincero, Malnate? Almeno in tale occasione direi senz'altro di sì. Certo è che a partire da quella sera i miei versi cominciò a ripeterli ad alta voce di continuo, sostenendo come in quelle poche righe fosse possibile intravedere una « apertura » per una poesia, quale l'italiana contemporanea, ferma nelle tristi secche del calligrafismo e dell'ermetismo. Quanto a me, non mi vergogno di confessare che star lì ad ascoltarlo adesso mi dispiaceva molto meno. Di fronte alle sue lodi iperboliche, mi limitavo ad azzardare ogni tanto qualche debole protesta, colmo il cuore di una gratitudine e di una speranza assai più commoventi che abiette, a ripensarci.

In ogni caso, per ciò che si riferisce ai gusti di Malnate in materia di poesia, qui sento l'obbligo di aggiungere che né Carducci né Victor Hugo erano i suoi veri autori preferiti. Carducci e Hugo li rispettava: come antifascista, come marxista. Ma da buon milanese, la sua grande passione era il Porta: un poeta al quale io, prima d'allora, avevo sempre anteposto il Belli, e invece no, sbagliavo – sosteneva Malnate – volevo confrontare la funebre, « controriformistica » monotonia del Belli con la varia e calda umanità del Porta?

Poteva dirne a memoria centinaia di versi.

> Bravo el mè Baldissar! Bravo el mè nan!
> L'eva poeù vora de vegnì a trovamm:
> t'el seet mattascion porch che maneman
> l'è on mes che no te vegnet a ciollamm?
> Ah Cristo! Cristo! com'hin frecc sti man!

ci dava dentro a declamare con la sua grossa, un po' rauca voce meneghina, tutte le notti che, passeggiando, ci avvicinavamo a via Sacca, a via Colomba, o risalivamo adagio adagio via delle Volte sbirciando attraverso le porte socchiuse gli interni illuminati dei postriboli. La *Ninetta del Verzee* la sapeva per intero, e fu proprio lui a rivelarmela.

Minacciandomi col dito, strizzandomi l'occhio con espressione furbesca e allusiva (allusiva di qualche remoto episodio della sua adolescenza milanese, supponevo), sussurrava spesso:

> Nò Ghittin: no sont capazz
> de traditt: nò, stà pur franca.
> Mettem minga insemma a mazz
> coj gingitt e cont'i s'cianca...

eccetera. Oppure, in tono accorato, amaro, attaccava:

> Paracar, che scappee de Lombardia...

sottolineando ogni verso del sonetto con ammicchi, invece che ai francesi di Napoleone, dedicati naturalmente ai fascisti.

Citava con pari entusiasmo e partecipazione anche le poesie di Ragazzoni e di Delio Tessa: di Tessa, in particolare, che pure – e non mancai una volta di farglielo notare – non mi pareva che potesse venire qualificato un poeta « classico », grondante come era di sensibilità crepuscolare e decadente. Ma la realtà è che qualsiasi cosa avesse attinenza con Milano e col suo dialetto lo disponeva sempre a una straordinaria indulgenza. Di Milano accettava tutto, sorrideva bonario di tutto. A Milano, perfino il decadentismo letterario, perfino il fascismo, avevano qualcosa di positivo.

Declamava:

> Pensa ed opra, varda e scolta,
> tant se viv e tant se impara;
> mi, quand nassi on'altra volta,
> nassi on gatt de portinara!

Per esempi, in Rugabella,
nassi el gatt del sur Pinin...
... scartoseij de coradella,
polpa e fidegh, barettin

del patron per dormigh sora...

e rideva per conto suo, rideva, pieno di tenerezza e di
nostalgia.

Del milanese non tutto capivo, s'intende, e quando non
capivo domandavo.

« Scusa, Giampi » gli chiesi un sera, « Rugabella, cos'è? A
Milano è vero che ci sono stato, però non posso certo dire di
conoscerla. Ci credi? È forse la città dove mi oriento peggio:
ancora peggio che a Venezia. »

« Ma come! » saltò su, con strano impeto. « Se è una città
così chiara, così razionale! Non capisco come tu abbia il
coraggio di confrontarla con quella specie di opprimente
cesso bagnato che è Venezia! »

Ma poi, subito rasserenandosi, mi spiegò che Rugabella
era una via: la vecchia strada non molto distante dal Duomo
dove lui era nato, dove vivevano tuttora i suoi genitori, e
dove tra pochi mesi, forse prima della fine dell'anno (ammesso che alla Direzione Generale, quella di Milano, non
cestinassero la sua domanda di trasferimento!), sperava
proprio di poter tornare a vivere anche lui. Perché, intendiamoci, precisò: Ferrara era una gran bella cittadina, viva,
interessante sotto molti aspetti, compreso quello politico.
Considerava anzi importante, per non dire fondamentale,
l'esperienza dei due anni che ci aveva passati. Però casa
propria è sempre casa propria, la mamma è sempre la mamma, e il cielo di Lombardia, « così bello quando è bello »,
non c'era nessun altro cielo al mondo, almeno per lui, che
potesse paragonarglisi.

## 8

Come ho già detto, scaduto il ventesimo giorno di esilio avevo ricominciato a frequentare casa Finzi-Contini ogni martedì e venerdì. Ma poiché non sapevo in che modo trascorrere le domeniche (se avessi voluto riallacciare i rapporti coi vecchi compagni di liceo, con Nino Bottecchiari e con Otello Forti, per esempio, oppure coi più recenti, d'università, da me conosciuti negli ultimi anni a Bologna, non sarebbe stato possibile: erano tutti partiti per le villeggiature), a un certo punto avevo preso a andarci anche di domenica. E Micòl aveva lasciato perdere, mai che mi richiamasse a rispettare alla lettera i nostri accordi.

Adesso eravamo molto riguardosi l'uno con l'altro, perfino troppo. Consapevoli entrambi della precarietà dell'equilibrio da noi raggiunto, badavamo a non romperlo, a mantenerci in una zona neutra dalla quale erano escluse tanto le freddezze eccessive quanto le soverchie confidenze. Se Alberto voleva giocare – e ciò capitava sempre più di rado – mi prestavo volentieri a fare da quarto. Ma il più delle volte nemmeno mi cambiavo. Preferivo arbitrare i lunghi, accaniti singolari che avevano luogo tra Micòl e Malnate, ovvero, sedendo sotto l'ombrellone a lato del campo, tenere compagnia ad Alberto.

La salute di quest'ultimo mi preoccupava, mi angustiava. Non facevo che pensarci. Gli guardavo il viso che il dimagrimento faceva sembrare più lungo, mi sospendevo a verificare attraverso il suo collo invece ingrossato, rigonfio, il pas-

214

saggio del respiro, e il cuore mi si torceva. Mi sentivo opprimere da un senso arcano di rimorso. C'erano momenti che avrei dato qualsiasi cosa pur di vederlo rifiorire.

« Perché non vai un po' via? » gli avevo chiesto.

Si era girato a scrutarmi.

« Mi trovi giù? »

« Beh, giù non direi... Mi sembri un tantino dimagrito, ecco. Ti dà noia il caldo? »

« Parecchio. »

Alzò le braccia per accompagnare una lunga inspirazione.

« Da qualche tempo, caro mio, tiro proprio il fiato coi denti. Andar via... Ma *dove*, andare? »

« Penso che la montagna ti farebbe bene. Cosa ne dice tuo zio? Ti ha visitato? »

« Come no. Lo zio Giulio garantisce che non ho un accidente; e dev'essere vero, ti pare?, altrimenti una qualche cura me l'avrebbe pure ordinata... Anzi, secondo lo zio posso benissimo giocare a tennis quanto voglio. Che più? È di sicuro il caldo ad abbattermi così. Difatti non mangio niente, una sciocchezza addirittura. »

« E allora, visto che si tratta del caldo, perché non vai una quindicina di giorni in montagna? »

« In montagna d'agosto? Per carità. E poi... » (qui sorrise), « ... e poi, *Juden sind* dappertutto *unerwünscht*. Te ne sei scordato? »

« Storie. A San Martino di Castrozza per esempio no. A San Martino ci si può ancora andare, come del resto anche al Lido di Venezia, agli Alberoni... C'era sul *Corriere della Sera* la settimana scorsa. »

« Che tristezza. Passare il ferragosto in albergo, gomito a gomito con sportive frotte di allegri Levi e Cohanìm, non me la sento, scusa. Preferisco aspettare a piè fermo settembre. »

La sera successiva, approfittando del nuovo clima di intimità creatosi fra me e Malnate dopo che mi ero azzardato a sottoporre al suo giudizio i miei versi, mi risolsi di parlare con lui della salute di Alberto. Non c'era dubbio, dissi: secondo me Alberto aveva qualcosa. Non aveva notato come respirava a fatica? E non gli sembrava perlomeno strano che nessuno di casa sua, né suo zio né suo padre, avesse preso finora la benché minima iniziativa per curarlo? Lo zio medico, quello di Venezia, non credeva nelle medicine, e sta bene. Ma tutti gli altri, la sorella compresa? Calmi, sorridenti, serafici: nessuno muoveva un dito.

Malnate stette ad ascoltarmi in silenzio.

« Non vorrei che tu ti allarmassi eccessivamente » disse infine, con una lieve sfumatura di imbarazzo nella voce. « Ti sembra sul serio così deperito? »

« Ma santo Dio! », proruppi. « Se in due mesi sarà calato di dieci chili! »

« Ehi, là! Bada che dieci chili sono tanti! »

« Se non saranno dieci, saranno sette, otto. Almeno ».

Tacque, meditabondo. Ammise poi che anche lui, da un po' di tempo in qua, si era accorto che Alberto non stava bene. D'altra parte – soggiunse – eravamo proprio sicuri, noi due, di non agitarci a vuoto? Se i suoi famigliari più stretti non si muovevano, se nemmeno la faccia del professor Ermanno tradiva la più piccola inquietudine, ebbene... Il professor Ermanno, ecco: nel caso che Alberto stesse davvero male, era da supporre che non gli sarebbe venuto nemmeno in mente di far venire da Imola quei due camion di terra rossa per il campo di tennis! E sempre a proposito del campo di tennis, lo sapevo che tra qualche giorno sarebbero cominciati anche i lavori per ingrandire i famosi *outs*?

Così, prendendo le mosse da Alberto e dalla sua presunta malattia, avevamo insensibilmente introdotto nelle nostre conversazioni notturne anche il tema, prima d'allora tabù, dei Finzi-Contini. Ci rendevamo ben conto tutti e due di camminare su un terreno minato, e appunto per questo procedevamo sempre con molta cautela, attentissimi a non sbilanciarci. Ma è da precisare che ogni qualvolta si parlava di loro come famiglia, come « istituzione » (non so chi fosse stato ad adoperare per primo questa parola: ricordo che ci era piaciuta, che ci aveva fatto ridere), Malnate non risparmiava le critiche, anche le più dure. Che gente impossibile! diceva. Che nodo curioso, assurdo, di contraddizioni insanabili, rappresentavano « socialmente »! Certe volte, pensando alle migliaia di ettari di campagne che possedevano, pensando alle migliaia di braccianti che gliele zappavano, le campagne, disciplinati, sottomessi schiavi del Regime Corporativo, certe volte gli veniva quasi da preferire a loro i truci agrari « normali », quelli che nel '20, nel '21, nel '22, decisi a mettere in piedi e a foraggiare le squadracce di picchiatori e oliatori in camicia nera, non avevano esitato un momento solo ad allargare le borse. Quelli là, « almeno », erano fascisti. Quando se ne fosse rappresentata l'occasione, non sarebbero certo sorti dei dubbi su come trattarli. Ma i Finzi-Contini?

E scuoteva il capo, con l'aria di chi, volendo, potrebbe anche capire, però non vuole, non gli va: le sottigliezze, le complicazioni, le distinzioni infinitesimali, per interessanti e divertenti che siano, a un dato punto basta, anche loro debbono terminare.

Una notte dopo ferragosto, tardi, ci eravamo fermati a bere del vino in una fiaschetteria di via Gorgadello, di fianco al Duomo, a pochi passi di distanza da quello che fino a un anno e mezzo prima era stato l'ambulatorio medico del dottor Fadigati, il noto otorinolaringoiatra. Tra un bicchiere e l'altro avevo raccontato a Malnate la storia del dottore, del quale, nei cinque mesi antecedenti al suo suicidio « per amore », ero diventato tanto amico, l'ultimo che gli fosse rimasto in città (avevo detto « per amore »: e Malnate non era riuscito a risparmiarsi una risatina sarcastica, di tipo prettamente goliardico). Da Fadigati a venire a parlare dell'omosessualità in genere il passo era stato breve. Malnate, in materia, aveva idee molto semplici: da vero *goi*, pensavo tra me. Per lui i pederasti erano soltanto dei « disgraziati », poveri « ossessi » dei quali non metteva conto di occuparsi che sotto il profilo della medicina o sotto quello della prevenzione sociale. Io, al contrario, sostenevo che l'amore giustifica e santifica tutto, perfino la pederastia; di più: che l'amore, quando è puro, cioè totalmente disinteressato, è sempre anormale, asociale, eccetera: proprio come l'arte – avevo aggiunto – che quando è pura, dunque inutile, dispiace a tutti i preti di tutte le religioni, compresa quella socialista. Messi da parte i nostri bei propositi di moderazione, una volta tanto ci eravamo accaniti a discutere alla maniera quasi dei primi tempi, fino al momento in cui, rendendoci conto entrambi d'essere un po' ubriachi, eravamo scoppiati concordemente in una gran risata. Dopodiché, usciti dalla fiaschetteria, avevamo attraversato il Listone semideserto, risalito San Romano, per ritrovarci infine a camminare senza una meta precisa lungo via delle Volte.

Priva di marciapiedi, il ciottolato pieno di buche, la strada appariva anche più buia del solito. Mentre avanzavamo quasi a tentoni, e con l'unico aiuto, per dirigerci, della luce che usciva dai portoncini socchiusi dei bordelli, Malnate aveva attaccato come d'abitudine qualche strofa del Porta: non già della *Ninetta*, ricordo, bensì del *Marchionn di gamb avert*.

Declamava a mezza voce, nel tono amaro e doloroso che sempre assumeva quando aveva scelto il *Lament*:

> Finalment l'alba tance voeult spionada
> l'è comparsa anca lee di filidur...

ma qui, di colpo, si era interrotto.

« Cosa ne diresti » mi chiese, e accennava col mento alla porta di un postribolo, « se entrassimo a vedere? »

La proposta non aveva niente di eccezionale. Tuttavia, venendomi da lui, col quale non avevo mai fatto altro che discorsi seri, mi stupì e mi imbarazzò.

« Non è dei meglio » risposi. « Deve essere di quelli da meno di dieci lire... Comunque, entriamo pure. »

Era tardi, quasi l'una dopo mezzanotte, e l'accoglienza che ci venne riservata non fu certo calorosa. Cominciò una vecchia, una specie di contadina seduta su una seggiola di paglia dietro un battente del portoncino, a far storie perché non voleva le biciclette. Seguì la tenutaria, una donnetta di età indefinibile, secca, livida, con gli occhiali, vestita di nero come una monaca, anche lei lagnandosi delle biciclette e dell'ora. Una serva, poi, che stava già pulendo i salottini con tanto di scopa, straccio della polvere, e manico della pattumiera sotto l'ascella, mentre attraversavamo la saletta d'ingresso ci rivolse un'occhiata carica di disprezzo. Ma nemmeno le ragazze, raccolte tutte quante a conversare pacificamente in un unico salottino attorno a un gruppetto di assidui, ci fecero buona cera. Nessuna di loro ci venne incontro. E passarono non meno di dieci minuti, durante i quali io e Malnate, seduti uno di fronte all'altro nel salottino separato dove la tenutaria ci aveva dirottati, non scambiammo in pratica una sola parola (attraverso le pareti ci giungevano le risa delle ragazze, i colpi di tosse e le voci assonnate dei loro avventori-amici), prima che una biondina dall'aria fine, coi capelli tirati dietro la nuca e vestita sobriamente come una liceale di buona famiglia, si decidesse a presentarsi sulla soglia.

Non sembrava neppure tanto seccata.

« Buona sera » salutò.

Ci esaminò tranquilla, gli occhi azzurri pieni di ironia. Quindi disse, rivolta a me:

« E allora tu, celestino, che idee abbiamo? »

« Come ti chiami? » riuscii a balbettare.

« Gisella. »

« Di dove sei? »

« Bologna! » esclamò, sgranando gli occhi come a promettere chissà cosa.

Ma non era vero. Calmo, padrone di sé, Malnate se ne accorse subito.

« Bologna un corno », interloquì. « Secondo me sei lombarda, e neanche di Milano. Devi essere del comasco. »

« Com'è che ha fatto a indovinarlo? » domandò l'altra sbalordita.

Dietro le sue spalle era spuntato frattanto il muso da faina della tenutaria.

« Beh » brontolò, « mi pare che anche qui fate della gran flanella. »

« Ma no » protestò la ragazza, sorridendo e indicandomi. « Quel celestino là ha delle intenzioni serie. Vogliamo andare? »

219

Mi girai verso Malnate. Anche lui mi guardava con espressione incoraggiante, affettuosa.

« E tu? » chiesi.

Fece con la mano un gesto vago, e uscì in una breve risata.

« Non pensare a me » soggiunse. « Va' pur su, che ti aspetto. »

Tutto si svolse molto rapidamente. Quando tornammo da basso, Malnate stava chiacchierando con la tenutaria. Aveva tirato fuori la pipa: parlava e fumava. Si informava del « trattamento economico » riservato alle prostitute, del « meccanismo » del loro avvicendamento quindicinale, del « controllo medico », eccetera e la donna gli rispondeva con pari impegno e serietà.

« Bon » disse infine Malnate, accortosi della mia presenza, e si alzò in piedi.

Passammo nell'anticamera, diretti verso le biciclette che avevamo accostato una sull'altra alla parete di fianco all'uscio di strada, mentre la tenutaria, diventata ormai molto gentile, correva avanti ad aprire.

« Arrivederci » la salutò Malnate.

Mise una moneta sul palmo proteso della portinaia, e uscì fuori per primo.

Gisella era rimasta indietro.

« Ciao amore » cantilenò. « Torna, eh! »

Sbadigliava.

« Ciao » risposi, uscendo a mia volta.

« Buona notte, signori » bisbigliò rispettosa la tenutaria alle nostre spalle: e sentii che chiudeva col catenaccio.

Appoggiandoci alle biciclette risalimmo passo passo via Scienze fino all'angolo di via Mazzini, e poi piegammo a destra, per il Saraceno. Adesso era soprattutto Malnate a parlare. A Milano, roba di qualche anno prima – raccontava – lui era stato un frequentatore abbastanza assiduo del famoso casino di San Pietro all'Orto, ma soltanto stanotte gli era venuta l'idea di assumere qualche precisa informazione circa le leggi che regolavano il « sistema ». Cristo d'un Dio che razza di vita quella delle puttane! E come era abbietto lo Stato, lo « Stato etico », a organizzare un simile mercato di carne umana!

Si rese conto a questo punto del mio silenzio.

« Cos'hai? » chiese. « Non ti senti bene? »

« Ma no. »

Lo udii sospirare.

« *Omne animal post coitum triste* » disse melanconico. « Ma non pensarci » proseguì dopo una pausa, cambiando voce. « Schiacciaci sopra una buona dormita, e vedrai che domattina andrà di nuovo magnificamente. »

« Lo so, lo so. »

Svoltammo a sinistra, per via Borgo di Sotto, e Malnate accennò alle casupole di destra, dalla parte di via Fondo Banchetto.

« È qui che dovrebbe stare la maestra Trotti » disse.

Non risposi. Lui tossì.

« Beh... » soggiunse, « come va con Micòl? »

Fui assalito a un tratto da un gran bisogno di confidarmi, di aprirgli il mio animo.

« Male, va. Ho preso una scuffia terribile. »

« Eh, di questo ce ne siamo accorti » rise bonario. « Da un pezzo. Ma come va, adesso? Ti maltratta sempre? »

« No. Come avrai visto, negli ultimi tempi abbiamo raggiunto un certo *modus vivendi*. »

« Sì, l'ho notato che non vi beccate più come prima. Mi fa piacere che stiate ritornando amici. Era assurdo. »

La bocca mi si deformò in una smorfia, mentre le lacrime mi annebbiavano la vista.

Malnate si accorse subito di ciò che stava capitandomi.

« Su, su » esortò imbarazzato, « non devi lasciarti andare così. »

Inghiottii con sforzo.

« Non credo affatto che torneremo amici » mormorai. « È inutile. »

« Sciocchezze » ribatté. « Se sapessi invece il bene che ti vuole! Quando non ci sei, e parla di te, guai a chi si azzarda a toccarti. Salta su che sembra una vipera. Anche Alberto ti vuole bene e ti stima. Ti dirò anzi che qualche giorno fa (forse sono stato un po' indiscreto, scusami...) ho recitato anche a loro la tua poesia. Accidenti! Non puoi nemmeno immaginare come gli è piaciuta: a tutti e due, bada, a tutti e due... »

« Non so cosa farmene del loro bene e della loro stima » dissi.

Intanto eravamo sbucati nella piazzetta davanti alla chiesa di Santa Maria in Vado. Non si vedeva anima viva: né lì, né lungo via Scandiana fino al Montagnone. Ci dirigemmo in silenzio verso la fontanella posta di fianco al sagrato. Malnate si chinò a bere, e anche io, dopo di lui, bevvi e mi lavai la faccia.

« Vedi » seguitò Malnate di nuovo avviandosi, « secondo me tu sbagli. In epoche come questa, niente può contare fra le persone più dell'affetto e della stima reciproci, insomma dell'amicizia. D'altra parte non mi sembrerebbe che... Può darsi benissimo che col tempo... Ecco, per esempio: perché non vieni a giocare a tennis più spesso, come qualche mese fa? Non è mica detto che la tattica delle assenze sia la migliore! Ho l'impressione, caro mio, che tu conosca poco le donne. »

« Ma se è stata proprio lei a impormi di diradare le visite! » proruppi. « Ti pare che non le obbedisca? Dopo tutto è a casa sua! »

Stette zitto per qualche secondo, pensieroso.

« Mi sembra impossibile » disse infine. « Magari lo capirei anche, se tra voi ci fosse stato qualcosa di... grave, di irreparabile. Ma in fondo che cosa è successo? »

Mi scrutò, incerto.

« Scusa la domanda poco... diplomatica » riprese, e sorrideva, « sei mai arrivato a baciarla, almeno? »

« Eh, sì, molte volte » sospirai disperato, « purtroppo per me. »

Gli raccontai quindi con minuzia di particolari la storia dei nostri rapporti, rifacendomi fino dal principio e senza tacere dell'episodio del maggio scorso, in camera sua, episodio che io ritenevo, dissi, determinante in senso negativo, e irrimediabile. Volli descrivere fra l'altro il modo come la

222

baciavo, o almeno come a più riprese, e non soltanto quella volta in camera da letto, avevo tentato di baciarla, nonché delle varie reazioni di lei, quando più disgustate e quando meno.

Lasciò che mi sfogassi, ed ero così assorto, così perduto in queste amare rievocazioni, da prestare poca attenzione al suo silenzio diventato nel frattempo ermetico.

Eravamo fermi davanti a casa mia da quasi mezz'ora.

Di colpo lo vidi trasalire.

« Caspita » borbottò, controllando l'ora. « Sono le due e un quarto. Bisogna proprio che vada, se no chi si sveglia domattina? »

Balzò in sella.

« Ciao, neh... » mi salutò, « e su con la vita! »

Aveva un viso strano, notai, come ingrigito. Che le mie confidenze l'avessero annoiato, seccato?

Stetti a guardarlo mentre si allontanava velocemente. Era la prima volta che mi piantava lì in quel modo, senza aspettare che avessi chiuso il portone.

# 9

Benché fosse così tardi, mio padre non aveva ancora spento la luce.

Da quando, a partire dall'estate del '37, era cominciata su tutti i giornali la campagna della razza, lo aveva preso una forma grave d'insonnia che toccava le punte più acute d'estate, col caldo. Passava intere nottate senza chiudere occhio, un po' leggendo, un po' girando per casa, un po' ascoltando in tinello le trasmissioni in lingua italiana delle radio straniere, un po' chiacchierando con la mamma in camera di lei. Se rientravo dopo l'una, era difficile che mi riuscisse di superare il corridoio lungo il quale si susseguivano una dopo l'altra le camere da letto (la prima era quella del papà, la seconda quella della mamma, poi venivano quelle di Ernesto e di Fanny, e infine laggiù in fondo la mia), senza che lui se ne accorgesse. Avevo un bell'avanzare in punta di piedi, togliermi addirittura le scarpe: l'orecchio finissimo di mio padre percepiva i minimi scricchiolii e fruscii.

« Sei tu? »

Come era da prevedersi, anche quella notte non ero sfuggito al suo controllo. Di solito, al suo « Sei tu? » acceleravo prontamente il passo: tiravo dritto senza rispondergli e fingendo di non aver sentito. Ma quella notte no. Pur immaginando non senza fastidio il genere di domande alle quali avrei dovuto rispondere, da anni sempre le stesse (« Come mai così tardi? », « Sai che ora è? », « Dove sei

224

stato? », eccetera), preferii fermarmi. Socchiuso l'uscio, introdussi il viso nello spiraglio.

« Cosa stai a fare, lì? » disse subito mio padre dal letto, sbirciandomi di sopra agli occhiali. « Entra, entra un momento. »

Piuttosto che sdraiato, stava seduto in camicia da notte, appoggiandosi col dorso e con la nuca alla testiera di biondo legno scolpito, e coperto non più che fino alla base dello stomaco dal solo lenzuolo. Mi colpì come tutto, di lui e attorno a lui, fosse bianco: argentei i capelli, pallido e smunto il viso, candidi la camicia da notte, il guanciale dietro le reni, il lenzuolo, il libro posato aperto sul ventre; e come quella bianchezza (una bianchezza da clinica, pensavo) si accordasse alla serenità sorprendente, straordinaria, all'inedita espressione di bontà piena di saggezza che gli illuminava gli occhi chiari.

« Che tardi! » commentò sorridendo, mentre dava un'occhiata al Rolex da polso, a tenuta d'acqua, dal quale non si separava nemmeno a letto. « Lo sai che ora è? Le due e ventisette ».

Per la prima volta, forse, da quando, compiuti i diciott'anni, avevo ottenuto la chiave di casa, la frase non mi irritò.

« Sono stato in giro » dissi quietamente.

« Con quel tuo amico di Milano? »

« Sì. »

« Di che cosa si occupa? È ancora studente? »

« Macché studente. Ha già ventisei anni. È impiegato... Lavora come chimico alla Zona industriale, in uno stabilimento di gomma sintetica della Montecatini. »

« Guarda un po'. E io che pensavo che fosse ancora all'università. Perché non lo inviti mai a cena? »

« Mah... Supponevo che non fosse il caso di dare alla mamma più lavoro di quello che ha già. »

« Noo, figùrati! Che cosa vuoi che conti. Una scodella di minestra in più è roba da ridere. Portalo, portalo pure. E... dove avete cenato? Da *Giovanni*? »

Annuii.

« Raccontami cos'è che avete mangiato di bello. »

225

Mi assoggettai di buon grado, non senza essere sorpreso io stesso della mia condiscendenza, a elencargli i vari piatti: quelli scelti da me, e quelli da Malnate. Intanto mi ero seduto.

« Buono » assentì infine mio padre, compiaciuto.

« E poi » seguitò dopo una pausa, « *duv'èla mai ch'a si 'ndà a far dann, tutt du*? Scommetto » (qui alzò una mano, come a prevenire una mia eventuale smentita), « scommetto che siete andati a donne. »

Fra noi non c'era mai stata confidenza, al riguardo. Un pudore feroce, un violento, irrazionale bisogno di libertà e di indipendenza, mi avevano sempre spinto a bloccare sul nascere tutti i suoi timidi tentativi di affrontare questi argomenti. Ma quella notte no. Lo guardavo, così bianco, così fragile, così vecchio, e intanto era come se qualcosa dentro di me, una specie di nodo, di annoso groppo segreto, venisse adagio sciogliendosi.

« Certo » dissi. « Hai proprio indovinato. »

« Sarete stati a casino, immagino. »

« Sì. »

« Ottimamente » approvò. « Alla vostra età, alla tua soprattutto, i casini sono la soluzione più sana sotto qualsiasi punto di vista, compreso quello della salute. Ma di' un po': e coi soldi, come te la cavi? Ti basta la sabadina che pigli dalla mamma? Se i soldi non ti bastassero, chiedili pure a me. Nel limite del possibile, vedrò di aiutarti io. »

« Grazie. »

« Dove siete stati? Dalla Maria Ludargnani? Ai miei tempi c'era già lei, sulla breccia. »

« No. In un posto di via delle Volte. »

« L'unica cosa che ti raccomando » continuò, assumendo di colpo il linguaggio della professione medica che aveva esercitato soltanto in gioventù, per poi, alla morte del nonno, dedicarsi esclusivamente all'amministrazione della campagna di Masi Torello e dei due stabili che possedeva in via Vignatagliata, « l'unica cosa che ti raccomando è quella di non trascurare *mai* le necessarie misure profilattiche. È un fastidio, lo so, se ne farebbe volentieri a meno. Però basta niente per prendersi una brutta blenoragia, *vulgo* uno scolo, o peggio. E soprattutto: se la mattina, svegliandoti, ti capitasse di notare qualcosa che non va, vieni *subito* in bagno a farmi vedere. Nel caso, ti dirò io come devi regolarti. »

« Ho capito. Sta' tranquillo. »

Sentivo che cercava la maniera più adatta per chiedermi altro. Adesso che mi ero laureato – supponevo stesse per chiedermi – avevo per caso qualche idea per l'avvenire, qualche progetto? Invece divagò nella politica. Prima che rincasassi – disse – fra l'una e le due, era riuscito a captare varie stazioni-radio estere: Monteceneri, Parigi, Londra, Beromünster. Ora, in base appunto alle ultime notizie, lui si era persuaso che la situazione internazionale stesse rapidamente peggiorando. Eh, già, purtroppo: si trattava di un vero « *afàr negro* ». A Mosca le missioni diplomatiche anglo-francesi pareva ormai che fossero sul piede di partenza (senza aver cavato un ragno dal buco, si capisce!). Sarebbero davvero ripartite da Mosca così? Era da temerlo. Dopodiché non ci sarebbe stato che da raccomandare tutti quanti l'anima a Dio.

« Che cosa credi! » esclamò. « Stalin non è mica tipo da avere tanti scrupoli. Se gli convenisse, sono sicuro che non ci penserebbe su un minuto a mettersi d'accordo con Hitler! »

« Un accordo tra Germania e URSS? » sorrisi debolmente. « No, non ci credo. Non mi sembra possibile. »

« Staremo a vedere » replicò lui, a sua volta sorridendo. « Che il Signore Iddio ti ascolti! »

A questo punto dalla stanza attigua venne un lamento. Mia madre si era svegliata.

« Cos'è che hai detto, Ghigo? » chiese. « È morto Hitler?! »

« Magari! » sospirò mio padre. « Dormi, dormi, angelo mio, non agitarti. »

« Che ora è? »

« Quasi le tre. »

« Manda a letto quel figlio! »

La mamma pronunciò qualche altra parola incomprensibile, poi tacque.

Mio padre mi fissò a lungo negli occhi. Quindi a voce bassa, quasi sussurrando:

« Scusa se mi permetto di parlarti di queste cose » disse, « ma capirai... tanto io quanto tua madre ci siamo benissimo accorti, fin dall'anno scorso, che ti sei innamorato di... di Micòl Finzi-Contini. È vero, no? »

« Sì. »

« E come vanno adesso i vostri rapporti? Vanno sempre male? »

« Peggio di così non potrebbero andare » mormorai, d'un tratto avvertendo con estrema chiarezza che dicevo l'esatta verità, che effettivamente i nostri rapporti non sarebbero potuti andar peggio, e che mai, nonostante il parere contrario di Malnate, sarei riuscito a risalire la china in fondo alla quale invano annaspavo, da mesi.

Mio padre emise un sospiro.

« Lo so, sono grossi dispiaceri... Ma dopo tutto è molto meglio così. »

Stavo a capo chino, e non dissi niente.

« Sicuro » continuò lui, alzando un poco la voce. « Che cosa avresti voluto fare? Fidanzarti? »

Anche Micòl, quella sera in camera sua, mi aveva rivolto la stessa domanda. Aveva detto: « Cos'è che avresti preteso? Che ci *fidanzassimo*, scusa? ». Io non avevo fiatato. Non avevo avuto niente da rispondere. Come adesso – riflettevo – come adesso con mio padre.

« Perché no? » feci tuttavia, e lo guardai.

Scosse il capo.

« Vuoi che non ti capisca? » disse. « Anche a me la ragazza piace. Mi è sempre piaciuta: fin da quando era bambina... che veniva giù al Tempio, a prendere la *berahà* da suo padre. Graziosa, anzi bella (perfino troppo, magari!), intelligente, piena di spirito... Ma *fi-dan-zar-si!* » scandì, sgranando gli occhi. « Fidanzarsi, caro mio, vuol dire poi sposarsi. E a questi chiari di luna, senza oltre tutto una professione sicura in mano, dimmi tu se... Immagino che per mantenere la famiglia tu non avresti puntato né sul mio aiuto (che neanche avrei potuto prestarti, del resto, intendo nella misura necessaria), né tanto meno su quello suo... di lei. La ragazza avrà senza dubbio una magnifica dote » aggiunse, « altroché se cę l'avrà! Però non penso che tu... »

« Lascia stare la dote » dissi. « Se ci fossimo voluti bene, che cosa contava la dote? »

« Hai ragione » assentì mio padre. « Hai perfettamente ragione. Anche io, quando mi sono fidanzato con la mamma, nell' '11, non mi curavo di queste faccende. Ma i tempi allora erano diversi. Si poteva guardare avanti, al futuro, con una certa serenità. E sebbene il futuro non si sia poi dimostrato così allegro e facile come noi due ce lo immaginavamo (ci siamo sposati nel '15, come sai, a guerra iniziata, e subito dopo ho fatto domanda per partire volontario) era la società a essere diversa, allora, una società che garantiva... Inoltre io avevo studiato da medico, mentre tu... »

« Mentre io? »

« Sicuro. Tu, invece di medicina, hai preferito prendere Belle Lettere, e sai che quando è venuto il momento di decidere io non ti ho ostacolato in nessun modo. La tua passione era quella, e tutti e due, io e te, abbiamo compiuto il nostro dovere: tu scegliendo la strada che sentivi di dover scegliere, e io non impedendotelo. Ma adesso? Anche se, come professore, tu avessi aspirato alla carriera universitaria... »

Accennai di no col capo.

« Peggio » riprese lui, « peggio! È ben vero che niente, anche adesso, può impedirti di continuare a studiare per conto tuo... di continuare a coltivarti per tentare, un giorno, se sarà possibile, la carriera ben più difficile e aleatoria dello scrittore, del critico militante tipo Edoardo Scarfoglio, Vincenzo Morello, Ugo Ojetti... oppure, perché no?, del romanziere, del... », e sorrise, « ... del poeta... Ma appunto per questo: come potevi, alla tua età, che hai appena ventitré anni, e davanti a te tutto ancora da fare... come potevi pensare di prendere moglie, di mettere su famiglia? »

Parlava del mio futuro letterario – mi dicevo – come di un sogno bello e seducente, ma non traducibile in qualcosa di concreto, di reale. Ne parlava come se io e lui fossimo già morti, ed ora, da un punto fuori dello spazio e del tempo, discorressimo insieme della vita, di tutto ciò che nel corso delle nostre vite rispettive sarebbe potuto essere e non era stato. Si sarebbero messi d'accordo, Hitler e Stalin? mi chiedevo anche. Perché no. Molto probabilmente Hitler e Stalin si sarebbero messi d'accordo.

« Ma a parte questo » continuava mio padre, « e a parte un mucchio di altre considerazioni, mi permetti di esporti con franchezza... di darti un consiglio da amico? »

« Di' pure. »

« Mi rendo conto che quando uno, specie alla tua età, perde la testa per una ragazza, non sta tanto lì a calcolare... Mi rendo anche conto che il tuo è un carattere un po' speciale... e non credere che due anni fa, quando quel disgraziato del dottor Fadigati... »

Da quando Fadigati era morto, in casa non l'avevamo più nominato. Che cosa c'entrava Fadigati, adesso?

Lo guardai in viso.

« Ma sì, lasciami dire! » fece lui. « Il tuo temperamento (ho l'impressione che tu abbia preso dalla nonna Fanny), il tuo temperamento... Sei troppo sensibile, ecco, e così non ti accontenti... vai sempre a cercare... »

Non finì. Accennava con la mano a mondi ideali, popolati da pure chimere.

« Comunque perdonami » riprese, « ma anche come famiglia i Finzi-Contini non erano adatti... non erano gente per noi... Sposando una ragazza di quel genere là, sono convinto che presto o tardi ti saresti trovato male... Ma sì, sì » insistette, temendo forse qualche mio gesto o parola di protesta, « lo sai pure quale è sempre stata la mia opinione in proposito. È gente diversa... non sembrano neanche dei *judìm*... Eh, lo so: Micòl, lei, ti piaceva tanto forse per questo... perché era superiore a noi... *socialmente*. Ma da' retta a me: meglio che sia andata a finire così. Dice il proverbio: "Moglie e buoi dei paesi tuoi". E quella là, nonostante le apparenze, non era affatto dei paesi tuoi. Neanche un poco. »

Avevo di nuovo chinato il capo, e mi fissavo le mani posate aperte sui ginocchi.

« Ti passerà » continuava, « ti passerà, e molto più presto di quanto tu non creda. Certo, mi dispiace: immagino quello che senti in questo momento. Però un pochino t'invidio, sai? Nella vita, se uno vuol capire, capire sul serio come stanno le cose di questo mondo, *deve* morire almeno una volta. E allora, dato che la legge è questa, meglio morire da giovani, quando uno ha ancora tanto tempo davanti a sé per tirarsi su e risuscitare... Capire da vecchi è brutto, molto più brutto. Come si fa? Non c'è più tempo per ricominciare da zero, e la nostra generazione ne ha prese talmente tante, di cantonate! Ad ogni modo, se Dio benedetto vuole, tu sei così giovane! Tra qualche mese, vedrai, non ti sembrerà neanche vero di essere passato in mezzo a tutto questo. Sarai magari perfino contento. Ti sentirai più ricco, non so... più maturo... »

« Speriamo » mormorai.

« Sono felice di essermi sfogato, di essermi tolto dallo stomaco questo magone... E adesso un'ultima raccomandazione. Posso? »

Annuii.

« Non andarci più, a casa loro. Ricomincia a studiare, òccupati di qualcosa, mettiti magari a dare delle lezioni private, che sento dire in giro che ce n'è tanta richiesta... E non andarci più. È più da uomo, fra l'altro. »

Aveva ragione. Fra l'altro era più da uomo.

« Proverò » dissi, rialzando gli sguardi. « Farò di tutto per riuscirci. »

« Così va bene! »

Guardò l'ora.

« E adesso va' a dormire » soggiunse, « che ne hai bisogno. Anche io cercherò di chiudere un momentino gli occhi. »

Mi levai, mi chinai su di lui per baciarlo, ma il bacio che ci scambiammo si trasformò in un abbraccio lungo, silenzioso, tenerissimo.

## 10

Fu così che rinunciai a Micòl.

La sera dell'indomani, tenendo fede alla promessa fatta a mio padre, mi astenni dall'andare da Malnate, e il giorno successivo, che era un venerdì, non mi presentai a casa Finzi-Contini. Passò in tal modo una settimana, la prima, senza che rivedessi nessuno: né Malnate, né gli altri. Per fortuna, durante tutto questo tempo non fui cercato, e tale circostanza di sicuro mi aiutò. Altrimenti è probabile che non avrei resistito, che mi sarei lasciato riafferrare.

Una decina di giorni dopo il nostro ultimo incontro, verso il 25 del mese, Malnate mi telefonò. Prima d'allora non era mai successo, e siccome al telefono non ero andato io, fui tentato di fargli dire che non ero in casa. Ma subito mi pentii. Mi sentivo già abbastanza forte: se non per rivederlo, almeno per parlargli.

« Stai bene? » esordì. « Mi hai proprio piantato in asso. »

« Sono stato via. »

« Dove? A Firenze? A Roma? » domandò, non senza una punta di ironia.

« Questa volta un po' più lontano » risposi, già rincresciuto della frase patetica.

« *Bon*. Non voglio indagare. Dunque: vogliamo vederci? »

Dissi che quella sera non potevo, ma che l'indomani sarei passato quasi di certo da casa sua, alla solita ora. Se però vedeva che tardavo – aggiunsi – non mi aspettasse. In tal caso ci saremmo incontrati addirittura da *Giovanni*. Non era da *Giovanni* che lui sarebbe andato a cena?

« È probabile » confermò, secco. E poi:

« Hai sentito le notizie? »

« Le ho sentite. »

« Che casino! Vieni, mi raccomando, che parliamo di tutto. »

« Allora arrivederci » feci dolcemente.

« Arrivederci. »

E riagganciò.

La sera dell'indomani, subito dopo cena uscii con la bicicletta, e, percorsa tutta la Giovecca, andai a fermarmi a non più di un centinaio di metri dal ristorante. Volevo controllare se Malnate ci fosse, niente altro. E difatti, non appena ebbi constatato che c'era (sedeva come d'abitudine a un tavolo all'aperto, con addosso l'eterna sahariana), anziché raggiungerlo tornai indietro, salendo quindi ad appostarmi in cima ad uno dei tre ponti levatoi del Castello, appunto il ponte di faccia a *Giovanni*. Calcolavo che in questo modo avrei potuto osservarlo meglio, senza correre il rischio che mi si notasse. E così fu. Col petto appoggiato contro lo spigolo di pietra della spalletta, lo osservai a lungo mentre mangiava. Guardavo, laggiù, lui e gli altri avventori schierati in fila col muro alle spalle, guardavo il veloce andirivieni fra i tavoli dei camerieri in giacca bianca, e mi pareva, sospeso come ero, nel buio, sull'acqua vitrea del fossato, di trovarmi quasi a teatro, spettatore clandestino di una rappresentazione piacevole e insensata. Malnate era ormai alla frutta. Spilluzzicava di malavoglia un grosso grappolo d'uva, un chicco dopo l'altro, e ogni tanto, certo aspettandosi di vedermi arrivare, volgeva vivamente il capo a destra e a sinistra. Nell'atto, le lenti dei suoi « occhialacci », come li chiama Micòl, luccicavano: palpitanti, nervose... Finita l'uva, chiamò con un cenno un cameriere, confabulando un attimo con costui. Credevo che avesse chiesto il conto; e già mi preparavo ad andarmene, quando vidi che il cameriere tornava con una tazzina di caffè. Bevve in un solo sorso. Dopodiché, da una delle due tasche pettorali della sahariana, estrasse qualcosa di molto piccolo: un taccuino, su cui cominciò subito a scrivere con una matita. Che cosa diavolo scriveva? sorrisi. Delle poesie anche lui? E qui lo lasciai, intento a scrivere tutto curvo su quel taccuino dal quale, a rari intervalli, levava il capo per tornare a sbirciare da una parte e dall'altra, oppure in alto, al cielo stellato, come per cercarvi ispirazione e idee.

Nelle sere immediatamente successive insistetti a vagabondare a caso lungo le strade della città, notando tutto, attirato imparzialmente da tutto: dai titoli dei giornali che tappezzavano le rivendite del centro, titoli a caratteri cubitali, sottolineati d'inchiostro rosso; dalle fotografie dei film e degli avanspettacoli esposte di fianco agli ingressi dei cinema; dai conciliaboli degli ubriachi fermi nel mezzo dei vicoli della città vecchia; dalle targhe delle automobili allineate in piazza del Duomo; dai tipi diversi delle persone che uscivano dai bordelli, o che sbucavano alla spicciolata dall'oscuro frascame del Montagnone per venire a consumare gelati, birre, o gazose, al banco di zinco d'un chiosco sorto di recente sugli spalti di San Tomaso, in fondo alla Scandiana... Una sera, sulle undici, mi ritrovai dalle parti di piazza Travaglio, a spiare l'interno semibuio del famoso Caffè Scianghai, frequentato quasi esclusivamente da prostitute da marciapiede e da operai del non lontano Borgo San Luca; quindi, subito dopo, in cima al bastione sovrastante, ad assistere a una fiacca gara di tiro a segno che due giovinastri stavano disputando sotto i duri occhi della ragazza toscana ammiratrice di Malnate.

Rimanevo lì, da parte, senza dire nulla, senza nemmeno smontare dalla bicicletta: tanto che la toscana, a un certo punto, mi apostrofò direttamente.

« Giovanotto, laggiù » disse. « Perché non viene avanti e non spara un po' di colpi anche lei? Forza, coraggio, non abbia paura. Mostri a questi smidollati quello che sa fare. »

« No, grazie » risposi.

« No, grazie » ripeté l'altra. « Dio, che gioventù! Dove l'ha messo il suo amico? Quello sì che è un ragazzo! Dica, l'ha sotterrato? »

Tacevo, e lei scoppiò a ridere.

« Poverino! » mi commiserò. « Vada subito a casa, vada, che sennò il babbo la piglia a cinghiate. A nanna, a nanna! »

La sera seguente, verso mezzanotte, senza sapere nemmeno io perché, che cosa davvero cercassi, ero dalla parte opposta della città, a pedalare lungo il viottolo di terra battuta che correva liscio e sinuoso sul ciglio interno della Mura degli Angeli. C'era una magnifica luna piena: così chiara e luminosa nel cielo perfettamente sereno da rendere superfluo l'uso del fanale. Pedalavo adagio. Sdraiati nell'erba, mi si scoprivano sempre nuovi amanti. Alcuni si agitavano uno sull'altro mezzo nudi. Altri, già divisi, erano rimasti vicini, tenendosi per mano. Altri ancora, abbracciati ma immobili, sembrava che dormissero. Contai via via più di trenta coppie. E benché passassi loro così vicino da sfiorarli a volte con la ruota, nessuno mai che desse segno di accorgersi della mia presenza silenziosa. Mi sentivo, ed ero, una specie di strano fantasma trascorrente: pieno di vita e morte insieme, di passione e di pietà.

Arrivato che fui all'altezza del Barchetto del Duca, scesi dalla bicicletta, l'appoggiai al tronco di un albero, e per qualche minuto, rivolto alla ferma e argentea distesa del parco, rimasi lì a guardare. Non pensavo a niente di preciso. Guardavo, ascoltavo il gridio sottile e immenso dei grilli e delle rane, stupito io stesso del lieve sorriso imbarazzato che mi stirava le labbra. « Ecco qui » dissi piano. Non sapevo cosa fare, cosa fossi venuto a fare. Mi penetrava il vago senso di inutilità di ogni commemorazione.

Cominciai a camminare sull'orlo del pendio erboso, gli occhi fissi alla *magna domus*. Tutto spento, in casa Finzi-Contini, e sebbene le finestre della camera di Micòl, che davano verso mezzogiorno, non potessi vederle, ciò nondimeno ero certo che anche da quelle non trapelasse la minima luce. Giunto infine a dominare dall'alto il punto esatto del muro di cinta « sacro », come diceva Micòl, « *au vert paradis des amours enfantines* », fui assalito da un'idea repentina. E se fossi entrato nel parco di nascosto, scalando il muro? Da ragazzo, in un lontanissimo pomeriggio di giugno, non avevo osato farlo, avevo avuto paura. Ma adesso?

Di lì a un momento stavo già di sotto, alla base del muro, ritrovando subito nell'ombra afosa il medesimo odore di ortiche e di sterco. Ma la parete del muro no, era diversa. Forse proprio perché invecchiata di dieci anni (anche io ero invecchiato di dieci anni, nel frattempo, e cresciuto di statura e di forza), non mi sembrò né tanto impervia né tanto alta come la ricordavo. Dopo un primo tentativo fallito accesi un fiammifero. Gli appigli non mancavano, ce n'era addirittura in abbondanza. C'era perfino il grosso chiodo rugginoso, sporgente ancora adesso dalla parete. Lo raggiunsi al secondo tentativo, e, afferratolo, mi fu poi abbastanza facile arrivare in cima.

Quando fui seduto lassù, con le gambe penzoloni dall'altra parte, non tardai a notare una scala a pioli appoggiata al muro poco sotto le mie scarpe. Più che sorprendermi, la circostanza mi divertì. « Toh » mormorai sorridendo, « anche la scala. » Prima però di servirmene, mi girai indietro, verso la Mura degli Angeli. Ecco là l'albero, e ai piedi dell'albero la bicicletta. Figuriamoci. Era un vecchio catenaccio che ben difficilmente avrebbe fatto gola a qualcuno.

Toccai terra. Dopodiché, abbandonato il sentiero parallelo al muro di cinta, tagliai giù per il prato sparso di alberi da frutta, con l'idea di raggiungere il viale d'accesso in un punto all'incirca equidistante dalla casa colonica dei Perotti e dal ponte di travi sul Panfilio. Calpestavo l'erba senza far rumore: preso, è vero, ogni tanto, da un principio di scrupolo, ma ogni volta, con una scrollata di spalle, rimuovendo sul nascere l'insorgere della preoccupazione e dell'ansia. Come era bello di notte il Barchetto del Duca – pensavo – con quanta dolcezza la luna lo illuminava! Fra quelle ombre di latte, in quel mare d'argento, io non cercavo niente. Anche se fossi stato sorpreso ad aggirarmi lì, nessuno avrebbe potuto farmene un carico eccessivo. Anzi. Tirate tutte le somme, ormai ne avevo perfino qualche diritto.

Uscii nel viale, attraversai il ponte sul Panfilio, quindi, piegando a sinistra, raggiunsi la radura del tennis. Il professor Ermanno aveva mantenuto la sua promessa: il terreno di gioco stavano già ingrandendolo. La rete metallica di recin-

zione, abbattuta, giaceva in un confuso ammasso lumine-
scente di fianco al campo, dal lato opposto a quello dove di
solito sedevano gli spettatori; per una fascia di almeno tre
metri lungo le linee laterali, e di cinque dietro quelle di
fondo, il prato appariva in via di dissodatura... Alberto era
ammalato, gli restava poco da vivere. Bisognava pure na-
scondergli in qualche modo, anche in *quel* modo, la gravità
del suo male. « Perfetto » assentii. E passai oltre.

Mi inoltrai allo scoperto, contando di compiere un largo
giro attorno alla radura, né mi meravigliò a un certo punto di
vedere avanzare, proveniente al piccolo trotto dalla parte
della *Hütte*, la sagoma familiare di Jor. Lo attesi a piè fermo, e
anche il cane, non appena fu a una decina di metri di
distanza, si arrestò. « Jor! » chiamai a voce soffocata. Jor mi
riconobbe. Dopo avere impresso alla coda un breve, pacifico
moto di festa, tornò adagio sui propri passi.

Si voltava ogni tanto, come per assicurarsi che lo seguissi.
Ed io non lo seguivo, invece, o meglio, pur avvicinandomi
progressivamente alla *Hütte*, non mi discostavo dal margine
estremo della radura. Camminavo a una ventina di metri dal
curvo schieramento dei grandi, bui alberi di quella zona del
parco, il viso sempre rivolto a sinistra. La luna ora l'avevo
alle spalle. La radura, il tennis, il cieco sperone della *magna
domus*, e poi, là in fondo, incombente sopra le cime fronzute
dei meli, dei fichi, dei susini, dei peri, lo spalto della Mura
degli Angeli. Tutto appariva chiaro, netto, come in rilievo
in luce meglio che non di giorno.

Così procedendo, mi accorsi a un tratto di trovarmi a
pochi passi dalla *Hütte*: non di fronte, cioè dal lato di essa
che guardava verso il campo di tennis, ma dietro, fra i
tronchi dei giovani abeti e dei larici a cui si addossava. Qui
mi fermai. Fissavo la nera, scabra forma in controluce della
*Hütte*. Improvvisamente incerto, non sapevo più dove andare, verso dove dirigermi.

« Che fare? » dicevo intanto a mezza voce. « Che fare? »

Fissavo sempre la *Hütte*. E adesso pensavo – senza nemmeno che a questo pensiero il mio cuore accelerasse i suoi
battiti: indifferenti ad accoglierlo come un'acqua morta si

lascia attraversare dalla luce – adesso ,pensavo che sì, se dopo tutto era qua, da Micòl, che Giampi Malnate veniva ogni notte dopo avermi lasciato sulla soglia del portone di casa (perché no? Non era per questo, magari, che prima di uscire con me a cena lui si radeva sempre con tanta cura?), ebbene, in questo caso, lo spogliatoio del tennis sarebbe stato per loro un rifugio senza dubbio magnifico, il più adatto.

Ma sì, continuavo quietamente a ragionare in una sorta di svelto bisbiglio interno. Ma certo. Lui veniva in giro con me soltanto per far tardi, e poi, dopo avermi per così dire infilato nel letto, via a pieni pedali da lei, che già stava aspettando in giardino... Ma certo. Come lo capivo, ora, quel suo gesto nel bordello di via delle Volte! Hai voglia. A far l'amore ogni notte o quasi, arriva presto il momento che uno rimpiange la mamma, il cielo di Lombardia, eccetera. E la scala contro il muro di cinta? Non poteva essere stata che Micòl a metterla là, in *quel* punto.

Ero lucido, sereno, tranquillo. Tutti i conti tornavano. Come in un gioco di pazienza ogni pezzo si incastrava al millimetro.

Micòl, sicuro. Con Giampi Malnate. Con l'amico intimo del fratello ammalato. Di nascosto dal fratello e da tutti gli altri di casa, genitori, parenti, servi, e sempre di notte. Nella *Hütte*, normalmente, ma talora forse anche di sopra, in camera da letto, la camera dei làttimi. Di nascosto proprio? O invece gli altri come sempre fingevano di non vedere, lasciavano correre, anzi sotto sotto favorivano, essendo in fondo umano e giusto che una ragazza a ventitré anni, se non vuole o non può sposarsi, abbia lo stesso tutto ciò che natura comanda? Perfino la malattia di Alberto mostravano di non vederla, in casa. Era il loro sistema.

Tesi l'orecchio. Silenzio assoluto.

E Jor? Dove era finito, Jor?

Mossi qualche passo in punta di piedi verso la *Hütte*.

« Jor! » chiamai, forte.

Quand'ecco, come in risposta, arrivare di lontanissimo attraverso l'aria notturna un suono flebile, accorato, quasi umano. Lo riconobbi subito: era il suono della vecchia, cara voce dell'orologio di piazza, che stava battendo le ore e i quarti. Che cosa diceva? Diceva che ancora una volta avevo fatto molto tardi, che era sciocco e cattivo da parte mia continuare a torturare così mio padre, il quale, anche quella notte, in pensiero perché non rincasavo, non riusciva probabilmente a prendere sonno, e che infine era tempo che mettessi l'animo in pace. Sul serio. Per sempre.

« Che bel romanzo » sogghignai, crollando il capo come davanti a un bambino incorreggibile.

E date le spalle alla *Hütte*, mi allontanai fra le piante dalla parte opposta.

# Epilogo

La mia storia con Micòl Finzi-Contini termina qui. E allora è bene che anche questo racconto abbia termine, ormai, se è vero che tutto quello che potrei aggiungervi non riguarderebbe più lei, ma, nel caso, soltanto me stesso.

Di lei e dei suoi ho già detto in principio quale sia stata la sorte.

Alberto morì di linfogranuloma maligno prima degli altri, nel '42, dopo un'agonia lunghissima a cui, nonostante il solco profondo scavato nella cittadinanza dalle leggi razziali, si interessò di lontano tutta Ferrara. Soffocava. Per aiutarlo a respirare c'era bisogno di ossigeno, di ossigeno in quantità sempre maggiore. E poiché in città, a causa della guerra, le bombole scarseggiavano, negli ultimi tempi la famiglia ne aveva compiuto una vera e propria incetta attraverso l'intera regione, mandando gente ad acquistarle a qualsiasi prezzo a Bologna, a Ravenna, a Rimini, a Parma, a Piacenza...

Gli altri, nel settembre del '43, furono presi dai repubblichini. Dopo una breve permanenza nelle carceri di via Piangipane, nel novembre successivo furono avviati al campo di concentramento di Fòssoli, presso Carpi, e di qui, in seguito, in Germania. Per ciò che riguarda me, tuttavia, debbo dire che durante i quattro anni intercorsi fra l'estate del '39 e l'autunno del '43 di loro non avevo visto più nessuno. Nemmeno Micòl. Ai funerali di Alberto, dietro i cristalli della vecchia Dilambda adattata a funzionare a metano che seguiva a passo d'uomo il corteo, e che poi, non appena il carro funebre ebbe varcato l'ingresso del cimitero in fondo a via Montebello, tornò subito indietro, m'era sembrato, un attimo, di distinguere il biondo cenerino dei suoi capelli. Nient'altro. Anche in una città così piccola come Ferrara si riesce benissimo, volendo, a sparire per anni e anni gli uni agli altri, a convivere assieme come dei morti.

Quanto a Malnate, che era stato chiamato a Milano fin dal novembre del '39 (mi aveva cercato inutilmente per telefono nel settembre, mi aveva perfino scritto una lettera...), neanche lui l'ho più riveduto, dopo l'agosto di quell'anno. Povero Giampi. Lui ci credeva nell'onesto futuro lombardo e comunista che gli sorrideva, allora, di là dal buio della guerra imminente: un futuro lontano – ammetteva – però sicuro, infallibile. Ma che sa il cuore, davvero? Se penso a lui, partito per il fronte russo con il CSIR, nel '41, e non più ritornato, ho sempre vivo nella mente il modo come reagiva Micòl tutte le volte che fra una partita di tennis e l'altra lui ricominciava a « catechizzarci ». Lui parlava con la sua voce quieta, bassa e ronzante. Ma Micòl, a differenza di me, non gli dava mai molta retta. Non smetteva di ridacchiare, di punzecchiarlo, di prenderlo in giro.

« Ma tu per chi stai, insomma? Per i fascisti? » ricordo che lui le chiese, un giorno, scuotendo la grossa testa sudata. Non capiva.

Che cosa dunque c'è stato fra loro due? Niente? Chissà.

Certo è che quasi presaga della prossima fine, sua e di tutti i suoi, Micòl ripeteva di continuo anche a Malnate che a lei del *suo* futuro democratico e sociale non gliene importava un fico, che il futuro, in sé, lei lo abborriva, ad esso preferendo di gran lunga « *le vierge, le vivace et le bel aujourd'hui* », e il passato, ancora di più, « il caro, il dolce, il *pio* passato ».

E siccome queste, lo so, non erano che parole, le solite parole ingannevoli e disperate che soltanto un vero bacio avrebbe potuto impedirle di proferire, di esse, appunto, e non di altre, sia suggellato qui quel poco che il cuore ha saputo ricordare.

241

# Indice

*Pirandello*, Il fu Mattia Pascal

*Christie*, Dieci piccoli indiani

*Kafka*, Il processo

*Chiara*, Il piatto piange

*Fitzgerald*, Il grande Gatsby

*Forster*, Passaggio in India

*Bernanos*, Diario di un curato di campagna

*Mann Th.*, La morte a Venezia - Tristano - Tonio Kröger

*Svevo*, La coscienza di Zeno

*Joyce*, Gente di Dublino

*Asimov*, Tutti i miei robot

*García Márquez*, Cent'anni di solitudine

*Silone*, Fontamara

*Hesse*, Narciso e Boccadoro

*Woolf*, La signora Dalloway

*Bradbury*, Fahrenheit 451

*Bassani*, Il giardino dei Finzi-Contini

*Mitchell*, Via col vento

*Orwell*, 1984

*Kerouac*, Sulla strada

*Hemingway*, Il vecchio e il mare

*Pirandello*, Sei personaggi in cerca d'autore - Enrico IV

*Remarque*, Niente di nuovo sul fronte occidentale

*Buzzati*, Il deserto dei Tartari

*Vittorini*, Uomini e no

*Palazzeschi*, Sorelle Materassi

*Greene*, Il potere e la gloria

*Deledda*, Canne al vento

*Böll*, Opinioni di un clown

*Lawrence D.H.*, L'amante di Lady Chatterley

*Sartre*, La morte nell'anima

*Faulkner*, Luce d'agosto

*D'Annunzio*, Il Piacere

*Tobino*, Le libere donne di Magliano

*Bellow*, Herzog

*Huxley*, Il mondo nuovo - Ritorno al mondo nuovo

*Malaparte*, La pelle

*Montale*, Ossi di seppia

*Bulgakov*, Il Maestro e Margherita

*Saint-Exupéry*, Volo di notte

Quasimodo, Ed è subito sera

Hamsun, Fame

Pratolini, Cronaca familiare

Bellonci, Segreti dei Gonzaga

Proust, Un amore di Swann

Beauvoir, Il sangue degli altri

Ungaretti, Vita d'un uomo. 106 poesie 1914-1960

Masters, Antologia di Spoon River

Golding, Il Signore delle Mosche

Alain-Fournier, Il grande amico

Saba, Poesie scelte

Musil, I turbamenti del giovane Törless

Svevo, Una vita

Mauriac, La farisea

Freud, Totem e tabù

Nietzsche, Così parlò Zarathustra

Buzzati, La boutique del mistero

Strindberg, Il figlio della serva

Shaw, Pigmalione

Hesse, Racconti

Schnitzler, Il dottor Gräsler medico termale

D'Annunzio, Le novelle della Pescara

Gibran, Il Profeta - Il Giardino del Profeta

Orwell, Omaggio alla Catalogna

Updike, Corri, coniglio

Kafka, La metamorfosi

Hemingway, I quarantanove racconti

Silone, Il segreto di Luca

Mann Th., I Buddenbrook

Svevo, Senilità

Woolf, Gita al Faro

Bacchelli, Il diavolo al Pontelungo

García Márquez, L'amore ai tempi del colera

Borgese, Rubè

Zweig, Il mondo di ieri

Miller, Paradiso perduto

Calvino, Marcovaldo

Mishima, L'età verde

Schnitzler, La signorina Else

Orwell, La fattoria degli animali

Gide, I sotterranei del Vaticano

Naipaul, Alla curva del fiume

Buzzati, Sessanta racconti

Steinbeck, La valle dell'Eden

Radiguet, Il diavolo in corpo

Piovene, Le stelle fredde

Solženicyn, Arcipelago Gulag

Tozzi, Con gli occhi chiusi

Bulgakov, Cuore di cane

Duras, L'amore

Slataper, Il mio Carso

Malaparte, Kaputt

Tobino, Per le antiche scale

Panzini, Il padrone sono me!

Andrić, Il ponte sulla Drina

Buck, La buona terra

Manzini, Ritratto in piedi

Döblin, Giganti

Bellow, Il re della pioggia

Rilke, I quaderni di Malte Laurids Brigge

Kawabata, La casa delle belle addormentate

García Lorca, Lamento per Ignazio Sánchez Mejías

Silone, Vino e pane

Kafka, America

*Woolf*, Orlando

*Hemingway*, Per chi suona la campana

*Sereni*, Diario d'Algeria

*Styron*, La scelta di Sophie

*Koestler*, Buio a mezzogiorno

*Pratolini*, Cronache di poveri amanti

*Leavitt*, Ballo di famiglia

*Fromm*, Avere o essere?

*Bonaviri*, Il sarto della stradalunga

*Wilder*, Il ponte di San Luis Rey

*Miller*, Tropico del Cancro

*Ginsberg*, La caduta dell'America

*Apollinaire*, Alcool - Calligrammi

*Joyce*, Dedalus

*Bassani*, Gli occhiali d'oro

*Doctorow*, Ragtime

*Bacchelli*, Il mulino del Po

*Hesse*, Il lupo della steppa

*Mann*, Doctor Faustus

*Vittorini*, Il garofano rosso

*Caldwell*, Il bastardo

*Maugham*, Schiavo d'amore

*Lawrence*, Figli e amanti

*Pratolini*, Le ragazze di Sanfrediano

*Palazzeschi*, Il Codice di Perelà

*Styron*, Le confessioni di Nat Turner

*Forster*, Camera con vista

*Mann H.*, Il professor Unrat (L'angelo azzurro)

*Pound*, Cantos scelti

*Lewis C.S.*, Le lettere di Berlicche

*Monod*, Il caso e la necessità

*Gandhi*, Antiche come le montagne

*Bontempelli*, La vita intensa - La vita operosa

*Hesse*, Il giuoco delle perle di vetro

*Gozzano*, I colloqui

*La Capria*, Ferito a morte

*Bevilacqua*, La califfa

*Miller*, Tropico del Capricorno

*Hammett*, Spari nella notte

*Bradbury*, Cronache marziane

*Roth*, Lamento di Portnoy

*Saroyan*, Che ve ne sembra dell'America

*Nizan*, Aden Arabia

*AA.VV.*, Racconti fantastici argentini

*Yourcenar*, Care memorie

*Pavese*, La bella estate

*Amado*, Gabriella, garofano e cannella

*Byatt*, Possessione

*AA.VV.*, I poeti crepuscolari

*Bonelli - Galleppini*, Il passato di Tex

*AA.VV.*, Racconti fantastici del Sudamerica

*Gaddis*, Le perizie

*Joyce*, Ulisse

*AA.VV.*, Cieli australi

*Romano*, L'ospite

*De Maria (a cura di)*, Filippo Tommaso Marinetti e il futurismo

*Brodkey*, Storie in modo quasi classico

*Brancati*, Il bell'Antonio

*Dazai - Kawabata - Ōe - Endō e altri*, Cent'anni di racconti dal Giappone

«Il giardino dei Finzi-Contini»
di Giorgio Bassani
Oscar classici moderni
Arnoldo Mondadori Editore

Questo volume è stato stampato
presso Mondadori Printing S.p.A.
Stabilimento NSM - Cles (TN)
Stampato in Italia - Printed in Italy